La memoria

1038

Antonio Manzini

7-7-2007

Sellerio editore
Palermo

2016 © Sellerio editore via Enzo ed Elvira Sellerio 50 Palermo
e-mail: info@sellerio.it
www.sellerio.it

2019 Settima edizione

Questo volume è stato stampato su carta Palatina prodotta dalle
Cartiere di Fabriano con materie prime provenienti da gestione fore-
stale sostenibile.

Manzini, Antonio <1964>

7-7-2007 / Antonio Manzini. - Palermo: Sellerio, 2016.
(La memoria ; 1038)
EAN 978-88-389-3540-4
853.914 CDD-23

CIP - Biblioteca centrale della Regione siciliana «Alberto Bombace»

7-7-2007

A Tom

Sono però certo di una cosa: che gli uomini, sotto lo strato superficiale di fragilità vogliono essere buoni ed essere amati. In effetti, molti dei loro vizi non sono che tentativi d'infilare scorciatoie per arrivare all'amore.

J. STEINBECK

«*United united united we stand, united we never shall fall!*».

Aprì gli occhi e si tirò su di scatto. «Ma che...?». Lupa allarmata dai movimenti del padrone aveva alzato le orecchie. La musica veniva dall'appartamento accanto.

«*United united united we stand, united we stand one and all!*». Ritmo tribale, schitarrate catarrose e distorte, un coro scimmiesco con uno slogan da cerebrolesi. Quel genere di musica, l'heavy metal, era per Rocco Schiavone al settimo posto nella graduatoria delle rotture di coglioni. Se suonato alle tre e quarantacinque di notte, saliva di diritto al nono. «Porca troia!» urlò e si alzò dal letto. Dopo dieci giorni aveva preso confidenza col nuovo appartamento di via Croix de Ville, non però con i vicini. Soprattutto i dirimpettai.

Alternative non ce n'erano, gli toccava andare a fare una visita.

Aprì la porta, il freddo delle scale lo investì, tornò in casa, si infilò il loden direttamente su boxer e maglietta e uscì di nuovo a piedi scalzi. Bussò. Nessuna risposta. La musica si riversava anche sul pianerottolo.

«*So keep it up, don't give in...*».

Suonò il campanello percuotendo la porta coi pugni. Improvvisamente tutto tacque. Seguirono passi veloci. Un graffiare sul legno, segno che qualcuno stava osservando dallo spioncino.

«Sì, sono Schiavone, il vicino. Apra!».

E la porta si spalancò. Apparve un ragazzo di 16 anni. Brufoli, capelli lunghi e in mutande, una maglietta bucata degli Iron Maiden, la pelle bianca come la pancia di un pesce. «S... sì?».

«Sì? Mi dici sì? Porca troia, sono le tre e 45 e ti metti a suonare quella merda a tutto volume?».

Il ragazzo incassò la testa nelle spalle. «Mi scusi. Pensavo che non ci fosse nessuno».

«E pensi male. So' dieci giorni che abito qui. E gli altri inquilini te li sei dimenticati?».

«È tutto vuoto il palazzo. I Benaix sono andati in Olanda, e anche i Candiani sono partiti. Mi scusi, se avessi saputo...».

«Ora lo sai. Mettiti una cuffia e sparati i Judas Priest a palla di cannone, dei tuoi timpani non me ne frega niente!».

Il ragazzo abbozzò un sorriso. «Conosce i Judas Priest?».

«Certo. Erano un gruppo quando ero ragazzo io. Com'è che li conosci tu, invece!».

Il vicino alzò timidamente la mano destra, le dita a formare le corna con il pollice disteso, disse «Rock'n roll will never die!» e sorrise.

«Ma sei deficiente o che?» gli chiese Rocco. «Va' a dormire, cicci, che domani hai scuola. Mi risvegli co' 'sto schifo e ti faccio sbranare da Lupa!».

Il ragazzo parve accorgersi solo in quel momento del cane. «Uh! Bellino».

«Bellina!».

«Che razza è?».

«Un Saint-Rhémy-en-Ardennes».

Il ragazzo scoppiò a ridere. «Esiste una razza così?».

«Se esiste un gruppo come i Judas Priest esiste anche una razza così».

«Io mi chiamo Gabriele».

«E sticazzi» rispose Rocco. Non gli era passata ancora la rabbia. Si girò e tornò nel suo appartamento.

Di dormire non era più cosa. Dopo una doccia rapida e la pappa a Lupa erano usciti di casa. L'alba stava sbavando di rosa il cielo e i tetti umidi di Aosta. Voleva fare colazione, un caffè doppio, due brioche e guardare piazza Chanoux prendere lentamente i colori del nuovo giorno che si annunciava splendido, non una nuvola si aggirava fra i comignoli spenti ormai da più di un mese.

Si guardò le scarpe, il sedicesimo paio di Clarks che aveva acquistato in dieci mesi, il paio più fortunato. Con un po' di sforzo potevano addirittura arrivare al prossimo inverno. Un vento leggero, freddo ma non gelato, gli accarezzava il volto. Lupa si bloccava ad ogni angolo a annusare i messaggi lasciati la sera prima dagli altri cani. Lui invece si fermò all'edicola a prendere il giornale. Non poté credere ai suoi occhi quando vide l'articolo in prima pagina.

Rue Piave
Un delitto ancora irrisolto

Non si parla più dell'omicidio di rue Piave che più di un mese fa ha visto la vittima Adele Talamonti crivellata da sei colpi mentre era ospite, a quanto riportato dal portavoce della procura, in casa del vicequestore Rocco Schiavone. Chi è penetrato in quell'appartamento per uccidere la povera Adele? Era proprio lei il bersaglio o le pallottole erano destinate al vicequestore? Ormai siamo gli unici a farci ancora domande. È nostro dovere ricordare ai lettori che alcuni fatti apparentemente inspiegabili hanno magari una risposta semplice ma scomoda. Come quella per esempio di non gettare fango su un dirigente della polizia che da dieci mesi lavora nella questura di Aosta e che sembra il protégé del questore Andrea Costa. Noi invece ricordiamo che la notte del 13 maggio Adele Talamonti è stata brutalmente assassinata e che da allora, nonostante le tante promesse, di quell'omicidio non si conoscono i mandanti e tanto meno gli esecutori. Una sola cosa è accaduta: Rocco Schiavone ha cambiato casa. Evidentemente non riesce a convivere con le sue responsabilità. Ci auguriamo che la questura o il dottor Baldi diano presto al giornale e ai cittadini una risposta concreta.

SANDRA BUCCELLATO

Accartocciò il quotidiano e lo lanciò nel cestino dei rifiuti. Doveva chiudere la bocca una volta e per sempre a Sandra Buccellato, la giornalista, ex moglie di Costa, responsabile dell'odio che il questore aveva per i giornalisti grazie a una sua fuga con un cronista de «La Stampa». Doveva incontrarla, minacciarla, picchiarla. Come si permetteva? La frase nell'articolo: «... Evidentemente non riesce a convivere con le sue responsabilità...» più di ogni altra gli aveva scosso i nervi. Lui con le sue responsabilità ci conviveva dal 7 luglio 2007, che ne sapeva Sandra Buccellato? Ma non c'era niente da doverle spiegare, bisognava solo fare un salto in redazione e ridurla al silenzio.

Il caffè sapeva di terra e le brioche di burro fuso.

«Che ha dottore?» chiese Ettore. Nel bar c'erano già una decina di persone che facevano colazione. Rocco scosse la testa. «Ettore, stamattina non è giornata».

«Già sveglio? C'è qualcosa che bolle in pentola?».

«No, niente. Tu conosci Sandra Buccellato?».

Ettore sorrise. «Se la conosco? Viene al bar almeno tre volte al giorno. La redazione è qui di fronte».

«E me la puoi descrivere?».

«No. Perché io i giornali li leggo, lei la conosco, e so che vuole un identikit per individuarla e farle qualcosa di molto sgradevole».

«Ettore, io le donne non le tocco».

«Ah no? Allora parliamo di Nora Tardioli, che le ha versato, proprio qui fuori, uno Spritz sulla giacca. O di Anna Cherubini, che al solo sentire il suo nome diventa pallida e le vengono delle chiazze rosse sul collo...».

Rocco guardò il barista negli occhi. «Certo che i cazzi tua...».

«Mai dottore, mai! Ho un bar...» disse a giustificazione del suo comportamento. Si voltò e tornò al bancone. Rocco finì il caffè. Fece per uscire, poi si fermò sull'uscio. «E allora, visto che sai tutto» gridò. Tre persone si voltarono a guardarlo. «Sai anche di che razza è il mio cane?».

«Saint-Rhémy-en-Ardennes, dottor Schiavone. Come non conoscere quella razza?».

Scoppiarono a ridere. Ettore gli piaceva sempre di più. «Le dica che la sto cercando!».

«Riferirò».

Doveva esserci uno sciopero fra gli addetti alle pulizie dell'ufficio perché nessuno sembrava aver messo piede nella stanza. Il disordine della sera prima era ancora lì, neanche la sua scrivania fosse la scena di un crimine che deve restare intonsa fino all'arrivo della scientifica. Chiuse la porta, aprì il cassetto. La scatoletta di legno intarsiato era vuota. Un pugno allo stomaco. Un ostacolo insormontabile. Quella che stava per fumare era l'ultima canna. La preparò con attenzione maniacale. L'accese. E se la gustò in santa pace guardando il cielo fuori dalla finestra aspettando che i neuroni intasati dalla notte insonne riprendessero a funzionare.

Il telefono squillò alla terza boccata. «Schiavone...».

«Costa».

«Stavo per salire da lei, dottore...».

«Bene. E lasci il cane nella stanza. L'ultima volta mi ha mangiato una zampa della sedia». Rocco mise giù il telefono. Guardò Lupa che se ne stava accucciata sul divano a dormire. Raccolse da terra la pallina da tennis che le aveva comprato e gliela mise vicino al muso. Aprì la finestra e uscì dalla stanza.

Costa era piazzato al centro della scrivania e Baldi seduto su una delle due poltrone di pelle chiara. Il giudice scrutò fisso Rocco, a malapena gli strinse la mano, mormorando a mezzavoce un «Salve...» carico di risentimento. Anche Costa era nervoso e, al contrario di Baldi, sparò il saluto a tutto volume, come era solito fare: «Buongiorno dottor Schiavone, prego si segga!» e indicò la poltroncina libera, proprio accanto al giudice. «Bene bene bene...». E il questore intrecciò le mani poggiandole sul tavolo, poi andò subito al punto. «Parliamo del caso di rue Piave. A quanto mi dice il dottor Baldi, lei è a conoscenza dell'omicida e del movente, ma non vuol dividere le informazioni con noi. È vero o è solo una speculazione del magistrato?».

Rocco guardò Baldi e gli sorrise. «Sapete tutto. Quindi perché girarci intorno?».

«Lei è un rappresentante delle istituzioni» intervenne Baldi, «e dovrebbe agire come tale. Io le ripeto: sappiamo che lei va spesso a Roma, sappiamo con chi si incontra, chi frequenta...».

«E sapete anche il nome dell'omicida, Enzo Baiocchi».

A quel nome Costa e Baldi si guardarono. «Chi è Enzo Baiocchi e perché la vuole morto?».

Rocco stirò il collo, dolorante ancora dalla notte passata in bianco. «Sapete tante cose di me, perché questa non la sapete?».

«Lei è un uomo irritante e non si rende conto, Schiavone, che io e Baldi stiamo provando ad aiutarla. Questo lei lo capisce? La stiamo proteggendo!».

«Proteggendo da cosa?».

«Ha tanti nemici, e mica solo fra i delinquenti. No, ne ha tanti pure al Viminale. L'hanno mandata qui, ma le sarebbe potuto andare molto peggio».

«Sicuro?».

«La pianti con la sua ironia del cazzo!» gridò Baldi. «Lei rischia il deferimento, e molto peggio».

Schiavone allargò le braccia. «Tipo? Essere cacciato dalla polizia? Mandato in qualche posto sperduto sull'Aspromonte?».

«No, amico caro» e Costa sfoderò un sorriso di convenienza. «Lei rischia una seria indagine sui suoi conti, sui suoi acquisti, le sue proprietà, le sue amicizie. Essere cacciato dalla polizia, mi creda, sarebbe un regalo in confronto a quello che le potrebbero fare». Costa si alzò in piedi. Fece due passi verso la finestra. Strinse le mani dietro la schiena e tirò un respiro. «E non avrà alleati, Schiavone. Né in me né nella procura. Per lei inizierebbe un calvario infinito, e le giuro che ce la metteremo tutta per arrivare fino in fondo. Allora» si girò di scatto verso Rocco, «ci racconta qualcosa o chiudiamo qui la riunione?».

Rocco si passò le mani sul viso. Guardò i due inquisitori. «Tre cose: tempo...».

«E quello ne abbiamo quanto ne vuole» disse Baldi.

«Caffè...».

«Faccio portare... la terza cosa?».

«Voglio qui il mio cane».

Costa alzò il telefono. «Rispoli? Porti su il cane di Schiavone. E dica di non passarmi telefonate per tutto il giorno. Giacché ci si trova, ci faccia portare acqua e caffè». Chiuse la comunicazione. Si sedette. «Bene. Siamo tutt'orecchi».

«Prima di cominciare...».

«Ancora?» fece spazientito Baldi.

«Posso sapere tutte queste notizie su di me come le avete avute?».

Baldi e Costa sorrisero. «Lei ha i suoi canali, noi i nostri».

Rocco prese una sigaretta dal pacchetto e la mise in bocca. «È permesso?».

«Questo è un caso eccezionale. Ma è la prima e l'ultima volta nel mio ufficio». Gli accese la sigaretta con un Dupont da scrivania. Rocco fece il primo tiro, sputò il fumo verso il soffitto, poi attaccò: «Allora, facciamo come quando si legge un libro. Io racconto il 70 per cento, il resto lo mettete voi con un po' di fantasia. Ne avete da vendere, no?».

Baldi e Costa non risposero e Rocco cominciò.

Roma. Estate 2007

«Che ore sono amore?» domandò girandosi nel letto. Ma accanto a lui non c'era nessuno.

Da tre giorni.

Cercò di respirare ma qualcosa gli bloccava la trachea. Riusciva a ingoiare solo piccoli morsi d'aria che non bastavano a riempirgli i polmoni. Annaspava, un pesce appena tirato fuori dal lago. Cercò di calmare i battiti del cuore, si mise supino e rilassò tutti i muscoli. Lento prese un respiro profondo, superò quella specie di ostacolo dentro la gola e stavolta l'aria gli penetrò nei polmoni. Espirò. Ripeté l'esercizio quattro volte. Andava meglio, il cuore si stava calmando. Chiuse gli occhi. Tre giorni senza Marina erano veramente troppi. Era già successo a Rocco di stare lontano da sua moglie per più di una settimana. Ma stavolta se n'era andata. Senza sbattere la porta, non era nel suo stile, senza troppi strepiti, senza urla. Semplicemente gli aveva detto: «Per un po' vado a dormire dai miei» e si era preparata la borsa. Tre giorni prima.

Quella domenica di merda.

Sua moglie ci ragionava da tempo, era evidente. Domenica mattina l'aveva trovata nel salone inondato dal sole di fine giugno, seduta al tavolo, immersa nelle carte della banca. Le studiava, segnava con la matita cifre e numeri su un taccuino. Rocco era entrato sbadigliando. «Vuoi il caffè?» le aveva chiesto, e lei s'era tolta gli occhiali per guardarlo in faccia. «Mi spieghi?».

Sua moglie voleva sapere. Non aveva creduto all'eredità di suo zio, all'aumento dello stipendio, a un premio, alla vendita del negozietto di Trastevere che una volta era la tipografia di suo padre. Non le tornavano i conti. «Siediti, Rocco. E dimmi dove prendi i soldi. Niente bugie, non me le merito».

Rocco si era seduto. E le aveva spiegato. Mentre confessava, gli occhi di Marina si erano riempiti di lacrime. Ascoltava, giocherellando con la stanghetta degli occhiali. Fuori il sole picchiava, nell'appartamento di via Poerio invece c'era un freddo autunnale. Non le disse tutto, alcune cose le evitò, omise certi dettagli, ma abbastanza da farle prendere una decisione. «Questo sei tu...» aveva detto, «per quattro soldi sei capace di qualunque cosa». E si era alzata. Rocco aveva provato a fermarla, ma lei non aveva più parlato. Si era fatta la borsa, sotto gli occhi di suo marito, e aveva preso le chiavi della Panda. Sulla soglia, soltanto allora, si era voltata verso Rocco e a bassa voce gli aveva detto: «Devo riflettere. Molto. Per un po' vado a dormire dai miei. Ti prego, non chiamarmi». Era uscita chiudendosi la porta di casa alle spalle. Rocco si accasciò sul divano, si accese una sigaretta e rimase lì fin quando il sole si andò a nascondere dietro i tetti di Roma.

Uscì dalla camera da letto. Le carte della banca che

Marina aveva studiato con tanta attenzione erano ancora sul tavolo. Aveva provato a chiamarla, ma Laura, la madre, gli aveva risposto gentile che Marina non era a casa. Era al lavoro.

«Devo riflettere». Rocco ripeté le parole di sua moglie a mezza voce mentre inseriva la cialda nella macchinetta dell'espresso. «E quanto devi riflettere? Sono tre giorni che rifletti!».

Non lo sapeva Marina chi era Rocco? Non aveva capito da che mondo venisse? Era stata a casa dei suoi genitori alla Lungara. Conosceva i suoi amici, Sebastiano, Furio e Brizio. Non aveva capito chi fossero? Perché solo adesso s'era svegliata e s'era messa a scandagliare ogni dettaglio della sua vita?

«Come li ho fatti i soldi? Ho arrotondato. Ho arrotondato sui carichi di marijuana sequestrati, ho rubato le bustarelle di qualche assessore quando li ho beccati con le mani in pasta, ho rivenduto due quadri, sì! L'ho fatto!». Ma non aveva mai fregato la povera gente, non aveva mai chiuso gli occhi davanti al potente che glielo ordinava.

«Non sono un santo, Mari', non lo sono mai stato!».

Parole inutili che ancora gli rimbombavano in testa. Non l'aveva convinta. Non ce l'aveva fatta. Marina veniva da un altro quartiere. «Tu hai fatto il liceo al Giulio Cesare, abitavi a corso Trieste, tuo padre e tua madre erano professionisti onesti e rispettosi della legge, a fine mese ci arrivavano con il portafogli ancora pieno. Sei mai stata in quattro persone in 30 metri quadrati? Hai mai visto tua madre piangere davanti al fruttarolo che la umilia e la minaccia? Avresti dovuto vedere la sua faccia, Marina, quando è andata a chiedere un prestito ai cravattari per pagare i funerali di papà. Quante scarpe da ginnastica hai avuto durante le medie? Non lo sai? Non te lo puoi ricordare. Io solo un paio. Prese più grandi di due numeri in prima media e durate fino alla terza! Hai mai visto una foto dell'albero di Natale a casa Schiavone? No. E sai perché? Non ce l'avevamo e manco la macchina fotografica per fare la foto! Il tuo era bello, pieno di regali, e tu e tua sorella siete lì col maglioncino a collo alto eccitate perché state per mettere le mani su Ciccio Bello e l'Allegro Chirurgo».

Niente giustifica le tue azioni.

Questo Rocco lo sapeva. Il padre era stato povero per tutta la vita, e mai le sue mani s'erano sporcate, se non di inchiostro. Lui invece le aveva lorde. Aveva cominciato presto. Il padre era morto e lui lavorava dove poteva per aiutare in casa. E i cravattari chiedevano sempre più soldi alla madre. «Lo capisci Marina? Ogni giorno che aveva fatto Iddio andavano da mamma a chiederle i soldi, soldi che lei aveva già restituito!» e Rocco una mattina insieme a Sebastiano e Furio era andato a fare una visita a casa degli strozzini. «Eravamo andati in tre. E non mi pento, Marina, non mi pento. Li abbiamo pestati, li abbiamo minacciati, e sono tornato a casa con un pacco di lire alte così! e a mamma dissi che avevo vinto alla lotteria. Lei finse di credermi. Perché non fingi di credermi anche tu?».

Niente giustifica le tue azioni.

I ricordi, la litigata di tre giorni prima, il caldo, l'ansia, precipitavano come pioggia a scroscio nella testa di Rocco. Si prese il caffè guardando la città pronta ad accogliere il sole. Cercava di rimettere pace nei pensieri che continuavano a giocare con lo spazio e con il tempo. Non aveva voglia di andare al lavoro. E neanche di stare a casa. Aveva solo voglia di Marina. Era sempre stato così nella vita di Rocco. Le cose che più desiderava erano quelle che non si poteva permettere.

Clara mise la caffettiera sul fuoco e guardò l'ora. Le otto e mezza, ora di svegliare Giovanni che alle dieci doveva essere all'università, o almeno così ricordava le avesse detto il giorno prima. Poggiò la tazzina sul tavolo della cucina e andò a bussare alla porta di suo figlio: «Giovanni? Giovanni? Sveglia, sono le otto e mezza!». Aprì piano la porta. Le persiane erano spalancate. Il letto intonso. Clara sentì una polpetta d'ansia scivolarle lungo l'esofago. «Giovanni...?». La stanza era in ordine, come l'aveva lasciata la cameriera il giorno prima. Non un vestito appoggiato alla sedia, il computer spento, i libri ben allineati.

Giovanni non era rientrato.

Clara corse di nuovo in cucina e prese il cellulare. Non c'erano chiamate perse né nuovi messaggi. «Ma dove...». Compose il numero del figlio, l'unico insieme a quello di sua sorella che conoscesse a memoria. La voce fredda l'avvertì che il cliente selezionato non era al momento raggiungibile. Riprovò. Stesso risultato. Andò alla rubrica e chiamò il numero di Isabella. Al quinto squillo rispose la voce assonnata della ragazza.

«P... pronto?».

«Isabella, scusa se ti chiamo a quest'ora. Sono Clara... Giovanni è lì da te?».

«Come?».

«Giovanni è lì da te?».

«No, signora Ferri. Non c'è...».

«Ieri sera eravate insieme?».

Ci fu una pausa. Clara immaginò Isabella passarsi la mano sugli occhi per riprendere contatto con il mondo. «Siamo andati insieme al pub. Ma...».

«Ma cosa?».

«Ecco. Io e Giovanni ieri abbiamo litigato».

Clara si morse le labbra. «E non sai dirmi dov'è andato, dopo?».

«No, non lo so. Mi ha accompagnata a casa, poi l'ho visto montare sul motorino. Ha provato da Pietro? O forse ha dormito da Maurizio. So che oggi doveva andare all'università...».

«Ce l'hai il numero di Maurizio?».

«Glielo mando subito».

«No, dettamelo che con questi cellulari ho poca confidenza».

Alberto Ferri entrò in redazione alle dieci, accompagnato da un dolore ai muscoli lombari che non l'aveva lasciato dalla sera prima. La partita con quelli del «Messaggero» gli era costata cara. A 48 anni non poteva più permettersi di scendere in campo senza un adeguato riscaldamento, correre e scattare come un idiota, il cuore a galoppare nel petto impazzito e l'aria a bruciargli i polmoni. Quante volte aveva sentito di un cinquantenne morto per attacco cardiaco sul campo di calciotto? Per non parlare dei traumi cranici, tibie e peroni che saltavano come petardi a capodanno. Doveva regolarsi, giocare magari solo un tempo e soprattutto non entrare più in competizione come un liceale. Per poco non aveva fratturato la tibia al suo collega di nera, De Dominicis, con un'entrata assassina. «Ma che fai, deficiente!» gli aveva urlato quello con la bava alla bocca. «E che ti stai giocando la Champions League? Stronzo!». Aveva ragione Pino De Dominicis, che bisogno c'era di quell'entrataccia? Ma andando al nocciolo della questione, che bisogno c'era di giocare ogni settimana a quel calcio a otto e rischiare la pelle? «Faccia dello sport, fa bene al sangue!» gli aveva detto il medico curante. Ma forse intendeva delle sane e tranquille sedute in palestra a camminare come un criceto su un tapis roulant o a pedalare biciclette che da quella palestra non si sarebbero mai schiodate. «Alberto, guarda che c'è la tua ex moglie al telefono. È la terza volta che chiama!» gli disse Monica dagli occhi azzurri passandogli accanto con una pila di fogli.

Che vuole? pensò. Per il mese è presto, l'affitto gliel'ho pagato, mo' che c'è? Arrivò al suo box, alzò la cornetta. «Pronto?».

«Alberto!» la voce della donna era carica di ansia.

«Che c'è Clara? Che succede?».

«Ma tu il cellulare che ce l'hai a fare?».

«Proprio per evitare telefonate come questa. Che vuoi?».

«Giovanni stanotte non è rientrato».

«Be', magari ha dormito dalla fidanzata, cosa là... Eleonora, no?».

«No. La fidanzata si chiama Isabella, e ho già chiamato. Non è lì, non è da Maurizio...».

Mentre Clara snocciolava i nomi di tutti gli amici del figlio, Alberto accese il cellulare. C'erano sei messaggi. Cinque di sua moglie. Uno era di Giovanni.

«... Matteo non sa dove sia e neanche Lucia la sua compagna di corso. Ha il telefono sempre staccato. L'ho chiamato una decina di volte ma niente».

«Clara!».

«Che c'è?».

«Guarda che vedo ora... Giovanni mi ha chiamato ieri sera. Alle 11».

«E che ti ha detto?» urlò l'ex moglie.

«Non lo so. Stavo dormendo. C'è il messaggio della Tim che segnala la telefonata».

«Oh Madonna mia...».

«Ascolta, Clara, ora io chiamo tutti gli ospedali e i commissariati di Roma. Ma vedrai che non è niente. Stai tranquilla, va bene? Fatti una camomilla e lascia fare a me, d'accordo?».

«Sì... sì...».

«Bene. Cerca di stare calma» e abbassò il telefono. «Monica! Dammi una mano, per favore».

Monica lo guardò di traverso, alzando appena lo sguardo dal foglio che stava leggendo.

«Monica, mi aiuti o no?».

«Devo aiutare te o tua moglie?».

«Ex, ti prego, Monica. Il problema non è lei».

«Ah no? E qual è?».

Alberto si avvicinò al box della collega: «Ti prego, non è il momento di fare scenate. Si tratta di Giovanni. È sparito da ieri sera senza lasciare tracce. Mi dai una mano?».

Monica annuì, lasciò il foglio e si alzò dalla sedia. «Io mi faccio gli ospedali. Te pensa ai commissariati».

La perforazione era terminata. Ora poteva piazzare il filo diamantato per cominciare il taglio verticale. Doveva farsi aiutare da Omar e salire sulla bancata. Il caldo era insopportabile e il bianco del marmo sparava il sole come uno specchio. Stavano per arrivare le ferie, Ernesto come ogni anno sarebbe andato a Torvajanica, si sarebbe spogliato, avrebbe mostrato la sua abbronzatura a chiazze e tutti avrebbero riso. Faccia e collo neri, braccia dai tricipiti in giù nere, il resto bianco come un bicchiere di latte. Sua figlia la chiamava l'abbronzatura del marmista, e in realtà quello era. Ernesto sorrideva quando vedeva le donne di famiglia sulla spiaggia con quella specie di specchio sotto al mento per abbronzarsi il più possibile. «Venite tre giorni alla cava con me e diventate più nere delle africane!». Figlia e moglie ridevano, si rimettevano gli occhialini di plastica omaggio di «Amica», lo specchio sotto il mento e restavano ad abbrustolirsi al sole mentre lui leggeva il «Corriere dello Sport» all'ombra del chiosco del bar. E le guardava. Sua moglie e sua figlia. Tutto per loro. Respirare le polveri del marmo, abbrustolirsi d'estate e crepare di freddo d'inverno, gettare quintali d'acqua sulle catene, frantumarsi i timpani con il rumore delle corde di diamante che sfregano e mordono la pietra. Tutto per sua moglie, che continuava ad amare dopo 23 anni di matrimonio, e per sua figlia che l'anno prossimo avrebbe finito l'alberghiero e già aveva una proposta di lavoro in un ristorante al Circeo. «Omar! Dove sei?» chiamò approfittando di un momento di pausa dei lavori. «Omar? Qualcuno l'ha visto?». Ciro gli indicò la casupola della direzione: «L'ho visto andare di là... mo' arriva!». Ernesto Auriemma si tolse il casco e si asciugò il sudore. Si guardava intorno alla ricerca del collega, quando lo vide spuntare dal fondo della cava. Correva e inciampava. Attraverso il fumo trasparente che saliva dalla terra che già bolliva per il calore, pareva un fantasma nero fatto di gelatina. Teneva la bocca aperta, e sembrava stesse urlando. Finalmente la voce di Omar arrivò distinta a Ernesto e agli altri colleghi chini sul lavoro: «... morto... correte... morto...» sembrava dire.

«Morto? Che dici, Omar?» gridò Ernesto.

Omar indicava qualcosa alle sue spalle verso il laghetto che stava al centro della cava. Era spaventato. Gli cadde l'elmetto ma non si fermò a raccoglierlo. Adesso era più vicino. «Giù, al laghetto... c'è uno... è morto sicuro!».

Dall'ufficetto uscì Mario, il capo della cava, con la camicia a quadretti e la sigaretta sempre in bocca. «Che cazzo succede?» gridò. Ernesto Auriemma spalancò le braccia. «Non lo so. Omar dice che c'è un morto...».

«Come un morto?» e Mario scese gli scalini per andare incontro all'operaio egiziano. «Che dici Omar? Chi è morto? Uno di noi? Dio, ti prego, no!».

«No, non è uno di noi...» finalmente Omar aveva raggiunto i suoi colleghi. «Venite. Giù, al laghetto, correte» ansimava, e riprese a correre. Ernesto, Mario e gli altri tre operai seguirono in fila indiana il nordafricano. «È laggiù...». Aveva gli occhi spaventati, grandi e neri. «È terribile, terribile», poi aggiunse qualche parola in arabo che nessuno capì.

Svoltarono l'ultima bancata e finalmente giunsero sul ciglio del precipizio. In fondo c'era un laghetto celeste, sembrava rubato al Mar dei Caraibi. Una piscina di un hotel a 5 stelle. Invece era la pozza dalla quale attingevano l'acqua per raffreddare e bagnare le catene e il marmo da tagliare. Omar indicò il fondo della gola. A terra, su una lastra di pietra c'era un uomo. Il rosso del sangue sembrava ancora più acceso sul bianco del marmo sotto il sole di fine giugno. Gli arti erano scomposti. La gamba destra piegata all'indietro, il braccio sinistro avvolto come una sciarpa intorno alla schiena. «O cazzo...» fece il capocantiere. «Come...».

«Ce l'hanno buttato!» fece Ernesto chiudendo gli occhi per cancellare quell'immagine che si sarebbe portato dentro per il resto dei suoi giorni.

«Parrillo, guarda che io sulla Tiburtina ci voglio arrivare vivo» gridò Rocco per superare il rombo dell'Alfa sparata a manetta sulla tangenziale.

«Se lei mi facesse mettere la sirena».

«Io odio la sirena, non la metti manco per niente. E occhio al camion».

Parrillo cambiò corsia, lisciò una Smart, superò il camion, si spostò nella corsia d'emergenza per recuperare i 120 chilometri orari.

«Allora non ci senti? Tanto è morto, 'ndo cazzo corri?».

«Voglio arrivare prima della scientifica».

«E posso sapere perché?».

L'agente alla guida alzò le spalle e non rispose.

«Stammi a sentire Parrillo, adesso cali di una trentina di chilometri all'ora altrimenti ti faccio trasferire nell'entroterra calabrese, intesi? Non c'è neanche l'aria condizionata qua dentro, se corri così non posso aprire i finestrini».

Parrillo obbedì e abbassò velocità e giri motore.

«A volte mi pari un cretino, Parrillo».

Quello sorrise.

«Capisci perché non c'è più benzina nelle auto? Perché correte come deficienti. E capisci perché spendiamo migliaia di euro coi meccanici? Perché le sfondate 'ste macchine. Mo' gira a destra... alla prossima».

Parrillo obbedì. Proseguirono sulla Tiburtina superando il raccordo anulare per un'altra decina di chilometri. Quando arrivarono all'ingresso della cava, due macchine del commissariato più vicino erano davanti al cancello. Gli agenti facendosi da parte salutarono Rocco e Parrillo che parcheggiò nel piazzale davanti all'ufficio della direzione, accanto a due furgoni.

«Mannaggia!». Parrillo diede una manata al volante. «È arrivata prima la scientifica».

Rocco si limitò a guardarlo, poi aprì lo sportello e scese.

Un uomo coi capelli rossi come la testa di un fiammifero gli andò incontro, la mano tesa e il sorriso a trentadue denti: «Ciao Rocco... grazie».

«Figurati Massimino...».

«È che stiamo in pochi, ho chiamato la centrale e...».

«E hai visto bene di rompere il cazzo a me. Questo è l'agente Parrillo».

«Piacere».

«Massimo Casale, viceispettore, Tiburtina». Diede una pacca a Parrillo, poi si rivolse a Rocco: «Vieni a vedere».

Girarono intorno al prefabbricato della direzione, fecero un sentiero in mezzo alla sterpaglia e finalmente arrivarono sull'argine del precipizio. Un poliziotto con la camicia sudata guardava in giù mentre due agenti con il cappuccio e la tuta bianca stavano ispezionando il terreno sul limitare del burrone.

«Ecco, Rocco, intanto dai un'occhiata». Rocco si affacciò a guardare il cadavere schiantato sulla lastra di marmo in mezzo al sangue.

«Da quassù sembra panna schizzata con il ribes o l'amarena» disse il viceispettore a Schiavone che infilandosi i Ray-Ban rispose: «Massimo, tu ti devi prendere una vacanza». Si aggiustò gli occhiali sul naso. «Qui c'è una luce che ammazza».

«È il bianco del marmo. La riflette come uno specchio».

Un uomo con una polo azzurra era accanto al cadavere. «Chi è il patologo laggiù?» chiese al viceispettore.

«Spartaco Pichi. Guarda che è incazzato perché non gli hanno dato le ferie».

«E sai quanto me ne frega. Come si scende?».

Massimo Casale indicò una stradina che come la filettatura di una vite scendeva verso il fondo del burrone. «A piedi sono cinque minuti».

«Se, col cazzo. E poi a risalire? È pure sotto il sole» diede un'occhiata intorno e vide un'Apecar. «Gli operai usano quella?».

«Mi sa di sì...».

Rocco si avviò verso il mezzo. «Poi voglio parlare con chi l'ha trovato».

«Dotto', vuole che l'accompagno?».

«Perché, vuoi mettere la sirena sull'Apecar? No, pigliate un caffè e stattene tranquillo».

Salì sul motoveicolo. L'abitacolo pareva una discarica. Fogli di giornale a terra, macchie sul sedile e una puzza di alcol e pipì che regnava sovrana. Accese il motore e partì alzando un polverone bianco che fece imbestialire i due agenti della scientifica. «E sta' attento!» gli urlarono, ma il vicequestore non poteva sentire, il rumore del triciclo era assordante.

Era la prima volta che portava l'Apecar, ma al liceo aveva la Vespa e ci mise un secondo a capire i comandi al manubrio. Lentamente scese le curve della stradina avvicinandosi sempre di più a quel laghetto turchese che gli metteva una voglia di farci un tuffo tanto era chiaro e invitante. Il medico era chino sul corpo e non alzò lo sguardo, neanche quando Rocco fermò il mezzo a venti metri da lui. Spense il motore e il silenzio tornò irreale nella cava. Alzò gli occhi. Parrillo, Casale e i due della scientifica lo guardavano. Come idioti agitarono la mano per salutarlo. Il laghetto alla sua sinistra era increspato da una brezza leggera. Le Clarks s'erano già sporcate di polvere di marmo come anche il fondo dei pantaloni. «Ciao Uccio».

«Ciao Rocco». Spartaco alzò il viso dal lavoro strizzando un occhio per il sole. Era sudato e il viso era già arrossato. «Non ti do la mano» gli disse mostrando i guanti di lattice già sporchi fino ai polsi. «Hai visto il laghetto?».

«Bello... viene voglia di farsi un bagno».

«Fossi in te non lo farei. Mi sa che è di quel colore per tutti gli acidi che ci buttano dentro».

«Dalla puzza si direbbe proprio. Allora, che mi dici?» e finalmente guardò il cadavere. Un ragazzo, una maglietta bianca con delle scritte verdi e un elefantino sulla manica, la bocca che sputava un rivolo di sangue, jeans nuovi e già strappati, gli occhi pesti. «Documenti?».

«Niente. Magari non è italiano. La vedi la maglietta?».

«Embè?».

«È originale degli Oakland Athletics. La trovi solo negli States».

«Oakland Athletics. Come fai a saperlo?».

«Seguo il baseball...».

«Com'è morto?».

«Prima l'hanno massacrato di botte. Poi...» e girò lentamente il cadavere. «Vedi qui alla base del cranio?». Rocco si avvicinò. «Un colpo solo, con una lama, uno stiletto, un ferro. Zac! Secco».

«Ti sei fatto un'idea del perché è quaggiù?».

«Boh... ce l'avranno buttato, dall'alto. La scientifica sta controllando se ci sono tracce di sangue sul ciglio...».

«Dici che lo volevano buttare nel laghetto e l'hanno lisciato?».

Uccio guardò la pozza d'acqua: «Può essere, sì».

«Secondo te a che ora?».

«Non lo so. Mi devi dare un po' di tempo».

«Io torno su. Vuoi un passaggio?».

Uccio ci pensò. «Sull'Ape?».

«Perché no? Ti metti nel cassone».

«E annamo va'...».

Rocco nella cabina, il medico sul piano di carico, risalivano a fatica su quella carretta a tre ruote. I vetri sporchi di terra rattoppati con lo scotch tremavano e sobbalzavano. Finalmente arrivarono all'ultima curva. Uccio a occhi chiusi pareva godersi la giornata di sole. Rocco fermò il mezzo e scese. Un foglio di giornale gli s'era appiccicato sotto la scarpa. Si chinò per strapparlo e notò con raccapriccio che un preservativo usato s'era spalmato sotto la para.

«Ma porca...». Si pulì sul bordo dello sportello.

«Che è?» gli chiese l'anatomopatologo.

«E io che pensavo di essere un eroe quando a 18 anni trombavo dentro la 500».

Uccio scoppiò a ridere. «È perché sei vecchio. Io le prime botte le davo dentro la Panda. Tiravi giù i sedili e diventava un letto».

«Daje a ride» e si allontanarono dal mezzo. «Dici che dobbiamo dare quel preservativo alla scientifica?».

Risero di nuovo.

La stampa era già arrivata. C'erano i soliti cronisti di nera, volti che Rocco conosceva a memoria. «Sono già qui...».

«Già» fece il viceispettore. «Che facciamo?».

«Fagli fare due foto e poi levali dai coglioni. Voglio parlare con quelli che hanno trovato il cadavere».

«Sono nella baracca della direzione. Io qualche domanda l'ho già fatta. Ma non era uno che lavorava qui».

Rocco si tolse gli occhiali da sole e seguito da Parrillo entrò nella casupola.

Era più grande di quanto sembrasse dall'esterno, almeno 50 metri quadrati, con l'aria condizionata, tre scrivanie e due librerie piene di faldoni. Seduti sulle poltroncine in similpelle o appoggiati al muro sei uomini attendevano. Uno di loro con una pancia sporgente e una camicia a quadri si fece avanti. Teneva in bocca una sigaretta spenta. «Mario Mastini... sono il direttore».

Rocco gli strinse la mano. «Posso sapere chi ha trovato il corpo?».

Si fece avanti un operaio. Si mordeva nervosamente le labbra. «Io... Omar Shawqi...».

«Piacere, Rocco Schiavone. Mi racconta?».

L'uomo lanciò un'occhiata al suo capo che annuì come a dargli il permesso. «L'ho visto mentre facevo la pipì. La faccio sempre laggiù, dove non ci sono più pietre da tagliare. In mezzo ai rovi».

«E vabbè, che c'è da nascondere?».

«Al capo non piace. Dice che dobbiamo usare cessi chimici. Ma puzzano troppo. Allora io preferisco fare fuori».

«E fai bene».

«Mi affaccio e vedo il corpo. Con tutto il sangue. E corro a chiamare gli altri».

Gli altri, sporchi di polvere bianca che spiccava sui visi cotti dal sole, erano tutti con lo sguardo concentrato su Rocco. «Nessuno di voi ha mai visto quel ragazzo prima?».

«Guardi, glielo dico subito. Sono sceso solo io laggiù. Gli altri non se la sono sentita» aveva preso la parola il direttore della cava. «E io non l'ho mai visto».

«Ha toccato niente?».

«Si figuri. Ho solo guardato, anche se si capiva che non c'era più nulla da fare».

«Il laghetto, giù. A cosa serve?».

«Lo usiamo per l'acqua. Serve durante i tagli per bagnare il marmo e le catene».

«È profondo?».

Gli uomini si guardarono. «Bah» aveva preso la parola un piccoletto. «Al centro sarà un tre, quattro metri».

«E ci hanno mai buttato dentro qualcosa?».

«Una volta ci trovammo un carrello della spesa» rispose il direttore Mastini.

«È facile entrare in questa cava?».

«Ma... sì... direi di sì. Insomma, c'è una rete che a un certo punto finisce...» fece Ernesto Auriemma. «Nel senso, non tutto il perimetro è recintato».

«Nessuna guardiania?».

«Sì, ma di notte dorme sempre. È il vecchio Luigi Cuticchio».

«Detto Gigi er cesso» precisò un operaio e gli altri scoppiarono a ridere.

«Gigi er cesso?» chiese il vicequestore.

«Sì. Ci provi a fare due chiacchiere per due minuti e capirà».

«È cieco a un occhio. Lo teniamo con noi perché non ha dove stare. Ci vuole parlare? A quest'ora dorme».

«Invece durante la notte?» fece Ernesto e scoppiarono a ridere. Tutta quell'ilarità pareva fuori luogo agli occhi di Rocco. «Ma che cazzo avete da ride?».

Tornarono seri e nella baracca piombò il silenzio. Un urlo rauco da gelare le ossa rimbombò per la cava.

«Che è?».

Il vicequestore si precipitò fuori insieme agli operai e al direttore.

Raggiunsero il margine della gola. Sulla stradina che scendeva verso il fondo e verso il cadavere, un uomo correva inseguito dal vice Massimo Casale che gli urlava qualcosa, ma la distanza impediva di capire le parole. L'uomo procedeva a gambe divaricate, sembrava poter perdere l'equilibrio da un momento all'altro. Mulinava le braccia e alzava un polverone bianco a ogni pedata. «Chi è?» chiese Rocco.

«Non lo so» fece Uccio Pichi.

«Un giornalista» rispose un agente di polizia. «Voleva prendere la foto qui col fotografo, appena ha visto il corpo s'è messo a urlare e a correre verso il lago».

Il fotografo guardava la scena in silenzio, inebetito. La macchina fotografica a tracolla, lo sguardo concentrato sul collega preda di una crisi isterica. Finalmente l'uomo aveva raggiunto il cadavere. Ci si avventò sopra alzando un nugolo di polvere bianca. Guardò il viso del morto. Poi alzò gli occhi al cielo. Ma non gridò. Restò lì in ginocchio, con la testa del cadavere sul grembo fin quando il vice lo raggiunse e tentò di farlo rialzare.

Rocco si avvicinò al fotografo. «Lo conosce?».

L'uomo sembrò riaversi da un incubo. «Eh?».

«Le ho chiesto se conosce quell'uomo».

Il giornalista annuì. «È un mio collega. Della nera. Ha riconosciuto il cadavere».

«E come?».

Il fotografo allungò un dito verso il pozzo. L'uomo continuava a stringersi al petto il cadavere, il viceispettore non riusciva a farlo alzare, e la polvere di marmo accumulata sui corpi aveva tramutato l'uomo e il morto in un gruppo scultoreo, una specie di Pietà.

«La maglietta. Gliel'aveva portata quest'inverno dalla California».

«A chi l'aveva portata?».

«A suo figlio».

Il giornalista fu accompagnato nella casupola della direzione. Lì almeno c'era l'aria condizionata. Restarono tutti fuori, chi a guardare il furgone della mortuaria, chi a fumarsi una sigaretta all'ombra dei pini mediterranei che costeggiavano la cava. Rocco era andato incontro all'auto della procura. Tirò un respiro di sollievo quando vide Sasà D'Inzeo. Era il magistrato preferito di Schiavone. Quasi gli corse incontro per abbracciarlo. «Uè Rocco, allora?».

«Ragazzo, 20 anni, trovato morto in fondo alla cava. Ti sei perso la scena più tremenda».

«Quale?».

«Il padre l'ha riconosciuto. Un giornalista della nera, era venuto qui a fare un paio di foto col collega. Una cosa straziante».

I due inquirenti camminarono insieme. «Ma ci si abitua mai, Sasà?».

«Dall'alto dei miei 56 anni ti rispondo col cuore in mano: no Rocco, non ci abitueremo mai. A casa tutto bene?».

«Marina mi chiede perché non vieni più a cena a casa nostra» mentì Rocco. Non gli sembrò il caso di raccontare i suoi problemi coniugali.

«Perché alle nove mi viene sonno. E mica mi posso addormentare sul divano di casa tua».

«Guarda che è comodo».

«E poi lo sai, sono pazzo di tua moglie e vederla sprecata accanto a te mi fa male».

«Tu sì che sei un amico, Sasà…».

«Vero? Cazzo che caldo... non c'ero mai stato in una cava. C'è una luce che acceca».

«E secondo te perché porto gli occhiali, per darmi un tono?».

«Rocco, tu non avresti un tono manco in smoking su un red carpet. Forza vai...» e aprì la porticina della direzione.

Il giornalista se ne stava seduto con lo sguardo fisso sul pavimento di linoleum e le mani incrociate davanti alle ginocchia. Muoveva solo i polsi nervoso. Aveva i capelli e le spalle imbiancati dalla polvere di marmo. Appena lo vide da vicino Rocco lo riconobbe. L'aveva incrociato decine di volte sul lavoro. Ricordava l'agenzia per la quale lavorava, non il nome. «Dottore?» fece D'Inzeo.

Il cronista fece no con la testa. «Niente dottore, non sono laureato» poi alzò gli occhi. Le lacrime avevano rigato la polvere bianca sulle guance.

«Sasà D'Inzeo, procura».

«Vicequestore Schiavone, mobile. Io e lei ci conosciamo».

«È vero. Mi scusi, non l'avevo...» poi il giornalista strinse la mano al magistrato. «Piacere. Alberto Ferri. Nera, agenzia di stampa Agsi». Si alzò di scatto. «Devo chiamare mia moglie. Glielo devo dire io. Lo so come vanno queste cose» infilò una mano tremante in tasca e tirò fuori un pacchetto di sigarette. «Se lo fa uno di voi mia moglie si sente male. Non avete tatto, non avete grazia, ecco... qualcuno ha da accendere?». Rocco si avvicinò con l'accendino.

«Grazie. No, proprio no. Non ci sapete fare e... che ore sono?».

«Le due».

«Le due. Non la sento da stamattina. Cioè no. No, ho sbagliato. Mi ha chiamato verso mezzogiorno, mentre venivo qui. Incredibile, no? Uno si scorda le cose in un attimo».

«Ferri, si segga» lo pregò Rocco. Il giornalista lo guardò, tirò avidamente dalla sigaretta e sbatté gli occhi un paio di volte. «Cos'è?».

«Se la sente di rispondere a qualche domanda?».

«Certo. Sì. Certo. Dica» e di scatto si sedette sulla poltroncina accanto alla porta d'ingresso.

«Come... come si chiama suo figlio?».

«Si chiamava Giovanni. Sì, Giovanni. Il nome del papà di mia moglie. Io non l'avrei mai chiamato Giovanni. A me Giovanni non è mai piaciuto. Rodolfo. Ecco, io l'avrei chiamato Rodolfo». Sputava parole come un'arma a ripetizione senza prendere fiato, passandosi ogni tanto la lingua sulle labbra.

«Quanti anni aveva, signor Ferri?».

«Venti. Fatti a maggio. Il primo. Il giorno della festa del lavoro».

«Sua moglie s'era accorta...».

«Sì» e gettò la sigaretta a terra spegnendola con il tacco. «Che stanotte non era rientrato. Per questo stavo chiamando commissariati, ospedali, insomma, stavo cercando mio figlio». Poi con un sorriso ebete sul viso e gli occhi lucidi fissò il magistrato. «E invece era qua!» e con un gesto nervoso alzò le spalle.

«Aveva amicizie... strane?» chiese Rocco.

«Chi, Giovanni? A parte la madre?» e sorrise. «Scherzo. Viveva con lei. Io e Clara siamo divorziati da sette anni. Giovanni all'epoca ne aveva tredici. Aspettammo che finisse la terza media. Poi ci lasciammo. Pensavamo fosse meglio così, no? Finisci le medie, meno traumi, insomma. Al liceo lo portavo un giorno io un giorno mia moglie, il primo anno. Poi Giovanni volle il motorino e alè! Chi lo vedeva più...».

«Lei stava spesso con suo figlio?».

«Spesso? Sì. Abbastanza. Una settimana ogni due stava da me. Più un Natale sì e uno no, ad agosto pure. Insomma, si fanno i turni per tenere il figlio. Era al primo anno di giurisprudenza. Aveva dato... aspetti... istituzioni e storia del diritto romano. Andava forte, sa? Forte, proprio forte. Certo, ripassare con lui è sempre stato un po' noioso, devo essere sincero. Poi io giurisprudenza, insomma non è proprio la mia materia. Ma Giovanni andava forte, proprio forte. Se avesse continuato si sarebbe laureato in meno di cinque anni. Poi ogni tanto veniva con me al lavoro. Seguiva le indagini. Lo sa? Credo che la sua aspirazione fosse quella di fare il cronista. Buffo, no? Come me. Come se insieme ai capelli, gli occhi e la pelle gli avessi trasmesso questa passione. Passione, è un lavoro in fondo, no?».

Mentre il giornalista parlava, Rocco lo osservava. Guardava le palpebre che sbattevano con un ritmo indiavolato. Le mani così strette e intrecciate che le dita erano diventate bianche. Non riusciva a stare fermo. Anche da seduto, muoveva la gamba alzando e abbassando il piede. Un ritmo isterico, continuo. Il vicequestore non sapeva quanto fosse lunga la miccia, ma prima o poi ci sarebbe stata la detonazione. Magari non in quella stanza, non quel pomeriggio di fine giugno. Forse quando sarebbe rientrato a casa e avrebbe dato la notizia alla ex moglie. Oppure di notte, da solo a letto, prima di chiudere gli occhi. Ma sarebbe esploso. Su questo non c'erano dubbi.

«Vuole… qualcosa da bere?» chiese D'Inzeo.

«Perché? No, sto bene. Sto bene. Certo, un po' mi gira la testa. Però secondo me è la cervicale. Per non parlare della schiena. Ieri ho fatto la cazzata di andare a fare una partita di calciotto. Conoscete, no? Calcio a otto. Mi sa che non ho più l'età. Proprio no… però sto bene, sì, sto bene, grazie».

«La portiamo da sua moglie?».

«No no no» e accompagnò l'ultimo no con un pugno sul tavolino. Volarono alcune penne. «No! Ci vado io. Da solo. Fuori c'è il mio collega, il fotografo, vero?».

«Sì».

«Vado con lui. Vado con lui». Si alzò, si guardò intorno. Si toccò le tasche come stesse cercando qualcosa o stesse controllando di aver preso tutto. «Sì. Ora vado. Vado infatti. Sì».

«Sicuro? Qui fuori c'è un'ambulanza e…».

«No no no!» e batté le mani. «Sto bene, cazzo! Allora vado. Dunque. Sì, di qua…» e si diresse a passi spediti verso la porta dell'ufficetto. La aprì. «Accidenti, fuori è un forno, vero?». Gettò un ultimo sorriso tirato a Rocco e al magistrato, poi si incamminò nel piazzale dove il collega lo aspettava all'ombra di un albero.

«Quel poveraccio rischia che gli saltino le coronarie» commentò il magistrato.

«Mi sa anche a me» disse Rocco. «Io mi vado a fare due chiacchiere col cesso».

«Non potresti trovare un modo un po' più gentile per dire che devi andare al bagno?».

«No Sasà, vado proprio a parlare con Gigi er cesso. Che fai, vieni anche tu?».

«Declinerei volentieri. Vado a farmi dare un riassunto dal viceispettore e poi me ne torno in ufficio. Come la vedi?».

Rocco si grattò un orecchio. «Una grandissima rottura di coglioni».

«Sì, ma a parte quello?».

«Fa un caldo allucinante e sto sudando da ore». Rocco sbuffò. «Non lo so, Sasà. Un ragazzo ucciso in questo modo, con un pestaggio prima e una coltellata alla nuca poi, il cadavere gettato di sotto per trenta metri. Così ci finiscono i bastardi, figli di puttana, gente di merda. Non uno che ha appena cominciato giurisprudenza. E che sembra un bravo ragazzo».

«Sì, però è successo».

«Già. E allora...».

«Forse proprio un bravo ragazzo non era?» azzardò il magistrato.

«O forse ha fatto una cazzata. Che i bravi ragazzi tendono a fare se si incontrano con gli orchi. Basta leggersi una favola e questa cosa la impari».

La baracca di Luigi Cuticchio, al secolo Gigi er cesso, sorgeva a una ventina di metri dal cancello principale della cava. Davanti c'era un vecchio lavandino di cemento con un muschio acquoso tutt'intorno al rubinetto gocciolante e un piccolo recinto che finiva sul retro e ospitava delle galline. Dall'altra parte un abbozzo di orto. Fuori dalla casupola di legno e lamiera stavano una sdraio lisa e arrugginita e un tavolino di formica sul quale poggiava un vecchio portacenere della birra Peroni sotto un ombrellone blu scolorito. Rocco si avvicinò alla porta agganciata ai cardini con del filo di ferro e bussò tre volte. La porta vibrò. Dieci secondi dopo apparve Luigi Cuticchio. Non arrivava al metro e cinquanta, e una ipercifosi lo costringeva a guardare le persone storcendo il collo e alzando l'occhio destro, quello dal quale vedeva meglio, in direzione contraria alla gobba che invece tirava a sinistra. I capelli bianchi radi sulla sommità del cranio scendevano con boccoli luridi sulle spalle. Aveva la barba ispida di giorni e dalle labbra semichiuse si notavano un sacco di assenze nella chiostra dentale. Un taglio sfregiava lo zigomo a sinistra. Le mani parevano artigli gonfi e dalla camicia a maniche lunghe nonostante la temperatura, spuntavano tatuaggi fatti con la biro. Portava un paio di ciabatte di plastica e aveva i piedi storti. A Rocco non ricordò un animale, ma un vecchio ulivo dimenticato in un campo.

Per prima cosa Gigi si schiarì la gola e scaracchiò ai piedi del vicequestore. «Chi è? Chevvòi?».

«Vicequestore Schiavone. Dobbiamo parlare».

«Ah, io nun so gnente!» e sbatté la porta sul muso di Rocco. Paziente il poliziotto bussò di nuovo. Quello riaprì. «Chevvòi?».

«So' quello di prima. Risbattimi la porta in faccia e ti gonfio come una zampogna».

«Io so' vecchio!».

«E io ti gonfio uguale».

Sapeva che non era quello il modo giusto per cominciare un interrogatorio, ma troppi anni di strada e sanpietrini gli avevano insegnato che chi si fa pecora il lupo se lo magna. E Gigi er cesso, a giudicare dai tatuaggi sui polsi, a Rebibbia qualche giro l'aveva fatto.

«Che voi sape'?» chiese il vecchio spalancando l'occhio buono mentre il sinistro era ormai una fessura sotto le sopracciglia cespugliose.

«Ieri notte».

Gigi scaracchiò un'altra volta, poi si infilò l'unghia del mignolo nell'orecchio. «Embè?» e cominciò a girare veloce come se volesse accendere un motorino.

«Hai sentito rumori? Qualcuno?».

Agitò ancora il mignolo per qualche secondo, poi tolse il dito e se l'asciugò sulla camicia. «No. Nun me pare. Lo so che è successo, sa'? So' venuti a dirmelo. E da quassù ho visto pure er morto. Poveretto. Ma io nun ho sentito niente» e scaracchiò ancora.

«Porca puttana!» gridò Rocco. «Ma ti stai fermo un attimo? Sputi, ti pulisci le orecchie, sta' fermo!».

Gigi obbedì e come congelato si mise a guardare il vicequestore.

«La sera il cancello lo chiudi tu?».

«Sissignore. Solo che è inutile. L'hai vista la serratura, no?».

«No».

«S'apre co' 'na forcina». Scaracchiò ancora. Rocco alzò gli occhi al cielo. «E poi la recinzione mica c'è su tutto il perimetro».

«Ah no?».

«No. Nun c'è bisogno da passa' pe 'r cancello. Basta fa' er giro sul retro... Senti, ma nun è che vòi veni' dentro a prenderti una cosa da bere».

«Lascia perde, Gigi».

«Mo' però ti dico una cosa, guardia». Gigi si avvicinò, come se non vedesse l'ora di far sentire il suo alito al poliziotto. «Il cancello nun l'hanno aperto. E sai perché?».

«Perché?».

«Perché io so' furbo. Ce metto un pezzetto de legno la sera che se uno lo apre il pezzetto casca. Invece stammatina il legnetto stava là. Capito?».

«Capito».

«So' entrati dalla recinzione. So' sei ettari de cava qui», e accompagnò la frase compiendo un semicerchio col braccio spandendo l'afrore di ascella antica tutt'intorno.

«Tu non me stai a cogliona', vero?».

«E perché dovrei? Io i guai miei l'ho pagati. Mo' faccio il guardiano. M'hanno dato casa, da magna'...» e si sfregò le palle, «m'hanno dato pure la televisione e quattrocento euro al mese!» e mosse quattro dita della mano ad uncino, sporche di grasso e chissà cos'altro. «Dico, pe fasse una vecchiaia vanno più che bene, no?».

«Direi di sì. Ma siamo sicuri che ieri sera tu eri qui, a casa?».

«Je lo giuro, dotto'!».

«Senti Gigi, se ti viene in mente qualcosa...» e Gigi approfittò della pausa di Rocco per scatarrare di nuovo. «Eccheccazzo, Gigi! E falla finita!».

«Se mi viene in mente una cosa?» chiese quello.

«Tu mi chiami».

«E io il numero mica ce l'ho. Non ci ho manco er telefono».

«No, ma vai da Mario, il capo, e gli dici che me devi parla'. Lui mi rintraccia facile. Tu stanotte non hai sentito niente, vero?».

«Giuro de no. E sai perché ce devi crede? Perché quello che hanno ammazzato è un ragazzetto. E a me 'sta cosa me fa schifo!».

Per dimostrare il disprezzo che aveva per quell'omicidio sputò per terra.

«Abbiamo capito da dove sono passati» disse il vice-ispettore Massimo Casale andando incontro a Rocco. «La recinzione, un quattrocento metri e poi finisce».

«Me l'ha appena detto Gigi er cesso».

Si incamminarono superando erbacce e fossi. Dovettero circumnavigare la gola per arrivare alle spalle di un montarozzo. Lì si sentiva di nuovo il rumore delle macchine. La campagna a duecento metri dalla recinzione era tagliata dalla Tiburtina, caotica e trafficata. I due poliziotti continuarono fino a raggiungere il punto in cui la rete di ferro si interrompeva di colpo in mezzo alle erbacce. «Ma guarda te» fece Rocco.

«Visto? Termina qui. Riprende solo laggiù, vedi? Dall'altra parte». Il vice indicò un punto lontanissimo dove si scorgeva la rete metallica.

«Bene, diciamo che sono entrati da qui...».

Il clacson di un camion che correva sulla consolare rimbalzò nella campagna. Rocco guardò oltre il prato. Lontano si vedevano le pendici dei castelli romani. Un benzinaio a un centinaio di metri.

«Ci siete andati lì?» e indicò il distributore.

«Ci volevo mandare un paio di agenti. Sembra un self service, capace che nelle ore notturne sia aperto».

Era un distributore con due pompe di benzina. Quando i poliziotti arrivarono, un ragazzo con la barba e un cappellino con la visiera, vestito con la tuta della Tamoil, aveva appena salutato una Golf bianca che s'era rifornita. Stava mettendosi i soldi in tasca quando s'accorse dei poliziotti che arrivavano dalla campagna. Si portò la mano davanti alla visiera del berretto per coprirsi dal sole. «Salve» disse.

Rocco e Massimo non risposero al saluto.

«Ci sono telecamere a circuito chiuso qui?» chiese il vicequestore guardandosi intorno.

«No, non le abbiamo messe. Perché?».

Rocco si era avvicinato alla colonnina del self service. Guardò il vice: «Magari una botta di culo…».

«Perché no?» disse Massimo.

«Che siete del controllo?» chiese il benzinaio. E siccome Rocco non rispondeva, al vice non gli sembrò il caso di prendere l'iniziativa.

«Ha toccato i tasti di questo self service?».

«No. Ma mi dite che succede?» il ragazzo cominciava a preoccuparsi.

«A che ora ha aperto?».

Il benzinaio deglutì. «Alle sei, come sempre…».

Rocco annuì al collega e si mise ad osservare da vicino il display e i tasti. Massimo guardò il ragazzo. «C'è stato un omicidio alla cava».

«Un omicidio?» il benzinaio si tolse il cappellino. «O porca…» e si grattò i capelli cortissimi.

«Già. Faccia una cosa» disse Rocco. «Chiuda».

«Chiudo? E al principale che gli dico?».

«Che te l'ha ordinato il vicequestore Schiavone, polizia di Stato».

«Ah, siete della polizia».

«Ammazza sei bravo! Chiudi va', fa' il favore».

«Posso… posso chiamare il principale? Sa, mio zio s'incazza facile».

«E a me che me ne frega?». Mentre il benzinaio correva verso il gabbiotto, il vicequestore si guardava in giro con le mani poggiate sui fianchi.

«E chi ti dice che si sono fermati proprio qui?».

«Ti dico come comincio a vedere la cosa?» l'ispettore si mise in ascolto. «Che la vittima potrebbe aver approfittato di una sosta proprio a questo distributore per scappare verso la campagna».

Il poliziotto si toccò il naso. «Quindi secondo te erano in macchina insieme?».

«Non lo so. Ma perché scartare l'ipotesi? Chiama quelli della scientifica a dare un'occhiata a questa colonnina del self service».

Massimo prese il cellulare e si allontanò. Una macchina si accostò alla pompa. L'autista aprì il finestrino e guardò il vicequestore. «Me fa venti euro, grazie!».

«Te sembro il benzinaio?» disse Rocco.

«Che ne so? Stai qui davanti».

«È chiuso» rispose Rocco.

«Come è chiuso? A quest'ora?».

«È chiuso» ripeté il vicequestore.

«E allora perché non avete messo i…».

«Te ne devi anna'!» gridò Schiavone. Quello ingranò la marcia e partì a razzo. Il benzinaio uscì dal gabbiotto con dei coni di plastica. «Ecco, vado a chiudere!».

«Bravo…».

«Mio zio s'è incazzato, ma a me m'avete fatto un regalo. Me ne vado al mare!» e cominciò a posizionare i birilli davanti all'ingresso della pompa di benzina.

Sotto il sole che non dava tregua, Rocco e il collega tornarono sul ciglio del burrone, dove chino c'era un uomo alto e magro, la faccia scavata di un morto appena risvegliato.

«Ah, il sostituto della scientifica» fece Massimo. Rocco lo guardò. «No, Gizzi no!».

«Lo conosci? Si dice che è simpatico».

«Quello di simpatico non ha manco il nervo! Poi c'è un mistero che non tutti riescono a svelare».

«Sarebbe?».

«Lo vedi? Pare un morto che cammina. Be', ci credi? Ha due amanti!».

«Quello?».

«Eh già».

Massimo ci rifletté sopra. «Magari la moglie non gliela dà più...».

«Lascia stare. Già il fatto che uno come Gizzi abbia trovato una moglie è una cosa stupefacente. Che je faccia pure le corna entriamo nel fantascientifico!». Lasciò il viceispettore e si avvicinò all'uomo.

«Ciao» salutò, ma il sostituto non rispose. Chino sull'erba pareva osservare il viavai delle formiche.

«Senti un po', Gizzi...».

«Già ho pochi agenti e me ne mandi uno a controllare il benzinaio sulla statale?» protestò quello.

«Può servire».

«E va bene. Diamo un'occhiata al distributore, alla Tiburtina, arriviamo fino a Montecompatri, se va bene».

«Che palle...» mormorò Rocco. «Ascoltami, io ho bisogno di sapere un po' di cose».

Il sostituto alzò lo sguardo. «Come no. Fa' conto che so' un supermercato e mi fai la lista della spesa».

Rocco sospirò annoiato. «Manco a me me va de lavora' a fine giugno, amico caro, allora te lo chiedo con cortesia, visto che mi sembri uno che prende facile d'aceto. Vuoi essere così gentile da aiutarmi sul caso e dirmi delle cose che solo voi, grazie alla vostra perizia, potete scoprire?».

Gizzi si alzò, si mise davanti a Rocco: «Tipo?».

«Tipo: uno, se c'è tanto sangue qui intorno. Due, se è proprio da qui che l'hanno buttato. Tre, se avete trovato tracce di sangue sul percorso che ho appena fatto... mi hai visto, no?».

«Sì, t'ho visto. Sei spuntato fuori da quel montarozzo lì».

«Esatto. La recinzione a un certo punto finisce. Sarebbe bello sapere se lì intorno, in direzione del benzinaio che trovate a un centinaio di metri sulla statale, ci sono delle tracce di sangue o roba simile».

Gizzi annuì sorridendo, ma il sorriso era falso. «Certo, caro collega».

«Ah, e poi ho un grande regalo per te e la tua squadra. Guarda che c'è un preservativo usato nell'Apecar che ho guidato per scendere giù nel burrone».

Gizzi scosse il capo. «E a me che me frega?».

«Te lo dicevo per onore di verità».

«Non siamo davanti a una violenza carnale. E non credo che l'assassino, dopo aver ucciso il ragazzo, si sia fatto una scopata dentro un'Apecar, ne convieni?».

«Io l'ho detta la cosa. Sta a te giudicare l'importanza di un esame dall'alto della tua professionalità. Pe' me col preservativo te ce poi fa' pure un palloncino».

«Non fai ridere!».

«La mattina fai colazione con la varechina?».

Gizzi lo mandò a quel paese con un gesto della mano e si rimise chino a guardare il terreno. Ma Rocco non si decideva ad andare via. «Un'ultima domanda e poi vado: perché voi della scientifica siete sempre così acidi?».

«Non è vero. Siamo pignoli e ci teniamo alla forma. Tutto qui».

«Allora se sei pignolo va' a raccogliere quel preservativo!».

«Vaffanculo, Schiavone!».

«Ricambio con affetto, Gizzi».

Rocco girò i tacchi e raggiunse Parrillo che fumava una sigaretta sotto la pensilina della direzione. «Annamo, Parrillo!».

L'agente gettò il mozzicone e seguì il superiore. «Ti dico solo che se corri te ne torni a casa coi mezzi».

«Con i mezzi intende l'autobus?».

«O la metropolitana, a seconda».

«Vado piano, dottore».

Rientrò in ufficio che era pomeriggio inoltrato. Distrutto, sentiva il bisogno di fare una doccia e togliersi di dosso la polvere di marmo e il caldo della giornata. Non aveva voglia di tornare a casa. Non se la sentiva di affrontare un'altra serata da solo, un'altra notte a ripensare alle cose che s'era detto con Marina.

Niente giustifica le tue azioni.

Non era una frase di sua moglie. Era un suo pensiero fisso, che da tre giorni lo ossessionava. Anche se dopo tanti anni di matrimonio tendeva spesso ad attribuirle parole che invece erano sue, e viceversa. Succede spesso, con la simbiosi e l'abitudine. E questo non aveva mai disturbato Rocco.

«Dottore, mi voleva?».

De Silvestri, l'agente più anziano e prezioso del commissariato, s'era affacciato sulla porta cogliendo Rocco immerso nei suoi pensieri.

«Eh? Sì Alfredo, fammi un piacere». Infilò la mano in tasca e tirò fuori uno scontrino. Dietro aveva appuntato un nome. «... tale Luigi Cuticchio. Sui 70 anni».

«Vado. Altro?».

«Sì. La cava sulla Tiburtina, al chilometro 48. Voglio sapere di chi è, da quanto tempo esiste eccetera».

«Posso dare l'incombenza a Zuccari?».

«È uno sveglio, sì. Non ha chiamato Pichi dall'ospedale?».

«Nossignore».

«E allora vai pure. Lo sai?».

«Cosa?».

«Questa storia del ventenne morto alla cava. È una cosa brutta. Mi servirai, tantissimo».

«Dottore, tranquillo. Sempre a disposizione» e portando la mano di taglio alla fronte sparì. Rocco afferrò il telefono e compose un numero. «Sebastiano? Che fate stasera?».

Sebastiano posò il telefono e si stiracchiò sulla poltrona. Il rumore del phon copriva il traffico del lungo-tevere. «Chi era?» urlò dal bagno Adele, la sua compagna, appena rientrata dalla piscina.

Sebastiano non sopportava dover parlare da una stanza all'altra urlando fino a farsi sanguinare le corde vocali. Con uno sforzo tirò su i suoi cento chili dalla poltrona sbuffando come una vecchia locomotiva. Non era grasso, anche se un po' di chili in più li aveva, era stato enorme fin dalla nascita. Cinque chili e sessanta appena partorito, crescita ininterrotta fino ai 18 anni, quando aveva già la barba e le braccia grosse come posteriori di un cavallo. A guardarlo così, lento e pachidermico, ci si poteva fare un'idea sbagliata. Idea che a molti era costata cara. Sebastiano era agile e potente. Come un orso, una macchina da guerra spietata che in pochi attimi riduce il nemico in poltiglia.

«Amo' allora? Chi era?».

Raggiunse il bagno e si appoggiò sull'anta che scricchiolò. Si perse a osservare Adele che soffiava aria calda sui capelli lunghi e neri, setosi e lucenti. Sembrava andasse in moto, o fosse sulla prua di una nave che solca i mari.

«Oh, allora?».

«Era Rocco. Stasera lo porto a cena».

«Che guai ci sono?».

«Senti, se voi parla' però chiudi 'st'attrezzo che mi sto sgolando!».

Adele spense il phon e seccata guardò Sebastiano. «Ecco fatto. Va bene così?».

«Quanto sei bella» le disse. Adele sorrise. «No».

«No che?».

«No. Devo andare da mia sorella e non posso perdere tempo». Poi prevenì la protesta di Sebastiano. «Ogni volta che cominci con un complimento so dove vuoi andare a finire. In camera, sul letto, e prima di un'ora non mi sbrigo».

«Non voglio andare sul letto, per me va bene pure qui al bagno».

«Sempre romantico, tu. Allora dimmi un po', che succede?» si girò verso lo specchio e cominciò a pettinarsi.

«Secondo me qualcosa con Rocco non va. Quando chiama e vuole andare a cena significa che gli è arrivato qualche cetriolo volante».

«Ma vai solo tu?».

«No. Anche Brizio e Furio».

«I quattro dell'Ave Maria» e Adele accese il phon e riprese ad asciugarsi i capelli.

«Quando vai in piscina» urlò Sebastiano «ti devi asciugare lì, sennò poi la paghi con la cervicale».

«Non ci sono i phon» rispose Adele. «Cioè, ci sono, ma non vanno bene. Rovinano i capelli». Si ammirava sorridendo con gli occhi. Poi Sebastiano si sentì osservato dallo specchio. Si girò e si accorse che l'immagine di Adele lo stava guardando.

«Che c'è?» le chiese.

«Chiama Brizio e Furio. Un'ora ce l'ho!».

Non le avrebbe mai capite le donne, ma obbedì.

«Va bene Seba, a stasera». Brizio chiuse il cellulare e si voltò verso la coppia che stava in piedi in mezzo alla stanza. «Allora come vi dicevo, questo è il salone, che è diviso dalla zona studio con un tramezzo. Basterebbe buttarlo giù e raddoppiare i metri quadrati» non era lui di solito a girare per appartamenti coi clienti, quello lo lasciava fare ai suoi due impiegati. Ma questa volta era diverso. Aveva curato la coppia con delicatezza e attenzione, l'aveva blandita e corteggiata, gli aveva mostrato ben sei appartamenti ai Parioli, tutti sopra il milione di euro, pronti per essere abitati. Brizio dall'alto del suo metro e ottantacinque, i capelli di un biondo ramato, sempre pettinati e in ordine nonostante gli anni minacciassero di spolverarne via un po', la tirava per le lunghe coi coniugi Molinari. Se avesse voluto avrebbe già potuto chiudere la storia al terzo appartamento in via Gramsci, un quarto piano di 120 metri quadrati con un proprietario pronto alla trattativa e a scendere anche di centomila euro. Ma aveva tentennato, Brizio Marchetti, il proprietario dell'omonima agenzia *Marchetti case e non solo*, aveva lasciato intuire alla coppia che forse in giro c'era di meglio. Non era vero. Quello di via Gramsci era un affare, ma Brizio di chiudere non aveva nessuna voglia. Il motivo non era da ricercare nella sua pignoleria o nella sua onestà di agente immobiliare, non era né pignolo né onesto, bensì in Elisabetta Molinari. Una donna che poteva spingere al fallimento una multinazionale, figurarsi un'agenzia immobiliare come quella di Brizio che spesso serviva più da copertura per i suoi traffici che a vendere case. Aveva una carnagione colore bronzo, i capelli neri, lisci cadevano lunghi sulle spalle, gli occhi erano grigi e il corpo un giunco, sembrava fluttuare su marmi e parquet. A contrastare la delicatezza del suo corpo, due seni sodi e puntati verso l'alto che rendevano difficile a Brizio la concentrazione sugli impianti a norma e lo stato degli infissi. Le aveva provate tutte, ma Elisabetta Molinari era una rocca inattaccabile. Un fortino difeso da mille trabocchetti e insidie, al sesto incontro ancora non era riuscito ad avere da lei un sorriso, un battito di ciglia, niente. Il motivo era il marito. Federico Molinari era uno tosto. Quindici anni più della moglie, una fabbrica di viti e bulloni e un conto in banca a parecchi zeri. Ai Parioli cercava un pied-à-terre, loro abitavano in una villa del vicentino protetta dalle belle arti. Molinari era un treno vincente, e sua moglie Elisabetta non avrebbe rischiato l'osso del collo per uno come Brizio. Attraente, sì, simpatico e un po' cafone, a certe donne un semianalfabeta coi muscoli a posto per un paio di notti può andare benone, ma non era abbastanza. Almeno questo era il pensiero di Brizio. Non lo sfiorava l'idea che semplicemente lui, a Elisabetta Molinari, non piaceva affatto. L'industriale era all'ultimo appuntamento, poi voleva chiudere una volta e per sempre l'affare, non poteva perdere tutto quel tempo per un appoggio a Roma. «Perché non viene sua moglie a vedere gli altri appartamenti? Ci sono parecchie proposte che vorrei farvi» aveva azzardato Brizio sbavando al pensiero di restare solo con quella donna in una casa disabitata e tentare l'assalto finale. Negli occhi e nella mente già saltellavano le immagini di *Ultimo tango a Parigi*. «Perché io e mia moglie le case le vediamo assieme» aveva risposto l'industriale. Allora quel giorno, forse l'ultimo che avrebbe visto Elisabetta Molinari, doveva tentare l'impossibile. «Magari non avete bisogno di tutto questo spazio per il salone, ma il colpo d'occhio appena entrati sarebbe eccezionale, non pensate?».

Elisabetta guardava il panorama fuori dalla finestra. Molinari faceva sì con la testa e rifletteva. «Be', che ne dici Eli?».

«Non lo so. Non saprei. Io preferivo quello di via Gramsci» rispose la donna con un filo di voce. Quel giorno indossava una gonna aderente che la fasciava come un guanto. Brizio sudava e non riusciva a tenere ferme le mani. «Bene» disse, «quella di via Gramsci è sempre libera. Volete provare a fare un'offerta?».

«La potevo fare quattro settimane fa!» fece l'industriale guardando storto Brizio.

«Mi dispiace. Io speravo che più scelta, più occasioni».

«E qui si sbaglia. Si vede che lei non ha a che fare con la finanza. Quando ti si presenta un affare, basta! Chiudere. Non stare lì a pensare. Io avrei chiuso se non fosse stato per lei!» e indicò la moglie.

Una campana rintronò le orecchie di Brizio. La donna aveva voluto allungare i tempi? Lei? Elisabetta voleva continuare a vedere appartamenti nonostante fosse chiaro che via Gramsci era la casa da comprare? Sorrise. Non tutto era perduto.

«Perché sorride?» gli chiese il marito.

«Perché sono felice che lei abbia individuato l'appartamento giusto».

«Bene, andiamo in agenzia e chiudiamo». L'industriale si diresse verso la porta a ampie falcate. Elisabetta si voltò verso Brizio.

Ora o mai più, si disse.

«Mi dispiace, vi ho delusi». La donna per la prima volta gli fece un sorriso e Brizio ebbe la sensazione di prendere un cazzotto in pieno volto talmente era bello. «Non si preoccupi. Lei è stato magnifico. L'avevo capito che voleva allungare i tempi, cosa crede?».

Ora o mai più, si ripeté.

«È vero» e si avvicinò alla donna. «E mi dispiace, ma non potevo farne a meno».

«Anche io» rispose lei.

Ora o mai più.

«Elisabetta, vorrei poterla invitare a cena».

La donna rispose tranquilla: «Io no». Una lama ghiacciata fermò la circolazione sanguigna di Brizio. «Lei è stato gentile ad allungare i tempi, ne avevo bisogno. Ora se non le dispiace vorrei tornare giù».

«Mi scusi... io credevo... ma allora perché? Ha già qualcuno qui a Roma?».

«A roscio» rispose Elisabetta sfoderando un accento testaccino. «La cosa che devi impara' è fatte li cazzi tua. Con permesso». E sorridendo uscì dalla stanza.

Non era la prima sconfitta che Brizio subiva ma così totale, spietata e senza appello non gli era mai capitato. Nonostante tutto provò ammirazione per Elisabetta e gli venne da ridere. «Testaccio?» le chiese mentre usciva dalla porta.

«Garbatella, a esse precisi» rispose quella, e se ne andò. A Brizio non restava che chiamare Furio per la serata con Rocco.

Le scintille rimbalzavano sul metallo e illuminavano i volti dei due uomini coperti dalla maschera. «Questa non se buca!» disse Furio.

«È tosta» rispose il vecchio che fermò la fiamma ossidrica. «Non so che dirti, Furio».

I due si alzarono in piedi a guardare la cassaforte.

«È una Lips Vago degli anni '70, se dovrebbe apri' come un burro» e Furio si passò la mano sulla testa. La luce al neon gli rimbalzava sul cranio sudato.

«Sai quante ne ho aperte de queste» disse Remo posando la fiamma ossidrica a terra.

A Furio venne voglia di prenderla a calci. «Che alternative abbiamo Remu'?».

«Falla salta' in aria. Ma bisogna caricarsela e portarla in campagna. Qui in garage ce sentono fino al Colosseo».

Furio annuì. Era costata una fatica immensa trascinarla fin lì dal negozio a via dei 4 Cantoni, due giorni di preparativi, una notte intera per entrare nella gioielleria e ora la stronza non ne voleva sapere di aprirsi.

«Daje ce rifaccio» fece Remo inginocchiandosi e afferrando la fiamma ossidrica. Si coprì il volto e riprese il lavoro. Furio per un momento fissò le scintille poi prima di perdere la vista si voltò e andò a bere un sorso d'acqua dalla bottiglia che aveva lasciato sulle taniche dell'olio.

«Stronza!» urlò Remo. Furio si voltò. Il vecchio lo guardava con gli occhi che ridevano. «Remo uno, cassaforte zero!».

Aveva ceduto. Furio si avventò sul cubo di metallo. Il compagno afferrò le tenaglie e strappò via un cerchio perfetto di metallo lacerato sull'intera circonferenza. La Lips Vago somigliava a una scatola di sardine. Furio infilò la mano e tirò fuori una serie di astucci di velluto. Ne aprì uno. Una collana mandava raggi di luce sugli occhi eccitati dei due compari. Furio si infilò l'oculare. Sorrise.

«Bene... molto bene». Aprì un secondo astuccio. Dieci pietre rosse che quasi lo fecero lacrimare di gioia. «Rubini... cazzarola, Remo!».

Il vecchio soddisfatto si rialzò e cominciò a rimettere a posto gli attrezzi. Furio controllava un astuccio dopo l'altro. Poi si voltò di scatto. «Tieni Remo, questi so' per te!» e gli consegnò un involto bordeaux.

«Che so'?».

«Diamanti. Puri. Qua dentro ce stanno una ventina di migliaia di euro!».

Remo tentennò.

«Prendili!».

«Per due ore di lavoro... mi sembra esagerato, Furio!».

«Prendili Remu', e abbracciami tua moglie».

Il vecchio allungò la mano callosa e intascò il pacchetto. «Grazie, sei...».

«Niente parole che sennò se mettemo a piagne. Stammi bene».

Remo salutò con un leggero inchino del capo e carico di attrezzi uscì dal garage lasciando il compare a controllare gli astucci. Il cellulare di Furio suonò.

«Dimme, Brizio».

«Ciao, Furio. Che stai a fa'?».

«Lavoro. Urgente?».

«Stasera a cena con Rocco, te va?».

«Offro io».

«Perché?».

«Diciamo che gli affari oggi hanno preso una bella piega!».

«Ma sempre a Roma sparita dobbiamo venire?» chiese Rocco avvicinandosi al tavolo.

All'aperto, sotto un manto di stelle con una brezza leggera e le luci di Trastevere, il ristorante era stracolmo, ma un angolo per Rocco e i suoi amici c'era sempre.

«Se cacio e pepe te voi magna', a Roma sparita devi da anna'!» rispose Sebastiano reprimendo un rutto. Lo Spritz già risaliva l'esofago. A guardargli i bicipiti, i pettorali e la pancia a malapena contenuti sotto la Lacoste rosa, sembrava dovesse esplodere da un momento all'altro.

«'Sta cazzata l'hai scritta tu?» chiese Brizio, sempre coi capelli in ordine e la maglietta con un misterioso logo d'oltreoceano.

«Non te piace, Brizio?».

«No, Sebastia'. Fa solo rima, ma fa cacare».

«È arivato er poeta!».

«Che poi d'estate a me cacio e pepe non mi va» fece Furio sedendosi e rimboccandosi le maniche della camicia di lino bianca che esaltava l'abbronzatura. Furio era sempre il primo ad abbronzarsi e l'ultimo a tornare pallido. Il segreto era nella terrazza di casa sua, dove unto di crema si stendeva a farsi schiaffeggiare dal primo sole di maggio e dalle ultime bave autunnali.

«E se non te va la cacio e pepe pijate la pizza, no?» gli propose Brizio aggiustandosi la chioma.

«No. La pizza la sera m'abbotta, poi nun dormo».

Presero posto. Sebastiano guardava gli altri tavoli per cercare qualche faccia conosciuta, Furio si rollava una sigaretta, Rocco cercava il pacchetto di Camel, Brizio invece s'era già concentrato sul gruppetto di turisti alla destra, dove due scandinave sorridenti e con le gote arrossate dal sole italiano ridevano parlando nel loro incomprensibile idioma.

«Che stai a prende appunti per la pippa serale?» gli chiese Furio. Brizio sorrise.

«Sono troppo giovani, Bri'...» gli disse Rocco. «25 anni al massimo».

«Lo sai come dice il poeta?».

«Sentiamo la cazzata» ruggì Sebastiano.

«La rosa va colta al mattino, che al pomeriggio se rovina!».

Rocco lo guardò. «E che? Un poeta si esprime così?».

«No» fece Brizio. «Questo è il concetto. È che io le poesie con le parole dei poeti non le so dire».

«Poraccio...» mormorò Furio leccando la sigaretta.

«Vabbè, che se magnamo?» chiese Sebastiano grattandosi la barba. «A me la cacio e pepe me va».

«E vada pure per me» disse Furio sconfitto.

«E per me. Tu Rocco?».

«Boh. Non lo so. Non ho fame».

«È l'estate» sospirò Furio.

«No. È Marina» rispose Rocco.

«Perché? Che succede?» chiese Sebastiano con un'incrinatura di allarme nella voce.

Rocco guardava i riflessi nel bicchiere vuoto. «Se n'è andata da tre giorni».

«O cazzo» fece in un soffio Furio. «Ecco perché 'sta cena. E com'è?».

«Ha scoperto un po' di cose».

I tre amici si concentrarono sul viso del vicequestore. «Che stai a di'?».

«Quello che ho detto, Brizio. S'è messa a indagare, con le carte, i conti. Ha voluto sapere questo e quello».

«E tu?» incalzò Sebastiano.

«E che le potevo dire? Voleva sapere da dove venissero tutti quei soldi. Insomma quanto prendo al mese lo sa».

«Non le hai detto la cazzata della tipografia di tuo padre?».

«Non ci ha creduto, Brizio...».

Ci fu un silenzio dovuto a una riflessione collettiva riempito dal vociare degli altri clienti e soprattutto dalla risata delle scandinave. Poi prese la parola Furio. «Ma quanto le hai detto?» e sottolineò il pronome.

«Un po'» rispose Rocco alzando le spalle. «Mi sa che a Marina non la vedo più».

«Non dire così. È normale» e Sebastiano poggiò la zampa pelosa sull'avambraccio del vicequestore. «Lei non è abituata. Viene dai quartieri alti. Certo, io un sospetto me lo sarei fatto venire prima. Ma Marina è pura. Adesso vedrai sbollisce la rabbia, te fa un cazziatone, e poi ritorna».

«Dici?».

«Dico. Ma dov'è andata?».

«Dai genitori».

Furio sputò il fumo. «E allora massimo 'n'altri due giorni e torna. Quanto vuoi che resiste a casa coi genitori?».

«Ma dimme te se uno a quarant'anni...» biascicò Rocco che teneva in mano la sigaretta e non si decideva ad accenderla.

«Certo Sebastiano ha ragione» fece Brizio versandosi l'acqua nel bicchiere. «Insomma, mica è da ieri che ce frequenta, un sospetto non le era venuto?».

«Lei lo sa che siete tre banditi. Ma siamo amici da tanti anni. Non pensava certo che i banditi fossero quattro» e il vicequestore abbassò la testa.

«È come la storia dei tre moschettieri» cercò di consolarlo Brizio. «Tutti se ne aspettano tre, ma poi alla fine sono quattro».

«Già. Ma me spiegate perché si intitola *I tre moschettieri* quando so' quattro?» chiese Furio.

«Leggiti il libro, ignorante».

«Ma perché tu l'hai letto, Seba?» chiese ironico Brizio.

Sebastiano tronfio si stirò sulla sedia. «All'inizio so' tre perché sono amici... cioè in realtà i moschettieri so' de più, ma qui si parla solo de 'sti tre che si chiamano Athos Portos e coso là... Aramis. D'Artagnan arriva dopo, li sfida a tutti e tre e invece de ammazzallo lo fanno entrare nel gruppo. E diventa pure lui moschettiere. Però solo alla fine. All'inizio D'Artagnan è un poveraccio sfigato. Ecco perché se chiama *I tre moschettieri*. Se se fosse chiamato *I quattro moschettieri* uno già capiva il finale, no?».

I tre amici lo guardarono stupiti. «Ammazza Sebastiano, ma davvero hai letto il libro?» gli chiese Brizio.

«No. Ho visto il film qualche sera fa su Sky».

«Ah» e si rilassarono.

«Cacio e pepe pe' tutti e quattro?» urlò il cameriere alle loro spalle.

«Sì» rispose Sebastiano.

«Io veramente...» provò a dissentire Rocco, ma le risposte ad alta voce di Brizio e Furio lo repressero e chiusero lì l'ordinazione. Il cameriere voltò le spalle: «Quattro cacio e pepe...».

Rocco allargò le braccia. «E se volevo una verdura grigliata?».

Brizio lo spinse appena con una manata sulla spalla. «Che stai ricoverato al San Camillo che te prendi la verdura grigliata?».

«Infatti. Je potevi chiede un brodino coi quadrucci!» fece Sebastiano.

«Oppure un bel minestrone!» e Furio scoppiò a ridere. Rocco invece rimase serio.

«A Rocco, se devi sta' co' 'sto muso lungo era mejo che stasera non uscivi» gli disse Sebastiano.

«Così che faceva? Stava a casa a passa' il sapone sulla corda?» ribatté Brizio. «Ma perché non vai a casa di Marina?».

«Perché i genitori s'incazzano. Insomma, siamo troppo vecchi per queste cose, dico io. Era meglio che me ne andavo in albergo».

«Oh, ricordati che mi casa es tu casa» si propose Sebastiano.

«E come no? Così ogni giorno te sento litiga' con Adele... lascia perdere. Mi bastano i miei di guai».

«Allora vieni a casa mia e lascia Marina a via Poerio, no?».

«Grazie Furio, ma per ora manco ci riesco a parlare con Marina. Ha sempre il telefono staccato».

«Io casa mia non te la presto. Stella è partita per un corso di taglio, e sto troppo bene da solo! Anche se oggi m'ha detto sfiga con una che tampinavo da giorni... una che cercava casa ai Parioli. Vabbè, me devo rifa'» e Brizio ributtò l'occhio sulle scandinave.

«Ah, mo' che se n'è andata Stella te metti a fa' le maialate».

«No. Però stare a palle all'aria, lasciare la bottiglia di birra sul tavolino a fare i cerchi sul legno, non sta' sempre lì a abbassa' e alza' la tavoletta... insomma, vuoi mettere? E famme gode', no?».

«Pure lui ha ragione» commentò annuendo Sebastiano.

«Io fossi in te andrei a casa dei genitori, busserei e direi: torna a casa e parliamo!».

«A Brizio ma che stai a di'?». Furio gettò la sigaretta a terra. «Se una donna ti dice: devo stare da sola, la devi lascia' da sola. Se ti intrometti peggiori soltanto le cose. Senti una cosa Rocco, così, m'è venuto in mente all'improvviso». Furio si appoggiò sui gomiti e si avvicinò abbassando la voce: «Ma non è che a Marina le è scattato l'orologio biologico?».

«Vuoi dire i figli?».

«E...».

«No. Non me ne ha mai parlato. Te l'ho detto. Si tratta di me e di lei. Ha scoperto una parte di me che non le piace e ci deve fare i conti. Sapete che vi dico? Tutto sommato è pure giusto che se ne stia da sola per un po'. Pensatela al contrario...».

Gli amici si concentrarono.

«Fate conto che ero io a scoprire qualche segreto su Marina».

«Le donne i segreti ce li hanno sempre!».

Sebastiano mollò un calcio a Brizio: «E statte zitto, fallo parla'!».

«Ma non un segreto scemo» riprese Rocco. «Una cosa grossa. Tipo la mia».

«Sinceramente non ce la vedo Marina a trafficare con la marijuana...».

«Non dico questo, Seba».

«Tipo un amante?» chiese Furio.

«Io se scopro che Adele ha un amante la mando diretta all'alberi pizzuti co' dù carci in culo!» disse Sebastiano.

«Ma non un amante. Quello no. Dico, che ne so? Ecco, scopro che mia moglie ha abortito senza dirmelo».

«Quello non è un segreto, è una botta di culo!» disse Brizio scoppiando a ridere.

«E statte zitto, Brizio!» e partì un secondo calcio, ma stavolta Brizio aveva riparato le gambe sotto la sedia e il piedone di Sebastiano beccò la zampa del tavolo facendo vibrare l'acqua e i bicchieri.

«A Brizio, ci hai la sensibilità de un ippopotamo! Ma come fa Stella a stare con te?».

«Però, ascoltate un po'» riprese Rocco. «Diciamo che Marina aspettava un figlio e ha abortito senza dirmi niente».

«Adele dice che una donna lo può pure fare. È lei a dover decidere».

«E tu Seba sei d'accordo?».

«Mica tanto. A me se Adele abortisce la mando diretta all'alberi pizzuti...».

«Co' dù carci in culo» conclusero in coro il concetto Furio e Brizio.

«Vabbè, anche a me roderebbe se Marina non m'avesse detto una cosa simile. Ecco, come reagirei?».

«Amico mio, non è la stessa cosa». Furio s'era messo a rollare una seconda sigaretta. «Non è per niente la stessa cosa. E mo' ti spiego. Marina non ha scoperto una tua cazzata. Una tua bugia. No. Marina ha scoperto che forse tu sei proprio un'altra persona. È diverso, lo capisci? È come se tu scoprissi che Marina se ne va in giro a scopare a destra e a sinistra, va nelle ville con gli scambisti, fa sadomaso con un'amica, insomma se tu scoprissi che è una ninfomane».

«Non calza manco questo esempio» intervenne Brizio.

«Perché se fosse così, cioè se Marina fosse una ninfomane, se buttamo tutti a casa de Rocco, sai le risate!».

«A Brizio e falla finita, sii serio». Furio mollò un colpo con il palmo sul tavolo. «Sto cercando di spiegare... allora faccio un altro esempio, Rocco. Ascolta. Come se tu scoprissi che Marina in realtà è una che ammazza la gente a pagamento».

«Ma è una cosa impossibile!» gridò Rocco.

«Appunto. Metti che dieci giorni fa, per cazzeggiare, Marina e tre amiche, come noi stasera, avessero fatto lo stesso gioco. E che un'amica avesse detto: ma tu Marina che faresti se scoprissi che tuo marito fa la cresta sulla maria, ruba e imbroglia?».

Tutti e tre guardavano Furio. «Ve lo dico io. Marina avrebbe reagito proprio come te. Avrebbe gridato: ma è una cosa impossibile! E poi torna a casa e scopre che è vero. Ecco. Per Marina Rocco è pulito. Meglio, era pulito, fino a tre giorni fa» precisò Furio. «Invece mo' scopre che non è così. Allora andiamo avanti con l'esempio. Scopri che Marina è un sicario. Che faresti?».

«Spererei di non essere nella sua agenda» fece Rocco. Gli amici risero.

«Comunque non è lo stesso» e Brizio si mise a guardare le svedesi. «Per una donna è diverso. Loro si fidano di noi. E siamo sempre noi a deluderle. Una donna è più difficile che faccia una cosa così. Ecco perché l'esempio non quadra» poi triste si alzò e si avvicinò al tavolo delle svedesi. Rocco Sebastiano e Furio lo seguirono con lo sguardo. «Che fa?».

«Ce prova con le svedesi. E s'è intristito perché non vorrebbe, ma non può fare a meno de mette le corna a Stella!» sentenziò Sebastiano.

«Quattro cacio e pepe!» urlò il cameriere con i piatti fumanti in mano.

«Brizio, vie' a magna'!» urlò Sebastiano. Poi si rivolse al cameriere. «Sì ma se nun ce porti il vino gli spaghetti se stoppano a metà tragitto!».

«A Sebastia'» ribatté l'oste poggiando il primo piatto «questi vanno giù che è una bellezza. Mo' comunque ve lo porto. Bianco o rosso?».

«Cacio e pepe chiama il rosso!» disse Rocco mentre Brizio riprendeva posto al tavolo.

«Allora una cosetta leggera leggera. Un dolcetto e passa la paura».

Il cameriere si allontanò fischiettando mentre una selva di braccia di clienti si alzarono per attirare la sua attenzione.

«Che gli hai detto alla Svezia?» chiese Sebastiano rigirando la pasta fumante nella crosta di pecorino a forma di cestino che fungeva da piatto.

«Niente. Volevo guarda' le cosce».

«E come so'?».

«So' venuto a magna', no?».

Declinato l'invito al poker da Brizio, stava risalendo via Garibaldi sullo scooter direzione Monteverde, ma arrivato al fontanone del Gianicolo frenò. Guardò Roma stesa davanti a lui come un panno luminoso. Le cupole, i palazzi, le luci dei lampioni. Verso nord c'era Marina nel suo letto da ragazza, magari con un libro in mano, forse già dormiva. A Roma cambiare un quartiere è come cambiare paese. Trastevere è lontano anni luce da corso Trieste, come l'EUR è agli antipodi del Flaminio. Si finisce per vivere recintati nella propria zona, il resto della città lo si visita solo per incombenze o doveri burocratici. Lo scroscio della fontana illuminata gli diede la forza di girare il motorino e scendere verso la Lungara, riprendere il lungotevere fino a ponte Mazzini per risalire Valle Giulia, attraversare lo zoo, i Parioli e arrivare finalmente a corso Trieste. A via Topino si fermò. Spense il motore, si tolse il casco e guardò in alto, verso le finestre del terzo piano. La luce era spenta. Marina dormiva oppure non era in casa. Un bagliore tenue dipingeva di blu le tende del salone. Qualcuno stava guardando la televisione. Da anni non andava sotto quella casa. E quella sera d'estate il profumo dei fiori gli stava spappolando il cuore. Rivide il terrazzo dove avevano stappato una bottiglia di champagne il giorno che si erano messi insieme guardando il tappo che si perdeva giù in strada. Attaccati alla bottiglia avevano riso, si erano baciati e in quel momento a Rocco venne voglia di cercarlo quel tappo, magari era ancora lì in terra, sotto le ruote di quella Citroën o dentro il cespuglio di oleandri. L'edera era cresciuta e aveva nascosto un intero angolo del palazzo. Chissà se Walter, il portiere, era ancora vivo. E se al secondo piano abitavano ancora i gemelli, Pierfrancesco e Giampaolo. Erano davvero identici e la madre li vestiva con gli stessi abiti, tanto per aiutare il prossimo. Non ricordava se era Giampaolo a giocare a calcio oppure Pierfrancesco. Ma forse non lo sapevano neanche loro. Erano bravi ragazzi. Magari se n'erano andati di casa, ad abitare insieme, a dividere il lavoro e anche le donne; le gioie e le responsabilità. La scala a chiocciola che dal balcone del salone portava al terrazzo sopra il palazzo era stata ridipinta di nero. Una volta era bianca.

Un'auto si fermò proprio davanti al civico. Si aprì lo sportello e scese Marina. Rocco sentì un masso cadergli nello stomaco, come la prima volta che la vide. Si teneva i capelli con la mano mentre affacciata nell'abitacolo salutava l'accompagnatore.

Chi cazzo è? si chiese Rocco e aguzzò la vista. L'auto ripartì senza neanche attendere che Marina aprisse il portone e passò proprio davanti al motorino di Rocco. Il vicequestore lesse la targa. AX 213 XB.

Poteva scattare e raggiungere la moglie, ma rinunciò. Non gli conveniva per tre ragioni. La prima di ordine morale, aveva promesso che non l'avrebbe cercata. La seconda di ordine psicologico, era troppo una figura di merda farsi beccare sotto casa come un liceale geloso. La terza di ordine fisiologico. Il vino premeva la vescica, sapeva che appena si fosse alzato dal sellino massimo un minuto e avrebbe dovuto pisciare. E non gli pareva il caso, su quei muri signorili di via Topino mentre cercava di recuperare il suo rapporto matrimoniale. Allora aspettò che la luce della stanza di Marina si accendesse e ripartì. Con l'idea di andare al più presto a fare due chiacchiere con il proprietario della Audi targata AX 213 XB.

Prese sonno solo alle tre, dopo aver visto per intero un film di Sergio Leone. Addormentato sul divano si era poi trascinato stancamente a letto. Non erano neanche le sette quando qualcuno aprì la porta di casa. Saltò sul letto.

Marina! È tornata, pensò. «Chi è?». Ma non ebbe risposta. Si alzò. Si affacciò in salone.

Era Inna, la donna delle pulizie.

«Ah, è lei» disse rattristato.

«Buongiorno, dottore».

Rocco si girò per tornare a letto.

«Sua moglie in casa?».

«Eh?».

«Sua moglie? È tornata?».

Rocco non ricordava la scusa usata per la momentanea, lui sperava, scomparsa di Marina. «No Inna, non è tornata».

L'ucraina spennazzò gli occhi. «Ancora no? Quanto dura viaggio?».

Gli si illuminò la lampadina. Un viaggio a Firenze con le amiche, aveva detto alla cameriera. «Ma a lei che gliene frega, Inna?».

«No, niente. Scusi» e la donna si tolse una giacchetta di cotone appoggiandola sul divano. Rocco pensò che tornare a letto fosse tempo sprecato. Decise di andarsi a preparare il caffè.

«Vuole faccio io?».

«Inna, è una cialda, basta spingere un bottone. Ce la posso fa'».

«Lei ricordato di prendere ammoniaca e sgrassatore?».

«Che?».

«Al supermercato?».

«No. Io in quei posti non ci vado» e entrò in cucina. Si avvicinò alla macchina per l'espresso e l'accese. I mobili di alluminio non gli erano mai piaciuti, ricordavano cucine d'ospedale. Inna lo raggiunse. Andò ad aprire lo sgabuzzino. «Allora passo aspirapolvere subito, tanto lei sveglio!».

Rocco non rispose. Prese una tazzina dalla credenza assieme allo zucchero e aspettò che si accendesse la spia dell'apparecchio.

«Io mi serve favore» fece la donna. Rocco, di spalle, alzò gli occhi al cielo. La spia diventò rossa, l'acqua borbottava, mise la tazzina sotto il beccuccio e infilò la cialda nella fessura. «Che favore?».

«Per mio amico. Rinnovo passaporto».

«Inna, lo deve chiedere all'ambasciata».

«No, lui italiano».

«E allora va in questura e gli aprono la pratica» premette il pulsante. Il caffè caldo e profumato precipitò cremoso e grasso nella tazzina.

«Lei può aiutare?».

Rocco spense la macchina. Mise mezzo cucchiaino di zucchero nel caffè e lo girò.

«Allora lei può aiutare?».

«Inna, mi sono appena svegliato, mi sto prendendo il caffè, fa' il favore, non mi rompere il cazzo!».

Poggiò le labbra e finalmente bevve. Era buono. Si girò verso la donna, china sull'aspirapolvere, stava rimontando il tubo. «E comunque non c'è bisogno di un vicequestore. Basta andare in ufficio». Finì il caffè, poggiò la tazzina nel lavello e uscì dalla cucina sotto lo sguardo attento dell'ucraina. Che sorrideva malignamente. Anche agli occhi di un cieco era chiaro che la moglie se n'era andata, altro che viaggio a Firenze. Inna non aveva mai sopportato quell'uomo scontroso e maleducato e vederlo soffrire le allietava la giornata.

Stava mettendo il motorino sul cavalletto quando vide scendere Alfredo De Silvestri dalla scalinata del commissariato. L'agente teneva il passo rapido, più di quanto l'età e i muscoli gli permettessero. Giunto a metà percorso alzò un dito per attirare l'attenzione. «Dottor Schiavone!» urlò. Il traffico sulla via Cristoforo Colombo era già sostenuto.

«Manco me fai arriva' in ufficio?».

Alfredo ansimante e con la camicia sudata sotto le ascelle si fermò a un metro dal vicequestore. «Vuole sapere prima le belle notizie o le brutte notizie?».

«Alfre', dimmi quello che te pare» e Rocco si tolse gli occhiali da sole infilandoli nel taschino della giacca. Quello lo guardò. «Non ha dormito, eh?».

«No. Il caldo. Allora?».

«La brutta notizia viene dal distributore dietro alla cava. Non hanno le videocamere».

«E questo già lo sapevo. La buona?».

«La buona è che tre persone nella notte dell'omicidio hanno fatto benzina usando il bancomat».

Rocco cominciò a salire la scalinata dell'ufficio. «Ma ti pare che questi abbiano commesso un errore simile? Poi?».

«Aspetti, dove va? Poi ha telefonato il pm, D'Inzeo. Le ha dato appuntamento a casa della vittima. A casa della madre fra...» De Silvestri si guardò l'orologio «mezz'ora. A Via Ceneda, a San Giovanni, se guida Parrillo ce la fa sicuramente».

Schiavone si bloccò sulla scalinata. «Altro?».

«Sì, sempre il pm ha mandato i sommozzatori a controllare il laghetto della cava».

«Me pare una cazzata».

«Pure a me. Ma glielo dice lei?».

«Per carità. Allora vado dalla madre del poveretto. Tu mi stai dando un'occhiata ai precedenti di Luigi Cuticchio, il guardiano?».

«E questa non lo so se è una bella notizia. Qualche precedente ce l'ha. Ma poca roba. Furto, un paio di truffe. Insomma, s'è fatto cinque giri dentro».

«Un poveraccio recidivo. Vabbè, Alfredo, allora mandami Parrillo e digli che l'aspetto qui» e gli diede una pacca sul braccio.

«Non c'è bisogno. È già nel parcheggio».

Rocco scese i gradini e si avviò sul retro del commissariato: «Pensi a tutto tu».

«Quasi a tutto!».

E in quel momento Rocco avrebbe fatto volentieri a cambio con Alfredo che risaliva la scala bianca e accecante. Andare ad affrontare i parenti delle vittime era forse la parte peggiore del suo lavoro. Una cosa alla quale non s'era mai abituato. Pensava al giornalista, il padre del ragazzo, l'avrebbe trovato dalla ex moglie? Ne dubitava. Avrebbe scommesso una bella cifra che in quel momento il poveraccio fosse steso sul letto di un ospedale, ricoperto da tubi ed elettrodi.

Ci aveva azzeccato. Alberto Ferri ricoverato in terapia intensiva all'ospedale Sant'Eugenio per un infarto al miocardio fu la prima notizia che Clara Caputo, ex signora Ferri, diede al giudice e al vicequestore prima ancora di farli accomodare in salone. Lei non aveva nessuna intenzione di andare dal suo vecchio marito, al capezzale c'era già Monica, la collega giornalista ed amante, la causa del loro divorzio. Clara teneva i capelli sciolti e disordinati, e non aveva più occhi. Erano due cerchi neri, più neri delle spirali che le occhiaie le disegnavano sul volto. Le labbra esangui, seduta su una poltroncina accanto alla finestra tremava, e il pallore del viso spiccava sulle pareti della casa colorate come la tavolozza di un pittore e così i mobili, le stoffe e i ninnoli sulle librerie, un caleidoscopio che però non metteva allegria, anzi spegneva la luce e rendeva tutto oppressivo. Anche le tende, viola e arancione, soffocavano l'ambiente. A Rocco venne l'impulso di strapparle, spalancare le finestre e dare due mani di bianco.

«Ci dispiace tanto, signora... ma dobbiamo farle qualche domanda su suo figlio» esordì il magistrato. Clara annuì composta mordendosi le labbra e poggiando le mani sulle ginocchia, lisciandosi la gonna. Era pronta.

«Ha mai avuto il sospetto che Giovanni frequentasse gente strana?».

La donna fece no con la testa.

«Ha mai avuto problemi comportamentali?».

La donna fece no con la testa.

«C'è mai stato un episodio della vita di suo figlio che ultimamente l'ha allarmata? Che so, una ragazza, un esame andato male...».

E per la terza volta la donna fece no con la testa.

«Era fidanzato?».

Clara aprì la bocca: «Con Isabella».

Rocco annuì e lesse su un foglio: «Isabella Massari?».

«Sì...».

«Ci racconta una giornata di Giovanni?».

Dolci e lente due lacrime scesero dagli occhi della donna. «Si alzava tardi. A meno che non dovesse andare all'università. Era al primo anno di legge. Aveva già dato due esami. Aveva degli amici in facoltà, si vedeva con Isabella, ogni tanto allo stadio. Giocava a tennis». Si tolse una ciocca di capelli dal viso. «Che le devo dire? Era un ragazzo normale». Si infilò una mano nella tasca della gonna e prese un fazzoletto di carta per asciugarsi gli occhi. Si soffiò il naso e tornò a guardare i due uomini. «Una vita normale... Giovanni era uno tranquillo. Si figuri che ancora andava in giro con il motorino 50, quello che il babbo gli aveva comprato a 16 anni. Non voleva neanche una moto più grande, come tutti i suoi amici che lo prendevano in giro. Mi raccontava che quando andavano in un posto, lui arrivava sempre per ultimo. Sammy, lo avevano soprannominato, la tartaruga di mare dei cartoni animati».

D'Inzeo annuì. «Sì, li vede anche mio nipote...».

«Ecco. Questo era Giovanni. Un ragazzo normale. E io non lo so cos'è successo. E non lo sapremo mai, vero?».

«Su questo ci lasci dubitare» fece Rocco. «Lei può darci la targa e il modello del motorino di suo figlio?».

«Certo...» la donna si alzò. Poi rifletté su qualcosa, guardò i poliziotti. Stentava a parlare, come se si vergognasse, ma le parole premevano per uscirle dalla bocca. Alla fine si decise. «Sarebbe bello se voi non foste degli angeli vendicatori ma semplicemente degli angeli e foste venuti qui a riportarmi mio figlio». Poi abbassò la testa e lasciò la stanza.

Uscirono sotto il sole. Parrillo li attendeva in doppia fila. D'Inzeo si accese una sigaretta. «Poveraccia...».

«Già».

«Allora, il numero del cellulare del ragazzo ce l'abbiamo?».

«Sissignore, anche se sarà difficile cavarne qualcosa».

«Basterebbe una vaga idea dei suoi spostamenti dell'altra notte» fece il magistrato. «E chissà il motorino dov'è».

«A quello basta levare la targa e lasciarlo in un fosso in mezzo alla campagna, la prossima estate è coperto dai rovi e chi s'è visto s'è visto» disse Rocco.

«Che idea ti sei fatto?» e il pm guardò la sigaretta schifato. «Cazzarola, prima o poi dovrò smettere…».

«Nessuna, Sasà. Un bravo ragazzo che è incappato in qualcosa di orrendo. Ma escluderei la rapina. Puzza di resa dei conti. Solo che…».

«La vittima quali conti poteva avere da far quadrare?». Si avviarono verso l'auto. Parrillo appena li vide mise in moto. «Dammi un passaggio all'università, Rocco, vado a farmi quattro chiacchiere coi professori. Se non sbaglio la cattedra di istituzioni ce l'ha Morcorelli, eravamo compagni di studi. Hai visto mai che qualcosa si ricorda». Rocco aprì lo sportello. «Mi metto davanti che dietro vomito» fece D'Inzeo.

Parrillo guidava senza fare domande, rispettava il silenzio di Rocco che s'era acceso una sigaretta e soffiava il fumo dal finestrino. Non era lontano dalla casa dei genitori di Marina, avrebbe potuto farle una visita. Davanti aveva un'altra notte in bianco, a rigirarsi nel letto, terrorizzato dalla piega che la sua vita stava prendendo senza sua moglie. Aveva sempre sperato che Marina non si accorgesse delle sue azioni, della sua seconda vita segreta, ma era una speranza flebile, prima o poi il problema sarebbe venuto alla luce.

Che ci faccio qui, pensava. Dovrei essere da lei, a parlare con lei, a farla ragionare, a giurare che le cose d'ora in poi cambieranno.

E se poi presentandosi a casa sua avesse peggiorato la situazione? E quello sull'Audi, che voleva da sua moglie?

«Fermati qui, e aspettami». Parrillo ligio frenò davanti a un cinema. Rocco scese dall'auto, girò l'angolo e si ritrovò in largo Alessandria. Il pub che frequentava Giovanni era lì, si chiamava Old England. Le vetrate aprivano direttamente sulla piazza e vomitavano fuori dei tavolini di ferro e legno. Un gruppo di ragazzi seduti si godeva il sole bevendo allegramente dei liquidi giallognoli. Era un pub enorme. Prendeva due angoli di strada e dentro aveva un secondo piano. Non era una buona notizia, avrebbe preferito qualcosa di più intimo. Sembrava il tipico posto dove torme di ragazzi si fermavano la sera a chiacchierare.

Dentro era buio. Due televisori in alto trasmettevano sport. Una partita di rugby americano. Dietro il bancone che correva lungo tutto il locale, due ragazzi servivano dei clienti che chiacchieravano. Alla cassa un uomo enorme, pelato, portava una camicia a scacchi striminzita, gonfia sotto i rotoli di ciccia. Con gli occhiali da vista poggiati sul naso, guardava un foglietto e batteva delle cifre sulla tastiera della cassa. «Un caffè» disse Rocco allungando dieci euro. L'uomo senza neanche alzare lo sguardo aprì la cassa, prese il resto e glielo diede. Poi si rimise a fare i conti. Rocco intascò i soldi, ma non si mosse. Dopo qualche secondo l'omone alzò lo sguardo. «Vuole altro?».

«Sì. Lo scontrino».

«Non gliel'ho fatto?».

«Non ho l'Alzheimer».

L'omone batté un euro e consegnò lo scontrino a Rocco. «Va bene così?» gli sorrise.

«La cosa la fa sorridere?».

«Quale cosa?».

«Che io abbia chiesto lo scontrino?».

Quello si tolse gli occhiali. «No, non mi fa sorridere. Sto lavorando, me l'ero dimenticato, è così grave da farne una questione?».

Ora, senza occhiali, finalmente Rocco capì a chi somigliava. Un Felis manul anche detto Gatto di Pallas, o delle steppe. Era identico al disegno dell'enciclopedia che guardava da bambino. Gli occhi verdi, seri, che il viso perfettamente tondo e grasso rendevano ancora più piccoli, la bocca leggermente all'ingiù, il naso spiaccicato.

«Assolutamente no» fece Rocco. «Può capitare». Lasciò la cassa, l'uomo si rimise gli occhiali per riprendere i suoi conti.

Posò lo scontrino sul bancone mentre si avvicinava un ragazzo nero, con un sorriso smagliante. «Che prende, capo?».

«Un caffè».

«Lo vuole all'italiana o all'africana?» fece quello.

«Com'è all'africana?».

Il ragazzo mise la tazzina vuota sul piattino. «Così!» e scoppiò a ridere. «Scherzo, ora glielo preparo».

Rocco ridacchiò. Lo spirito del ragazzo era contagioso. La maglietta nera aveva un alone bianco sulla schiena.

«Di dove sei?».

«Nigeria!».

«Sei africano e sudi?».

«Già. Perché qui faccio tutto io, vero Davide?» disse rivolgendosi al collega coi capelli rossi che se ne stava appoggiato al bancone a giocherellare col suo cellulare. Quello gli mostrò il medio senza staccare lo sguardo dal display. Aveva il viso butterato dall'acne.

«Come ti chiami?» gli chiese Rocco.

«Steven, per gli amici. 328 0361462 per i gay!» e scoppiò a ridere insieme al collega. Quando si girò per depositare il caffè sul piattino, vide la mano di Rocco che mostrava una tessera. Si avvicinò per leggerla ma Rocco la ritrasse in fretta.

«Finanza...» disse sottovoce Rocco. L'allegria del ragazzo scomparve come l'onda sulla spiaggia. «Conosci Giovanni Ferri?».

Il ragazzo si pulì le mani sulla maglietta. «Giovanni Ferri? No. Non mi pare».

«Se ti faccio vedere una foto?».

Steven annuì. Rocco prese il cellulare e gli mostrò una foto del ragazzo. «Ecco. Questo tipo qui. Lo conosci?».

«Sì. Certo. Giovanni!» chiamò Davide che si avvicinò. Anche lui, le mani infilate nelle tasche posteriori dei jeans, osservò la foto. «Sì. Certo che lo conosco Giovanni. Noi lo chiamiamo Sammy, come la tartaruga. Spesso viene qui con un po' di amici».

L'uomo alla cassa si alzò e lento si avvicinò a Rocco. «Che succede?».

«Il signore cerca Giovanni Ferri» disse Steven.

«Giovanni? Era qui un paio di sere fa. Passa sempre la sera. Ma ieri non l'ho visto» fece il gatto delle steppe. «Lei è della polizia?».

«No, guardia di finanza» fece Rocco sorridendo. L'uomo aggrottò le sopracciglia. I due barman si guardarono perplessi. «Con chi si vedeva Giovanni Ferri?».

I tre erano spaventati.

«Avanti, con chi si vedeva?».

«Ma che ne so? Guardi, se vuole venire a vedere i registri io...».

«Saranno in ordine come gli scontrini che emette, no?».

Il gatto pallas abbassò lo sguardo.

«Con chi era l'altro ieri sera?».

«Con la sua fidanzata e un paio di amici che non conosco» fece quello coi capelli rossi. «S'è preso la solita birra e poi è ripartito».

«Ma perché lo cerca?» azzardò il padrone del locale.

«Diciamo che non sono cazzi suoi?».

«E diciamolo, sì».

«A che ora è andato via?».

Il rosso ci pensò su. Fu Steven a rispondere: «Stavo pulendo i tavoli fuori. Ed erano le otto e mezza. Lo so perché a quell'ora cominciava una partita di baseball su Fox, e io lo guardo sempre. Seattle Mariners contro Houston. Grande partita».

«Sei appassionato di baseball?».

«Mi piace una cifra».

«E sai dirmi se Giovanni indossava una maglietta degli Oakland?».

«Ammazza, sì. Quella bianca e verde con l'elefante. Sai quante volte gli ho chiesto se me la vendeva? Gli davo pure 20 euro. Ma ci era affezionato».

Rocco annuì. «Siete stati molto gentili». Scolò il caffè. Fece una smorfia. «La prossima volta fammelo all'africana che all'italiana ti viene proprio una merda». Steven scoppiò a ridere e contagiò anche il collega butterato e il padrone dell'Old England, sollevato nel vedere uscire quello strano funzionario della finanza.

«Alfredo, hai qualche novità?».

«Allora, i sommozzatori nel laghetto hanno trovato due lavatrici, una libreria in metallo e una gabbia per i polli».

Rocco, con il cellulare all'orecchio, guardava fuori dal finestrino. Erano in coda a viale Parioli, fermi da un'eternità al semaforo di piazza Ungheria.

«Metto la sirena, dotto'?» fece Parrillo. Rocco lo guardò storto. «Allora sei coglione? No!» poi riprese a parlare al telefono con De Silvestri. «Altro? Uccio Pichi ha chiamato?».

«Ancora niente. Però intanto stanno lavorando sul cellulare di Giovanni Ferri. Ma non ci farei troppo affidamento».

«L'ultima domanda: il sostituto della scientifica...».

«Chi, Gizzi lo zombie?».

«Ah, lo conosci?».

«Sì dottore. Uno stronzo».

«Ma ha chiamato?».

«Quello non chiama mai. Lo deve andare a trovare lei».

Rocco aprì il finestrino. La puzza di smog era asfissiante. E l'aria calda non dava tregua. «Vabbè, grazie Alfredo, se hai novità...».

«Chiamo».

Schiavone chiuse la telefonata e scese dall'auto. «Io mi sono rotto il cazzo, me la faccio a piedi. Sono al civico 72, tu aspettami lì fuori. Parrillo, se metti la sirena quando io non ci sono ti mando sui monti Nebrodi».

«E dove sono?».

«Che ne so? Ma non sembra un posto ameno, non trovi?».

Sbatté lo sportello e attraversò la strada. Almeno viale Parioli era in ombra e in discesa. Superò le bancarelle che stanziavano sul marciapiede e che lì, come in tutta la città, stavano trasformando Roma in un suk. Si divertì a guardare la fauna. Signore plastificate, ragazzi coi capelli ben pettinati, maschi abbronzati con cravattoni colorati adagiati sulle pance, colf in divisa a righe con barboncini, yorkshire e carlini al guinzaglio. La strada in realtà era stata tramutata in un parcheggio. In doppia e tripla fila c'erano automobili costose e scintillanti. Mercedes, BMW e una sorta di mezzo da sbarco utilissimo sull'asfalto crepato della capitale.

Rocco marciava spedito. Un tuono fuori luogo brontolò in lontananza. Eppure il cielo screziato dalle foglie degli ippocastani era azzurro. Superò la quarta banca di fila e finalmente arrivò al 72. Entrò.

«Dica» fece un portiere dalla guardiola.

«Famiglia Massari».

«Scala B, terzo piano. Lei chi è?».

«Polizia».

Il custode si morse le labbra e si rimise seduto al tavolino a sfogliare una rivista.

Aprì la porta un uomo sui 45 anni. Alto, elegante, con una giacca a quadri e una camicia a righe. Aveva i capelli radi e pettinati all'indietro e gli occhi azzurri slavati. Una barbetta alla Cavour gli ingrassava il viso. Le labbra erano leggermente sudate. «Prego. La stavamo aspettando. Enrico Massari, sono il papà di Isabella» disse facendolo entrare. L'appartamento elegante, le pareti crema e i mobili di legno chiaro. «Si accomodi». Aprì una doppia porta in stile fiorentino ed entrarono in un salone luminoso. Su un divano c'era una ragazza bionda, con la coda di cavallo, i jeans strappati al ginocchio e le Dr. Martens ai piedi. Accanto a lei un giovane in giacca e cravatta. «Mia figlia Isabella» disse il padrone di casa, «e l'avvocato Sorrentino».

«Pensavo si trattasse di una chiacchierata amichevole» disse Rocco.

L'avvocato si alzò e gli strinse la mano. «Piacere. Sì, è una chiacchierata amichevole, ma come si dice? Prevenire...».

Schiavone si accomodò e guardò il viso di Isabella. Teneva le mani giunte davanti a sé, coi gomiti appoggiati alle ginocchia. Il maglioncino di cotone leggero le arrivava oltre i polsi dove poggiava la bocca.

«Quando avete saputo?».

«Stamattina» rispose il padre.

Isabella aveva gli occhi tranquilli e slavati di suo padre, leggermente appannati da un alone di ansia, ma non erano occhi tristi.

«L'ultima volta che hai visto Giovanni?» chiese il vicequestore.

«L'altro ieri sera».

«Posso sapere l'ora?».

Isabella guardò l'avvocato che annuì. «Eravamo sotto casa mia alle dieci, dieci e mezza. Non ricordo bene».

«Non è che uno guarda l'orologio ogni cinque minuti, no?» fece l'avvocato tirando su le spalle.

«E chi dice il contrario. Io per esempio ieri sera sono stato a cena con degli amici, ma mica lo so a che ora sono rientrato» fece Rocco. «Alle due? Alle tre? All'una?».

Il signor Massari e l'avvocato sorrisero appena. «Infatti...» disse il padre della ragazza.

«Com'era Giovanni?».

«Cioè?».

«Isabella, il tuo fidanzato com'era?».

«Intende com'era fatto?».

«No. Che persona era».

«Giovanni... era uno tranquillo. Studiava. Un bravo ragazzo».

Rocco si era già rotto le scatole di quell'atmosfera finta e stucchevole. Stese le gambe sospirando. «Ci avete fatto caso? Ogni volta che chiediamo a qualcuno com'era la vittima, viene fuori che era sempre un bravo ragazzo, un bravo figlio, un onest'uomo, un bravo padre di famiglia. Anche se è morto che so... accoltellato, avvelenato, sepolto vivo. Lei per esempio, dottor

Massari, sicuramente è una brava persona. E credo che sia difficile che lei venga ucciso barbaramente in piena notte, una specie di esecuzione, non pensa?».

«Cosa... cosa vuole dire?» chiese Enrico Massari.

«Voglio dire che le brave persone di solito non vengono uccise con una lama piantata alla base del cranio e scaraventate per una scarpata in una cava di marmo in piena notte». Aveva esagerato volutamente, passato l'unghia sulla lavagna per dare una scossa a quella situazione.

Isabella e il padre rimasero di sasso. Fu l'avvocato a scattare: «Perché ci racconta questi particolari macabri? La mia assistita era la fidanzata della vittima, un po' di gentilezza non guasterebbe!».

«Ha ragione. Ma era solo per farvi avere un quadro della realtà, spiegarvi le cose come la vita ce le vomita addosso e non come ce le raccontano i giornali o le chiacchiere da salotto. Allora Giovanni era un tipo tranquillo, bravo, studioso, rispettoso, ed è stato scambiato per qualcun altro. Può essere, no?».

«Può essere» rispose l'avvocato.

«Tu lo amavi?».

«Questa è una domanda personale. Isabella, non c'è bisogno di rispondere» intervenne il padre dalla sua poltrona.

«Clara, la mamma di Giovanni, mi ha detto che ti ha telefonato, e tu le hai risposto che la sera prima avevi litigato con lui. È vero?».

Isabella guardò ancora l'avvocato. Fu lui a rispondere: «Non vedo come questo c'entri con la morte di...».

«Non c'entra niente, infatti!» lo interruppe Rocco. «Ma se non mi aiutate a capirci qualcosa di più, io le mani su quei figli di puttana che hanno ucciso quel bravo ragazzo non le metterò mai! Qui nessuno ti sta accusando di niente, Isabella. Ti sto solo chiedendo aiuto!».

Isabella si morse ancora le labbra, aprì la bocca, la mano dell'avvocato si posò sulla spalla della ragazza ma lei la scansò. «Avevamo litigato, è vero. Qui, sotto casa».

«Grazie» fece Rocco. «Posso sapere perché?».

«È una storia lunga. C'è di mezzo un altro ragazzo, Silvano. Lui era convinto che io...».

Rocco interruppe Isabella con un gesto della mano. «No, scusami, questi sono fatti vostri, problemi di coppia di cui francamente vorrei farne a meno. Io voglio sapere se Giovanni frequentava gente strana ultimamente».

«Dottore, non lo so. Non quando c'ero io. Noi ci vedevamo all'università, in qualche locale, ogni tanto studiavamo insieme. Ma quello che faceva quando era solo, io non glielo so dire».

Rocco si alzò in piedi. Ebbe la sensazione che quel gesto aiutasse gli altri a prendere un bel respiro a pieni polmoni, come quando si supera un pericolo imminente.

«Anche tu studi giurisprudenza?».

Isabella fece sì con la testa.

«Io l'esame che ho detestato di più è stato criminologia. Lo avresti mai detto? Un poliziotto che detesta quella materia».

Finalmente Isabella sorrise mentre i due uomini si alzarono seguendo l'esempio del vicequestore.

«Vai bene?».

«Criminologia la do a fine sessione».

«È facile, in fondo. Però ti devi sorbire le stupidate di Lombroso. Lo conosci, vero?».

«Certo! Criminali per nascita».

«Che sciocchezza, ne conviene avvocato? Allora in bocca al lupo per gli esami, Isabella». Rocco strinse la mano all'avvocato, al dottor Massari, infine alla ragazza. «Criminali dalla nascita... come se bastasse guardare in faccia una persona per capire se si ha a che fare con un criminale oppure no. Avete mai sentito una sciocchezza più grande di questa?».

Isabella mentiva. Lo sapeva, era chiaro come il cielo in quel giorno di fine giugno. L'avvocato, il padre che sudava, un comitato d'accoglienza esagerato, eccessivo. Era gente benestante, con il futuro assicurato. Qualcosa era capitato in quella casa, qualcosa che aveva sconvolto quella tranquillità pariolina e che loro, senza l'amico avvocato, non avrebbero saputo affrontare. Salì in macchina, immerso nelle sue riflessioni, Parrillo partì e non scambiarono una parola fino all'EUR.

Il pomeriggio trascorreva indolente e il sole non si decideva a tramontare. Dopo aver provato a chiamare sua moglie per tre volte senza trovarla in linea, gli era venuta voglia di un gelato. Prese il portafogli e uscì diretto a viale Europa per un cornetto Algida. Appena fuori dalla sua stanza, Alfredo De Silvestri gli andò incontro. «Oggi sembro il messaggero. Notizie negative, dottore».

«E sentiamole».

«Si ricorda il self service? Bene. Tre persone hanno usato quel bancomat di notte. Le abbiamo rintracciate. Uno è un commerciante di Ciampino, che ci ha chiesto di essere discreti, credo fosse andato a fare visita all'amante...».

«O a puttane, chissà...».

«Già. L'altro è un ingegnere che andava dalla madre a Frascati».

«E il terzo?».

«È un agente che tornava a casa. Lo abbiamo sentito, commissariato Tuscolana. Ma quando ha fatto benzina era da solo e non ha notato niente. È stato l'ultimo a usare il bancomat, più o meno alle 23. Mi dispiace».

Rocco diede una pacca a Alfredo. «Sarebbe bello se quelli della scientifica ci portassero qualche bella notizia, no?».

«Sarebbe bello».

«Senti Alfre', me lo fai un favore?».

«Certo».

«Una cosa facile. Mi controlli una targa e mi dici chi è il proprietario? AX 213 XB».

Alfredo prese nota mentalmente. «Ha a che fare col caso?».

«No».

Si guardarono per una frazione di secondo. Un silenzio breve, di quelli che fra persone che si conoscono a memoria tende a riempirsi di sottintesi. Dagli occhi stanchi e provati di Alfredo a quelli stanchi e svogliati di Rocco, in una scheggia infinitesimale di tempo. Solo ad un orecchio attento e sensibile sarebbe arrivato il dialogo che passò silenzioso e rapido.

«Alfre', perché non vai a casa?».

«Dotto', perché non ci va lei?».

«Perché non c'è nessuno».

«E anche da me non c'è nessuno».

«Ancora arrabbiata tua moglie?».

«Sì».

«Devi andare in pensione, Alfredo».

«E lei deve cambiare lavoro».

«È l'unico che so fare».

«Pure io, dotto'».

Gli era passata la voglia di gelato. Salutò Alfredo e se ne tornò in stanza. Il cielo si era colorato di arancione per lasciare piano piano il posto al viola e al blu che da est avrebbero presto abbracciato tutta la città. Per Rocco sarebbe iniziata l'ennesima notte solitaria.

Fu una notte complicata. Non solo per l'insonnia, ma perché su Roma si scatenò un temporale equatoriale. Volavano foglie, petali di fiori, buste di plastica. Le persiane battevano sui muri e il limone di Marina perse tre frutti. Rocco riuscì a spostare il vaso sotto la veranda inzuppandosi come sul ponte di una nave durante una tempesta oceanica. Rocco lo sapeva, quella pioggia, che portava una ventata di frescura e di sollievo, avrebbe peggiorato la situazione già dalla mattina dopo aumentando l'umidità e avvicinando la capitale d'Italia a una città del Rajasthan.

Il sole era alto da un pezzo e una cappa tropicale avvolgeva Roma. Vittoria aspettava suo nipote da venti minuti, e ancora non s'era fatto vivo. Seduta sulla poltroncina dell'ingresso, proprio accanto al citofono, teneva la borsa stretta sulle ginocchia e giocherelleva con la chiusura in finto oro. Guardò il vecchio orologio poggiato sul trumò, proprio accanto alla foto della buonanima di suo marito Raffaele, in divisa da sottotenente, con tutti i capelli dei suoi vent'anni. Ogni volta che guardava quel ritratto le veniva in mente suo figlio, Guido. Identico al padre, solo più alto di 20 centimetri. Non riusciva a distinguere bene le lancette dorate, così si avvicinò e strizzò gli occhi. Le nove e mezza. A quell'ora avrebbe già trovato una fila spaventosa alle poste. Perché Matteo le aveva promesso che sarebbe passato? Perché continuava a fidarsi di suo nipote? Abitava a tre isolati, tempo per arrivare a casa sua, con il passo lesto e agile di un ventenne, massimo tre minuti. Cinque se si fermava a guardare una vetrina. Venti minuti di ritardo significavano una cosa sola: Matteo dormiva ancora. «Non ti preoccupare, nonna, mi sveglio, devo studiare!» le aveva detto la sera prima.

Come no, pensava Vittoria. Era sicura che la notte prima avesse fatto tardi e se lo immaginava, ora, a rivoltarsi sonnacchioso fra le lenzuola, infastidito dal sole che penetrava fra le stecche della persiana dimentico delle promesse a sua nonna.

Doveva andare da sola.

Vittoria non aveva problemi ad andare sola alle poste, era suo figlio Guido, il papà di Matteo, che insisteva perché qualcuno l'accompagnasse quando andava a ritirare la pensione. «Mamma, sai quanta gente brutta c'è in giro?».

«No, non lo so. Sto sempre a casa!».

«Ma i giornali li leggi?».

«No».

«Però la televisione la guardi, no? Con tutti 'st'immigrati, sai che ci vuole? Ti vedono che entri alle poste, ti seguono, una botta in testa e addio! A te e alla pensione!».

E così da due anni ogni mese Guido, Anna oppure il figlio Matteo venivano a casa sua, la scortavano alle poste, la riaccompagnavano e addio! ci vediamo il mese prossimo.

Che poi, pensava Vittoria, l'immigrato o chi per lui, pure se sto con Anna che è magra come un bastone, che ci mette a menare tutt'e due? «Se vedono due persone ci ripensa, magari!» le rispondeva sempre suo figlio. «Insomma mamma, io mi sento più tranquillo. Saperti sola mi mette ansia».

Non abbastanza da farla andare ad abitare da lui. Guido si era preso la casa di famiglia, 180 metri quadrati a via Urbino, e ci vivevano in tre. Lei l'aveva relegata in 50 metri scarsi, con la cucina nel salone, la camera da letto e un bagnetto senza neanche la vasca. «Non ti preoccupare mamma, adesso io e Anna sistemiamo le cose e poi vieni da noi!». Erano passati tre anni. Tre anni di ristrutturazione della casa, manco fosse Palazzo Venezia. Vittoria conosceva la verità, ma era una di quelle verità che tirare fuori in famiglia non si può. A sua nuora Anna, la regina dei 180 metri quadrati, non passava neanche per l'anticamera del cervello di tenersi in casa la suocera. Quella casa che era stata sua e di Raffaele, e di sua madre e prima ancora di sua nonna. C'era cresciuta, Vittoria, e ci aveva fatto crescere i figli. E ora? Anna, che veniva da un buco di casa, un mezzo seminterrato dietro viale Somalia. E quando trent'anni prima Vittoria in visita ai consuoceri era entrata la prima volta in quell'appartamento, le si era stretto il cuore. Anna ci viveva con i genitori, i nonni, tre fratelli e una zia. In sole tre stanze. I muri sporchi di fuliggine, la carta da parati unta. Ora invece s'era presa suo figlio e la vecchia casa di via Urbino e la stava ristrutturando da tre anni. «Facciamo una casa domotica» aveva detto Guido. Le ci vollero tre sere per capire, lo scorso Natale, questa storia della casa domotica. Il riscaldamento, le luci, le persiane, l'antifurto, era tutto controllato da un robot, un cervello elettronico. Anna aveva messo i pavimenti in cemento industriale, ma erano tanto belli i vecchi marmetti di casa, degli anni '20. Vittoria di quel lastricato conosceva tutte le mattonelle. Quella sbreccata, quella dove s'era sbucciato il ginocchio suo fratello, quella che si muoveva e la potevi alzare per nasconderci i pochi soldi che riusciva a risparmiare coi lavoretti. Niente, via! Anna voleva il cemento industriale. Una colata grigia su oltre cento anni di piedi, di scarpe di cuoio, zeppe di corda, le suole chiodate dei tedeschi, pantofole di Raffaele, pantofole dei bimbi. Anche il bagno che aveva la vasca di zinco con le zampe di leone, dentro ci si erano lavate tre generazioni della sua famiglia, via anche quella! gettata nel cassonetto. Al suo posto una roba di vetroresina che faceva l'idromassaggio. Non la riconosceva più la casa della sua infanzia quelle rare volte che Anna l'ammetteva a palazzo. Avevano buttato giù muri, distrutto porte, sfregiato finestre. E tutto questo perché? Per avere un appartamento «domotico» che somigliava più a un concessionario che a una casa. Ma era la casa di Anna, non era più la casa dei Livolsi.

La stronza.

Morta di fame.

E pure brutta.

Ma questi pensieri in famiglia è meglio tenerli per sé, lo sapeva. Però Vittoria non ce la faceva più, e s'era ripromessa prima o poi di dire tutto. Fino all'ultima sillaba. Magari sul letto di morte, prima di esalare l'ultimo respiro e sputare l'anima per sempre. Voleva guardare in faccia quella donnetta che aveva rimbecillito suo figlio e dirle: «Cara, bella de casa. Lo sai? Sei una brutta, arida, bassa e inutile donnetta da due soldi e ti puoi scordare che ti faccio mettere nella cappella di famiglia quando tirerai le cuoia. Sai perché? Perché è nelle mie ultime volontà dal notaio! Morta di fame!» così le avrebbe detto, poi avrebbe chiuso gli occhi e raggiunto Raffaele che l'aspettava da tempo.

Si alzò. Prese le chiavi dell'appartamento e uscì, stanca di attendere suo nipote Matteo che tanto non sarebbe più venuto.

Faceva caldo. Non ancora una cosa irrespirabile, ma si sentiva che l'estate avanzava e che fra una o due settimane Roma sarebbe diventata un forno. La pioggia che era caduta di notte aveva solo peggiorato la situazione. Salutò il portiere che come sempre se ne stava sul marciapiede, poggiato sul cofano di un'auto a fumare e parlare con il custode del civico 25. Moto e macchine avevano già cominciato il loro carosello infinito. Guardò via Aosta. Era tutta sotto il sole. Decise di tagliare per via Fidenza che era all'ombra e allungare un po'. Vittoria non aveva fretta, ormai la fila all'ufficio postale era già bella e pronta.

Sembrava fosse steso sul marciapiede, in mezzo ai motorini, ad aggiustarne uno, come fanno i meccanici quando si infilano sotto l'auto a smanettare e sbullonare. Vedeva i jeans, le scarpe da tennis. Si guardò in giro. Non c'era nessuno. Piano, Vittoria si avvicinò a quello che doveva essere un ragazzo, i pantaloni strappati li portava anche suo nipote. Non stava aggiustando la moto. Sembrava stesse dormendo. Aveva un cappellino e la testa poggiata sulle braccia. Non riusciva a guardargli il viso. «Ehi... ehi!» chiamò. «Ehi!». Da un bar uscì un uomo con una maglietta bianca, candida. «Signore!» lo chiamò Vittoria. «Signore, venga per piacere».

Quello alzò gli occhi al cielo. «Che c'è?».

«C'è uno qui. Per terra».

«Per terra?».

L'uomo si avvicinò. Vide anche lui quel ragazzo steso sull'asfalto in mezzo ai motorini parcheggiati. «Oh!» lo chiamò. Poi si chinò e lo scosse. Ma quello non dava cenni di risvegliarsi. «Oh!» gridò ancora. Poi lo afferrò per la spalla e lo girò. Il ragazzo aveva gli occhi semiaperti, spenti. Dalla bocca un rivolo di sangue scuro. Vittoria ci mise qualche secondo, poi lo riconobbe. Quel mucchio di stracci buttato per terra in mezzo ai motorini era Matteo, suo nipote. Si afflosciò a terra senza un grido né un lamento. Il cuore aveva smesso di accompagnarla.

Ormai a via Fidenza batteva il sole. Coperto da un telo bianco c'era il corpo del ragazzo. La nonna l'avevano trasportata al San Giovanni inutilmente. Rocco scese dall'auto insieme all'agente Simone Zuccari, biondo riccio e sveglio, con le lentiggini sul naso e lo sguardo azzurro che sembrava essere sempre alla ricerca di qualcosa di interessante. Poco dietro parcheggiò l'auto Parrillo con un altro agente. I poliziotti si avvicinarono superando il nastro che delimitava il luogo del delitto.

«Ciao Uccio» fece Rocco a mezza voce.

Spartaco Pichi, l'anatomopatologo, si stava infilando i guanti di lattice. «Ciao Rocco... ci si rivede».

«Eh già. Chi è?».

«Matteo Livolsi. 20 anni...».

Spartaco sollevò il telo. Apparve il viso del ragazzo. Sembrava sorridesse. Il sangue colato dalla bocca s'era seccato. La pelle era livida. Pichi alzò la maglietta. Nessun segno sul torso. Rigirò appena il cadavere ed esaminò il collo. «Lo sapevo...» disse, «guarda qui!».

Rocco si chinò ad osservare. Dietro la nuca una ferita grande quanto una moneta da cinque centesimi.

«Anche questo, colpo secco alla base del cranio. Se n'è andato senza accorgersene».

«Perché non c'è sangue a terra? Voglio dire, non ce n'è troppo poco?».

«Sì» disse Uccio spostando lo sguardo sull'asfalto. «Direi quasi niente».

«E allora cosa capiamo?».

«Che non l'hanno ammazzato qui. Però non lontano. Pare che la nonna lo aspettasse a casa per andare alle poste a prendere la pensione».

Rocco annuì. «Aiutami a capire, Uccio. Perché non ha sangue sulla maglietta? E pochissimo sul collo? Dico, gli hanno fatto un cazzo di buco alla base del cranio. Sangue ce ne dovrebbe essere».

«L'hanno pulito?» azzardò il medico.

«No. E perché?».

«L'hanno pugnalato a testa in giù?».

«E cos'è, un maiale da sgozzare? No, su questa cosa devo meditarci sopra...». Si alzò e si accese una sigaretta. Maledisse quella città di merda che gli aveva appena regalato il secondo ragazzo di 20 anni ucciso con un'identica modalità. Rocco guardò i palazzi che soffocavano la strada.

«Parrillo!».

L'agente riccio si avvicinò di corsa. «Dica, dottore».

«Anche se ce credo poco, ora tu e il collega vi fate un bel giro nel vicinato. Negozianti, vicini di casa, chiunque abbia una finestra su 'sta strada. E vedete se abbiamo qualcuno che ha visto qualcosa».

«Mi faccio dare una mano da quelli dell'Appia?».

«Fatte da' una mano da chi ti pare. Interrogate più gente possibile. Vediamo se la fortuna ci aiuta!».

«Ricevuto!» e Parrillo si allontanò di corsa.

«Gli do un'occhiata e me lo porto in ospedale» fece Uccio togliendosi i guanti di lattice. «Spero di dirti qualcosa nel pomeriggio. Ma mi gioco la tredicesima che è la stessa arma da taglio dell'altro giorno. Un punteruolo di una decina di centimetri».

«Ah, allora è ufficiale, è un punteruolo. Perché non me l'hai detto?». Uccio non rispose. Rocco si grattò la testa. «Chi l'ha trovato?».

«Sua nonna. È stata stroncata da un attacco cardiaco. Questo poveraccio abitava qui vicino, a via Urbino».

Rocco si girò verso Zuccari: «Qualcuno è andato a casa sua?».

«De Silvestri e l'ispettore Munifici» rispose l'agente.

Guido e Anna Livolsi, i genitori di Matteo, erano in salone seduti sul bracciolo di una poltrona di pelle, avvinghiati come due naufraghi ad uno scoglio in mezzo all'oceano in tempesta. Anna guardava per terra, il marito se la teneva stretta per paura si perdesse. De Silvestri accanto alla porta d'ingresso salutò con un gesto il vicequestore. L'ispettore Carlo Munifici stava in piedi davanti alla coppia. Rocco si avvicinò. I passi rimbombavano sul pavimento di cemento e resina. Sulle pareti neanche un quadro. Nessuna traccia di una libreria. Solo un televisore immenso riposava spento in un angolo. «Schiavone, mobile...» non allungò la mano. Tanto sapeva che non gliel'avrebbero stretta. Erano incastrati, abbracciati senza alcuna intenzione di lasciare quella posizione, come se quell'amplesso fosse l'unico baluardo che gli restava per ripararsi dal dolore. Guido alzò appena gli occhi cercando quelli di Rocco. Erano rossi, cerchiati. Gli usciva il muco dal naso. Sbatté le palpebre. «Non voglio farvi domande... solo le mie più sentite condoglianze». Poi il vicequestore guardò l'ispettore. «Hai informato i signori della procedura?».

Quello annuì.

«Posso dare un'occhiata alla stanza?» si guardò bene dal fare il nome di Matteo.

Il padre fece sì e con lo sguardo indicò la porta del corridoio. Rocco chinò appena la testa e lasciò lo scoglio coi due naufraghi.

Non era la stanza di un ragazzo di 20 anni. Pareti nude, un letto matrimoniale, un armadio con le ante di cristallo. Una piccola libreria con testi di giurisprudenza, tutta roba del primo anno. Un televisore e la Play-Station, unica concessione dell'arredamento alla giovane età. Sulla scrivania con il pianale di vetro un computer portatile spento. Aprì i cassetti. Trovò solo un paio di accendini, dei foglietti con degli appunti scritti con una grafia frettolosa e disordinata. Qualche moneta spicciola, penne, matite, temperini, una foto che ritraeva Matteo pieno di brufoli con una ragazza bionda. Nell'armadio c'erano pochi vestiti, molte magliette. Nient'altro. Nella presa accanto alla porta era infilato un caricabatterie. Rocco tornò in salone. La scena non era cambiata, solo Anna aveva poggiato la testa sul petto del marito che sembrava aver preso una decina di sberle senza capirne la provenienza.

«Suo figlio ha un cellulare?» chiese gentilmente Rocco rompendo quel silenzio oleoso.

«Come?».

«Un cellulare. Ce l'ha?».

«Sì. Sì. Ce l'ha» disse Guido, «ce l'ha sempre con sé. Era uscito stamattina presto. Prima di andare dalla nonna doveva incontrare un amico al bar, così mi ha detto. Quando è uscito il cellulare l'aveva dietro, sicuro». Poi scoppiò a piangere. «Lo fa... sempre...». Il pianto del marito contagiò subito la moglie che chiuse gli occhi, tremò, aprì la bocca e finalmente insieme a un filo di bava gettò un urlo. Secco, appuntito, come quello di un animale ferito, che rimbombò nell'appartamento e penetrò fin dentro le ossa di Rocco. La lasciarono gridare, consumare i polmoni, le corde vocali e arrossare la gola. Poi il marito le coprì la testa con le braccia, quasi volesse nasconderla, e il grido si spense piano piano. Diventò prima un rantolo, poi un gemito, infine un singhiozzo silenzioso. Rocco si avvicinò all'ispettore Munifici «Di là, in camera del ragazzo, c'è un computer portatile. Dobbiamo prenderlo». Il poliziotto annuì. «Munifici, insieme a De Silvestri, fatevi un giro a via Fidenza anche voi. Case, negozi, vedete se qualcuno ha visto qualcosa. Ci sta lavorando Parrillo ma io mi fido più di voi due» poi senza aggiungere altro si voltò e facendo un cenno a Zuccari di seguirlo, uscì dall'appartamento.

Quando i due poliziotti uscirono in strada, Rocco prese un respiro profondo. L'agente lo osservò coi suoi occhi chiari e svelti. «Che c'è, dotto'?».

«C'è che mi sono rotto il cazzo. Vorrei essere come Pichi, che guarda i cadaveri come oggetti di lavoro. O come un chirurgo che apre le pance neanche fossero quarti di bue».

«Le fanno senso i cadaveri?».

«No. Quelli no. Quello che c'è intorno, quello mi fa senso».

«I parenti, vero?».

«Più ancora la testa di cazzo che m'ha regalato un cadavere in mezzo alla strada. Tornamosene in questura, va'».

Si avvicinarono alla macchina quando il cellulare di Rocco si mise a suonare.

«Sono Gizzi».

«Ciao».

«Senti...» la voce del sostituto della scientifica era frenata, come se le parole gli costassero un mutuo. «Ti devo parlare. Sono sul ritrovamento del cadavere di stamattina. Tu sei in zona?».

«Sto qua dietro, a via Urbino, sotto casa dei genitori».

«C'è un bar, proprio qui davanti. Vediamoci lì che c'è l'aria condizionata».

Rocco non salì sull'auto. «Torno a via Fidenza, a piedi. Tu raggiungimi con calma, Zuccari».

Quello annuì e spense il motore. «Allora approfitto e chiamo casa».

«Fa' come te pare» e il vicequestore tornò sul luogo del delitto.

Appena girato l'angolo di via Urbino ragionò sul

tragitto che il giovane avrebbe potuto fare per passare in via Fidenza, ammesso che era sua intenzione passarci o che non ce l'avessero portato. In quale bar voleva fare colazione? Dove aveva incontrato l'amico ammesso che l'avesse incontrato? Perché era uscito presto da casa, con chi doveva vedersi? Erano tutte domande che gli ingolfavano la mente. Ma era quasi sicuro che, se aveva un appuntamento, era col suo assassino. Guardava attentamente i portoni e i negozi che superava. Qualcuno lo aveva ucciso durante quel tragitto e lo aveva poi depositato in via Fidenza? Ma come si può afferrare una persona, portarla in un luogo nascosto e ucciderla in pieno San Giovanni? Uno dei quartieri più popolosi di Roma? Poteva essere quel portone aperto la tana del ragno assassino che aveva massacrato il ragazzo spingendolo dentro? Oppure il garage in fondo alla strada? Un furgone parcheggiato in seconda fila?

Una folla di curiosi e fancazzisti estivi s'era messa in circolo a osservare le operazioni della mortuaria. Gli agenti della scientifica con le loro tute bianche e il cappuccio si stavano mettendo al lavoro. Rocco pensò al caldo che quei poveracci dovevano sopportare chiusi in quegli scafandri immacolati. Un ispettore parlava con due giornalisti che prendevano appunti su un taccuino. Riconobbe il fotografo che accompagnava il povero Alberto Ferri due giorni prima alla cava. Si salutarono con un lieve movimento del capo. Poi quello si mise a scattare e Rocco andò verso il bar. Da sotto ai piedi gli arrivò una folata d'aria calda mista a puzza di urina e muffa. Guardò in basso. Stava passando su una grata del marciapiede. Sul fondo dell'orrido cittadino cicche, cartacce e sicuramente dal tanfo che risaliva anche un topo morto. Ne approfittò per gettarci la cicca.

L'aria condizionata al massimo aveva trasformato il bar in una ghiacciaia. Un freddo che gli colpì il petto come un pugno. «Che cazzo...» mormorò avvicinandosi al bancone dove Gizzi, appoggiato, sorseggiava un caffè. «Non si può far alzare la temperatura? Non si può passare da Mumbai a San Pietroburgo».

Gizzi non rispose. Si limitò a sorseggiare il caffè.

«Troppo freddo, dotto'?» fece il ragazzetto dietro il bancone.

«Direi. Te stasera quando esci te prendi un coccolone».

«Faccio un caffè?».

«E famme un caffè».

«Prima che me lo chiede io a quello non lo conoscevo... poraccio» e il ragazzo si voltò e si attaccò alla macchina trafficando coi braccetti. Il bar era vuoto. Una macchinetta dei videopoker occhieggiava dall'angolo. Rocco guardò il frigo dei gelati e fece una smorfia. Neppure un Algida. «Allora...».

Gizzi aveva preso un Bacio Perugina e lo stava scartando. «Allora parliamo dell'omicidio alla cava. Quello del self service. Abbiamo trovato delle impronte interessanti su uno dei tasti».

«Ci state lavorando?».

«Sì. Ci vuole un po' ma l'impronta è bella nitida. Mi sono fatto dare i nominativi dei tre che hanno usato il bancomat, e speriamo che non appartenga a nessuno di loro». Serio si infilò in bocca il cioccolatino. «Ho fatto come mi hai chiesto. Abbiamo trovato del sangue nel tragitto dal self service alla rete di recinzione. E abbiamo individuato il punto da cui dovrebbe essere caduto Giovanni Ferri».

Il barista poggiò la tazzina del caffè davanti a Rocco. «Ecco a lei, dottore».

«Grazie». Rocco prese la tazzina e guardò il collega. «Perché sei triste?».

«Perché odio darti ragione».

«Allora quello scappa, viene inseguito, arriva fino al ciglio del burrone, lo ammazzano e cade di sotto».

«Già» annuì Gizzi, «deve essere andata più o meno così».

«Questo ci fa capire che molto probabilmente era in auto coi suoi assassini. Dove lo stavano portando?».

«Boh».

Rocco finì il caffè. «E perché non hanno cercato di nascondere il cadavere? Dico, lì a venti metri c'era il laghetto».

«Questo io non lo so».

«Ammazza Gizzi, quanto sei d'aiuto».

«Forse aiuta sapere una cosa?».

«Dipende».

«Quel preservativo nell'Apecar».

Rocco per poco non scoppiò a ridere: «Non mi dire che l'hai esaminato!».

Gizzi lo bruciò con lo sguardo. «Te l'ho detto, siamo pignoli e molto, molto professionali».

«E che hai scoperto? Era pieno?».

«Se per pieno intendi usato, sì, lo era».

«Ma sai anche da chi?».

Gizzi si mise a leggere il cartiglio trovato nel Bacio Perugina. «Non c'è bisogno di fare l'analisi del dna. Appartiene a Luigi Cuticchio, detto Gigi er cesso».

«Ah, il vecchio custode».

«Sì, me l'ha confessato. Lui la notte va con le nigeriane».

«Hai capito Gigi er cesso... va con le nigeriane!».

«Con l'Apecar» esclamò Gizzi con una smorfia d'orrore sul viso.

«Noi lo facevamo in 500, quello sull'Apecar. Anzi, se ci pensi, ha pure il cassone. Magari risulta pure comodo!».

«Sarà» il sostituto della scientifica accartocciò stizzito il messaggino dei Baci Perugina e lo gettò per terra.

«Che c'era scritto?».

Ma Gizzi non rispose. «Paghi tu!» e lasciò il bar. Rocco recuperò il bigliettino. «L'incarco de le corna è lo più lieve ch'al mondo sia, se ben l'uom tanto infama: lo vede quasi tutta l'altra gente; e chi l'ha in capo, mai non se lo sente. Ludovico Ariosto». Rocco scoppiò a ridere. Che la moglie di Gizzi avesse reso la pariglia al marito lo riempiva d'orgoglio. «C'è un dio, lo sai?» disse in faccia al barman depositando due euro sul bancone.

«Se lo dice lei...».

La cava aveva ripreso a lavorare. Il rumore delle catene che segavano la pietra era più insopportabile del bagliore del marmo, che spuntava come il ripieno di una torta dalle costole delle collinette tranciate. Un operaio lo riconobbe e alzando la mano lo salutò. Rocco ricambiò, diretto verso la casetta di Luigi Cuticchio, detto Gigi er cesso. Dall'ufficio della direzione uscì Mario Mastini, il capo, che stava indossando un paio di guanti di protezione. «Dottore!» urlò per sovrastare il rumore. «Posso esserle utile?».

«Devo solo fare una domanda a Gigi er cesso. C'è?».

«È di là. Oggi non l'ho visto. Se serve sono a disposizione!».

Rocco tirò dritto e arrivò alla baracca del guardiano. Bussò. Non successe niente. Bussò ancora. Spinse la maniglia e lentamente aprì. «È permesso?».

Dentro era buio. Una stanza lercia, di legno, a terra il linoleum. La lama di sole dalla porta illuminò il viso del guardiano. Stava steso su una branda da campeggio con gli occhi chiusi e le mani intrecciate sullo stomaco. Sembrava dormisse o fosse pronto per la bara. Sulle pareti centinaia di etichette di birra incollate fungevano da carta da parati. Un tavolo con sopra un fornello elettrico, un paio di pentolini e una vecchia moka. Barattoli di vetro talmente lerci che non se ne vedeva il contenuto. Puzza di vino, piedi e muffa. Rocco non richiuse la porta per avere un po' di luce e respirare. L'unica finestrella della stamberga era sprangata con delle assi. Restò lì, sull'uscio, a guardare quella caverna di solitudine. «Gigi?» chiamò. «Gigi!». Il vecchio tremò. «Chi è? Che c'è?». Poi lento girò la testa verso la porta. Si mise una mano davanti all'occhio buono per ripararsi dalla luce del sole. «Non vedo... chi è?».

«Sono il vicequestore Schiavone. Ti ricordi?».

L'uomo mosse un po' la faccia, cercando di scrutare quella silhouette in controluce. «Sto a dormi', che c'è?».

«Te devo fa' una domanda».

«Ma nun poi chiude la porta? Me stai a ceca'!».

«Tanto stai già a metà dell'opera!».

Rocco accostò le travi che fungevano da uscio, attento a lasciare uno spiraglio aperto per far passare l'aria. La stanza ripiombò nel buio. Il sole penetrava attraverso le assi sconnesse delle pareti, ma non abbastanza. Gigi accese una luce. Un piccolo abat-jour con un paravento rosa macchiato e un merletto che cercava di conferire una grazia affettata a quell'oggetto raccolto da una discarica. Il caldo era insopportabile. «Ma come fai a dormi'? Pare di stare dentro un forno».

«Guardia, all'età mia le temperature so' diverse». Si tirò a sedere sul letto. «Che c'è? Che voi sape'?».

«La notte dell'omicidio».

«Embè?».

«Dimmi la verità. Tu non eri qui».

«Sì che ero qui».

«Io dico di no. Guarda che non ti succede niente. Però mi aiuti se mi dici la verità».

116

Il vecchio alzò le spalle. «E perché ti dovrei aiutare?» grattò la gola e scaracchiò per terra, sul linoleum. Rocco represse un conato di vomito.

«Perché m'hai detto che la morte di quel ragazzino ti fa schifo».

«È vero. L'ho detto e lo ripeto. Lo ripeto?».

«Non c'è bisogno. Allora dimmi: eri qui?».

«No» e si grattò la testa.

«E dov'eri?».

Spalancò un sorriso innocente mostrando i pochi denti multicolori. Si andava dal giallo tenue al nero seppia passando per il terra di Siena. «Ero andato a trovare le mie amiche».

«Chi sono?».

«So' nigeriane, lavorano sulla Tiburtina... ci hanno certi culi, guardia, che manco te l'immagini».

«E chi se lo vuole immagina', Gigi!». Tutto avrebbe voluto tranne vedere l'amplesso fra Gigi er cesso e l'amica nigeriana. «Te la danno, Gigi?».

«Pagando...».

«Poveracce». Su questo Rocco non avrebbe mai cambiato idea. Era il mestiere più duro del mondo, il più difficile, peggio della miniera. E il primo che gli avesse detto che lo fanno per libera scelta, l'avrebbe appicciato al muro per spaccargli il setto nasale. «Spero che ti facciano pagare una tredicesima».

«Venti euro una pompa, trenta amore completo, cinquanta di culo» e compiaciuto dal tariffario scaracchiò ancora per terra.

«Se sputi un'altra volta ti prendo a calci in bocca,

Gigi, così invece del catarro sputi il sangue. Bene, sei andato a puttane. Mi dici a che ora sei rientrato?».

«E che ne so? Saranno state... boh? Mezzanotte, mezzanotte e mezza».

«Prima?».

«No, prima no. E manco dopo perché all'una m'ha chiamato il capo».

«Una telefonata dal capo?».

«Sì. Lo fa ogni notte, all'una, per vedere se tutto va bene. Tanto io so' insonne. Il problema è che lo è pure lui!» e scoppiò a ridere. Poi il riso divenne una tosse che si concluse col solito scaracchio sul linoleum. «Scusame, è che me stavo a senti' male...».

Rocco riaprì la porta. «Grazie Gigi. Me la togli una curiosità?».

«Se posso...».

«Mica lo fai dentro l'Apecar».

«No. Sul cassone».

«Infatti... statte bene» e uscì a rivedere il cielo, le nuvole e il sole.

L'ispettore Munifici, nero di capelli, riccio, di quelli che si fanno la barba la mattina fin sotto le palpebre e già all'ora di pranzo hanno bisogno di ripassare il rasoio, teneva il taccuino nella sinistra e la penna nella destra. In piedi davanti alla scrivania Rocco scarabocchiava sul margine di un quotidiano. Stava facendo i baffi, la barba e un dente nero a una famosa conduttrice televisiva. Davanti a lui c'era il portatile di Matteo Livolsi.

«Allora dottore... Matteo Livolsi non era fidanzato, si era iscritto a giurisprudenza ma non aveva fatto neanche un esame, a detta del padre voleva prendersi una specie di anno sabbatico, ma il genitore era scettico...».

«Come passava la giornata?» chiese Rocco guardando Alfredo De Silvestri che giocherellava col bottone dorato della giacca.

«Si vedeva con gli amici, usciva, stava su internet, giocava a calcetto».

«Un cazzo, insomma».

«Esatto. S'era messo in testa, sempre a sentire il padre, di fare un viaggio all'estero, sei mesi. Costa Rica. Il suo sogno era aprirsi un...».

«Bar sulla spiaggia eccetera eccetera» lo interruppe Schiavone. «Il solito sogno dell'italiano frustrato da 'sto paese. Poi vanno lì e si accorgono che il chiringuito va male, che il Costa Rica non è quel paradiso che pensavano, che non hanno più la sanità, che il mare ogni giorno è una rottura di coglioni, e che i culi delle ragazze sudamericane si allontanano insieme ai soldi dal portafogli. Tornano a 45 anni in Italia e finiscono i giorni mettendo su una ditta per svuotare cantine».

De Silvestri e Munifici sorrisero.

«Grazie, Munifici. Altro?».

Quello scosse la testa, salutò con un gesto del capo e uscì dalla stanza.

«Alfre', la prima cosa di cui dobbiamo accertarci è se c'è qualche rapporto fra Matteo Livolsi e il cadavere dell'altro giorno. Quel...».

«Giovanni Ferri» lo anticipò De Silvestri.

«Ecco. Mettiti a fare controlli. Due ragazzi di 20 anni uccisi a distanza di due giorni con la stessa modalità devono avere dei punti di contatto. Raccogli tutto il materiale degli agenti che hanno interrogato vicini e passanti. È un lavoro lungo e palloso, ma lo puoi fare».

De Silvestri sorrise. «Vado» e anche lui lasciò la stanza incrociando Parrillo che aveva affacciato il testone riccio alla porta dell'ufficio di Rocco. «Ciao Alfre'… Dottore?».

«Che vuoi, Parrillo?».

«Nessuna traccia del cellulare di Matteo Livolsi. Che facciamo?».

«E che voi fa'? Un cazzo!» rispose Rocco. Poi con un gesto congedò l'agente che sparì chiudendosi la porta alle spalle. Si sedette alla scrivania, aprì il cassetto e, finalmente solo, tirò fuori il primo cannone della giornata. Era quasi ora di pranzo e ancora non aveva fumato. Poggiò i piedi sulla scrivania e si mise ad osservare il fumo avvilupparsi fino al soffitto dove l'aria smossa dal condizionatore lo sparpagliava. Dalla finestra riusciva a vedere la Cristoforo Colombo, la grande arteria romana che collega la città a Ostia, intasata di macchine che brillavano sotto il sole a picco. Si annunciava un'estate curiosa. Si stavano alternando giorni di caldo insopportabile e improvvise piogge tropicali. Un'estate pazza. Un'estate inutile. Spense la cicca e accese il computer di Matteo. Si mise a frugare nella cronologia del browser. Trovò siti dove poter vedere gratis le partite in streaming. Ce n'erano due porno, e Rocco non poté fare a meno di passarci una decina di minuti, poi un indirizzo attrasse l'attenzione del vicequestore.

Gli ex dell'Ascanio Sobrero.

Non era un sito ufficiale, ma un blog curato da ex alunni di quel liceo. Il nickname e la password erano memorizzati nella pagina d'ingresso. Matteo Livolsi si faceva chiamare Mat 87. Scorse alcuni messaggi. Feste, cene, «Quanto mi piace Sveva», «Ma l'avete vista la D'Amico su Sky?», «Regà, domenica tutti in curva!».

Niente di interessante. Una bacheca per cazzeggiare con i vecchi amici di scuola, per rendere forse meno traumatico l'addio a compagni e compagne che avevi frequentato per cinque anni. Cosa che a Rocco non era mai successa. Superato l'esame di maturità, aveva tirato in aria il vocabolario e giurato di non rivedere mai più nessuno dei 28 compagni di classe che aveva detestato fin dal primo giorno di scuola. Un nome col quale Mat 87 chattava attirò la sua attenzione: Sammy 87. Lesse qualche suo messaggio.

«Ciao Sammy... allora solito bar solita ora?» aveva scritto Mat 87 cinque giorni prima. Furono i messaggi seguenti a ghiacciare il sangue di Schiavone:

«Ok Mat... solito bar solita ora. E Skin?».

«No Sammy. Skin no. Anzi...».

«Cosa...?».

«Non si parla più con Skin!».

«Perché?».

«Dont trust Skin, gio'...» e poi tre teschi neri con due ossa incrociate sotto.

Un colpo al cuore. Mat 87 si era lasciato andare e aveva chiamato il suo amico gio'. Gio' aveva Sammy come nickname. E Sammy era il soprannome di Giovanni Ferri, quello che arriva sempre per ultimo col motorino 50, lento come la tartaruga del cartone animato.

Gio'!

Mat parlava proprio con Giovanni Ferri, l'altra vittima, e un primo tassello sul caso forse era finalmente andato al suo posto. Matteo Livolsi e Giovanni Ferri erano amici. Compagni di liceo.

E c'era il problema di Skin. Chi era? Un amico, una ragazza, una potenziale terza vittima o l'autore dei delitti? O forse era solo uno scherzo fra due ex compagni di scuola? Certo Skin non faceva parte di quel gruppo di vecchi alunni, altrimenti avrebbe letto quei messaggi un po' offensivi che lo riguardavano. E perché non dovevano fidarsi di lui? Beghe post adolescenziali o quei tre teschi neri con le ossa incrociate significavano altro?

Skin. Pelle.

Funzionava così con Rocco. Qualcosa, un odore, un dettaglio attirava la sua attenzione, e allora lui seguiva la traccia come un bracco fino alla fine. Doveva fare una visita al Liceo Sobrero. A fine giugno sperava di trovare il preside; se non ricordava male erano quelli i giorni degli esami di maturità.

Il collo lungo e magro, il naso largo, gli occhi con i bulbi estroflessi facevano del preside Salvatore Berni una Giraffa Camelopardalis, e le pose che assumeva masticando il sigaro spento lo rendevano identico

122

al disegno della vecchia enciclopedia degli animali. Bastava sostituire al toscano un ramoscello e il gioco era fatto.

«È fortunato, oggi abbiamo chiuso la sessione degli orali... ma venga nel mio ufficio, si sta più comodi». Attraversarono un corridoio buio sul quale si aprivano delle porte gialle. In fondo ce n'era una rossa. Il cartello denunciava che quella era la presidenza.

«Prego, prego» e il preside lo fece entrare.

La stanza era grande, piena di finestre basse con gli infissi di ferro blu. L'aria puzzava di toscano. «Vede commissario...».

«Io la chiamo per caso direttore?».

Il preside si fermò a metà strada, proprio davanti alla scrivania. «No. Perché?».

«Perché è la seconda volta che le ricordo che io non sono commissario».

«Vicequestore, mi scusi!».

«Si figuri, preside».

«Allora, vicequestore... sì. Matteo Livolsi e Giovanni Ferri sono stati due allievi di questo liceo. Si sono diplomati, se non vado errato, proprio l'anno scorso».

«Già. Posso?» e Rocco si sedette. «Frequentavano la stessa classe?».

«Aspetti che guardo...». Salvatore Berni ficcò la testa in un vecchio registro. Voltava le pagine e continuava a masticare il sigaro. «Sì, sezione B».

«Buoni studenti?».

«Livolsi si è maturato con un 60/100».

«Buttalo via!» disse il vicequestore.

«Ferri con 90/100» e alzò il viso verso Rocco. «Ma perché mi chiede di Ferri e Livolsi?».

«Perché sono stati uccisi».

Il preside aprì la bocca quel poco che bastò per far cadere il sigaro sulla scrivania. Lo recuperò immediatamente appoggiandolo su un posacenere. «Oh signore! Hanno ucciso...?».

«Esatto. Ora, che i due l'anno scorso frequentassero la stessa classe, dà da riflettere».

«E certo!» poi il preside si mise a osservare la lampada verde del suo tavolo, come se all'improvviso i suoi pensieri si fossero prosciugati.

«C'è qualche insegnante con cui posso parlare?».

«Eh?».

«Dico, c'è un insegnante dei due ragazzi con cui posso parlare?».

La giraffa ci rifletté per un istante. «Certo. Certo. La Cruciani, il membro interno, letteratura». Si alzò di scatto e si affacciò alla finestra. «Sì, l'auto è ancora qui. La faccio chiamare subito» e si precipitò fuori lasciando Rocco da solo.

Il vicequestore si alzò dalla sedia e cominciò a guardarsi intorno. C'erano due librerie con vecchi tomi in brossura. Sorrise quando vide spuntare, nascoste dai libri, tre bottiglie di Sambuca. Un paio di diplomi attestavano che il preside aveva vinto due concorsi di poesia a Rho e a Roncobilaccio. L'uomo rientrò nella stanza accompagnato da una donna sui 40 anni, elegante, abbronzata. Un viso anonimo, capelli anonimi, naso anonimo. Solo gli occhi erano intensi. Sembravano due olive pugliesi. Precisi come bisturi, puntavano gli oggetti come a studiarli a fondo. Quando Rocco la guardò ebbe la sensazione di essere lui sotto inchiesta. «Buongiorno professoressa... Sono il vicequestore Schiavone» e le strinse la mano. Era secca e aveva la stretta decisa. «Buongiorno. Cosa è successo?».

«Due suoi ex allievi. Livolsi e Ferri. Purtroppo sono stati assassinati».

La professoressa guardò Rocco inarcando appena le sopracciglia. Poi il viso del preside. «Salvatore, puoi lasciarci soli?».

Il preside rinculò ossequioso. «Certo, certo, faccio portare un caffè?».

«Lei vuole un caffè, dottore?» sembrava che fra i due si fossero invertite le parti. La Cruciani era diventata il preside, il preside un professore. Anzi, a guardarlo come teneva lo sguardo basso rispetto a quello freddo e analitico della donna, un alunno indisciplinato che rischia di perdere l'anno.

«No grazie. Sono a posto».

Con un sorriso la donna congedò il preside che uscì chiudendosi delicatamente la porta alle spalle. «È una notizia terribile» fece la professoressa e andò finalmente a sedersi su una sedia di legno proprio sotto la finestra.

«Erano suoi allievi. Bravi?».

Scuotendo leggermente la testa, la Cruciani rispose: «Non proprio. Meglio Ferri sì, era a suo modo un geniaccio. Livolsi seguiva la scia e si è maturato grazie all'amico. Facevano spesso coppia. Ferri scriveva benissimo, sa? E leggeva. Leggeva tanto. Suo padre è giornalista, lo conosce? Alberto Ferri».

«Sì, l'ho conosciuto» evitò di dirle che era ricoverato in terapia intensiva. Per quanto riguardava le brutte notizie, la professoressa quel giorno aveva già fatto il pieno.

«Avrebbe voluto intraprendere quella carriera. Giovanni aveva fondato un giornalino del liceo, si chiamava "Lo spione"!» fece una piccola risata e accavallò le gambe. Aveva le caviglie sottili. «Ricordo ancora uno dei suoi articoli più divertenti, era su quelle...» e indicò la libreria.

«Su quelle cosa?».

«Le bottiglie che Salvatore tiene nascoste lì dietro. Si intitolava "Ebbro o son desto?". Molto ironico. Aveva una bella penna».

«Si mettevano nei guai?».

«Che io sappia no. Matteo Livolsi stava più che altro dietro alle ragazze. Giovanni era più serio. Aveva il pallino della cronaca nera. Come suo padre. Si interessava di omicidi, traffici, scandali. Ficcava il naso negli affari del dottor Alberto. Appena poteva lo seguiva senza farsi vedere, sa? Al giornale lo conoscevano tutti».

«E invece Matteo?».

«Gliel'ho detto. Seguiva l'amico. Sportivo, un po' come si dice... sempliciotto».

«Un cazzaro?».

«Ecco, esatto. Ma era un bravo ragazzo. Perché hanno fatto questa brutta fine?».

«Se lo sapessi non starei qui, professoressa Cruciani. Amicizie poco pulite?».

La donna ci pensò su. «Non qui. Non al liceo. Sono tutti bravi ragazzi. Magari anche la mela marcia, ma al massimo qualche baruffa in cortile. Niente di che. Niente che mi faccia pensare a un omicidio. Dio mio, è una cosa terribile» e si portò le mani davanti alla bocca. «Come... come sono morti?».

«Lei si occupa di letteratura?».

«Sì».

«Continui a farlo. Mi tolga una curiosità. Il preside, qui, è bravo con i versi?».

La professoressa alzò le spalle. «Cosa vuole che le dica? A me non piacciono. Si nasconde dietro uno stile molto criptico, perché credo che in realtà non sia trasparente il suo pensiero. Insomma, più che uno stile il suo è un rifugio».

«Gliene ha mai dedicata una?».

La Cruciani arrossì. «No... perché?».

«Perché se i suoi versi sono ermetici, il comportamento al contrario mi pare chiaro, fresco e dolce come l'acqua». La professoressa sorrise apprezzando la citazione e Rocco lasciò la presidenza.

L'ufficio di D'Inzeo sembrava un'area ecologica per il riciclo della carta. Soprattutto quotidiani. Erano ammonticchiati ovunque. Non c'era ripiano mensola o poltrona che non ne ospitasse una pila. A completare l'istallazione da museo d'arte moderna, decine di colonne di giornali vecchi di anni poggiate sul tappeto ondeggiavano ad ogni apertura della porta facendo temere il peggio.

«Siediti Rocco» fece il magistrato, sigaretta accesa in bocca, seduto al suo tavolo concentrato a leggere dei fogli.

Rocco si guardò in giro. «Primo: dove mi siedo? Secondo: non ti sembra che fumare qui dentro sia un tentativo di suicidio?».

«Anche fumare fuori lo è» rispose Sasà D'Inzeo senza alzare gli occhi dalle carte.

«Intendo, suicidio per autocombustione. Basta una scintilla e qui dentro si scatena l'inferno».

Finalmente il magistrato alzò lo sguardo. Il fumo gli nascondeva il viso. Teneva l'occhio destro leggermente chiuso. «Allora resta pure in piedi» gli disse. «Raccontami tutto».

«Prima mi dici che ci fai con tutti questi giornali».

D'Inzeo si guardò intorno stupito, sembrava accorgersi solo ora di quelle torri traballanti di carta che lo circondavano e lo sommergevano. «Mi servono».

«Per cosa?».

«Ci sono articoli che mi servono».

Rocco prese il primo giornale da una mensola accanto a sé. «18 gennaio 1989... mi dici a che ti serve un "Corriere della Sera" di venti anni fa? Non lo sai che esistono le emeroteche?».

«Allora, mi vuoi raccontare o sei venuto solo per rompere i coglioni?».

«Veramente mi hai chiamato tu».

«Per farmi dire che sta succedendo, non per parlare dei miei quotidiani!» e finalmente posò le carte sul-

128

la scrivania. Si tolse gli occhiali per guardare meglio Rocco, il vicequestore si appoggiò alla spalliera di una delle due poltroncine di pelle. «Allora, una seconda vittima. Matteo Livolsi. 20 anni. Abita a tre isolati da Giovanni Ferri. Stessa modalità di omicidio».

«Porca...».

«Già. Le novità sono le seguenti. Il primo omicidio, quello della cava. Giovanni Ferri era probabilmente inseguito da uno o più uomini, ancora più probabilmente fermi al self service del distributore non lontano dall'area della cava».

«Si erano fermati per fare benzina?».

«È la mia ipotesi. Giovanni era con loro, ha approfittato per scappare e c'è riuscito. In parte. È stato raggiunto e colpito proprio sul ciglio del burrone ed è andato giù».

D'Inzeo poggiò la sigaretta nel portacenere colmo di cicche. «Perché non sono andati fin sotto il burrone?».

«Questo non lo so. Al self service hanno un'impronta nitida, ma non ci spero molto. Una cosa è certa. Giovanni Ferri, prima di essere ucciso, è stato picchiato. Ora il medico legale ci conforterà su questa cosa».

«E veniamo al secondo, quello di via Fidenza».

«Matteo Livolsi. Frequentava lo stesso liceo di Giovanni Ferri. I due erano molto amici. Ho anche trovato una chat dove chiacchieravano. Matteo Livolsi non faceva una mazza dalla mattina alla sera, iscritto a giurisprudenza, mai frequentato e mai dato un esame...».

«Il contrario di Giovanni Ferri» fece il magistrato. «Ho parlato con il mio vecchio collega d'università che insegna privato. Giovanni era uno studente modello».

«Invece Matteo no. A scuola era così così, trascinato dall'amico, s'è diplomato per miracolo. Non risulta fidanzato. Ho sguinzagliato i miei per capire se qualcuno abbia visto qualcosa in pieno giorno. Ma c'è una cosa che non ci torna».

«Se me la vuoi dire...». Sasà D'Inzeo spense la sigaretta nelle cicche del portacenere.

«Il sangue sulla ferita è poco. E a terra non ce n'era. Dunque si capisce che non è stato ucciso lì».

«In strada, intendi».

«Esatto. Ma, e ascoltami bene, sangue non ne aveva neanche sul collo o sulla maglietta. Come se lo avessero ucciso a testa in giù».

Sasà fece una smorfia. «No, e cos'è? Un maiale sgozzato?».

«E infatti ho pensato avesse il capo coperto. Ma non un cappello. Non basterebbe. Quello la base del cranio non la copre». Rocco si fermò a riflettere.

«Un casco?» fece il magistrato con una luce d'eccitazione negli occhi.

«Cioè tu mi stai dicendo che la vittima portava un casco?».

«Perché no, Rocco? Arriva fino alla base del cranio, magari ha assorbito parte del sangue. L'hanno pugnalato con il casco indosso, poi l'hanno depositato lì. Se l'erano caricato su un motorino e...».

«No. Non ce lo vedo». Rocco si sforzò ad immaginare la scena. «Insomma, metti pure che l'abbiano fatto salire su uno scooter con una scusa. Poi mentre, che so? sono fermi, prima che Matteo si tolga il casco, uno arriva alle spalle e lo uccide? No, è impossibile».

«Però era riverso in mezzo ai motorini. Magari l'hanno portato lì e...».

«No, Sasà. E poi l'hanno steso e gli hanno tolto il casco? Non torna. È fantascienza».

«Vabbè, io ho provato» e si rimise a guardare le carte.

«Come si può uccidere uno a testa in giù?». Ma Rocco lo aveva più che altro chiesto a se stesso. Infatti D'Inzeo neanche sollevò gli occhi. «A testa in giù...» e si mise alla finestra a guardare i palazzi di fronte.

«Potrebbero avergli messo la testa in uno scolapasta dopo averlo pugnalato». Sasà pareva molto divertito da quell'ipotesi. Quasi gli venne da sorridere. Ma quella sciocchezza sparata per fare un po' di rumore cominciò invece a scavare un piccolo sentiero nei rovi che avevano invaso la mente del vicequestore. Mollò un pugno sulla scrivania che fece sobbalzare il magistrato e tremare una pila di quotidiani. «Che c'è?» gridò quello.

«Una scala!».

«Una scala?».

«Una scala da esterno. Hai presente? Hanno i gradini fatti con una rete...».

«E allora?».

«E allora uno ha gettato la vittima sulla scala, magari una colluttazione o simile. L'altro, l'assassino, da sotto l'ha colpito alla nuca. Il sangue è scivolato giù, magari proprio addosso all'omicida attraverso la grata... è così!» disse Rocco.

Il magistrato annuiva sempre più convinto. «Una scala. E allora? È un ago in un pagliaio, Rocco».

«È vero. Ma è un'ipotesi, no?».

«Che vuoi fare?».

«Primo! Mandare qualcuno lì intorno a vedere se in qualche uscita secondaria di un negozio, un supermercato c'è una scala simile e capire se è quello il luogo dell'omicidio».

Il magistrato alzò il telefono. «Chi c'è della scientifica? Gizzi?».

«Esatto».

«Sono D'Inzeo» disse alla cornetta con voce annoiata, «mi chiami Gizzi. Scientifica». Con la mano coprì il microfono del telefono. «Vediamo se abbiamo un po' di fortuna. E poi?».

«Secondo, voglio uscire al più presto da questa stanza. C'è una puzza di carta bagnata mista a fumo che fa vomitare».

«Sì, a parte questo».

«Mi interessa Giovanni. Il figlio del giornalista. È lì che devo andare a dare un'occhiata».

«Mi tieni informato?».

«Sicuro. Anche tu se Gizzi ha sviluppi».

«Gizzi? Sono D'Inzeo. Mo' ascoltami bene senza rompere i coglioni».

Con un sorriso sulle labbra Rocco uscì dalla stanza.

Calava la sera e il traffico era intasato. Le improvvise strettoie del lungotevere che si dipana in volute seguendo il capriccio del fiume, chiudevano le auto in una morsa senza scampo. Solo i motorini, come insetti veloci, riuscivano a farsi strada in quel groviglio di lamiere. Nuvole passavano fra i merli di Castel Sant'Angelo mentre turisti spaventati cercavano di attraversare sulle strisce pedonali e portarsi lo stesso a casa la pelle. Il sole spariva dietro la basilica di San Pietro, che se ne stava seduta come un grassone soddisfatto in mezzo a tutta quella confusione. Il cielo s'era dipinto di rosso, come i muri della città. E se questa visione di solito porta nei cuori un senso di pace e serenità, a Rocco Schiavone ricordava solo che fra poco sarebbe stata notte e probabilmente l'avrebbe passata in bianco. Gabbiani, cornacchie, rondini e piccioni sfrecciavano senza meta, Zuccari alla guida sbuffava e guardava i vicini di auto. S'era fissato con una coppia che litigava dentro una Smart. Lei urlava alla guida, lui accanto si dimenava agitando braccia e mani.

«La porto in ufficio?» disse.

«No, a largo Alessandria. Prima devo verificare una cosa. Tu te ne puoi andare, per il ritorno mi arrangio».

Zuccari, stanco della giornata, annuì. «Dice che fra un po' si menano?» e indicò a Rocco la coppia litigiosa.

«Può essere. Fa' una cosa, supera, passa sul marciapiede, investi il benzinaio, fa' quello che ti pare, ma io a stare fermo qui in mezzo non ce la faccio più».

«Metto la sirena?».

«Non ce prova'!».

Zuccari ingranò la prima, svicolò verso il distributore, fece il pelo al benzinaio, passò a un millimetro dalle macchine ferme e sgattaiolò verso il ponte.

Dopo venti minuti lasciò il vicequestore a largo Alessandria. «Mica male, eh?» disse. Rocco sorrise, gli diede una pacca sulla spalla e scese dall'auto. Proprio in quel momento il cellulare squillò. «Chi è?».

«Sono D'Inzeo, te lo vuoi mettere in memoria il mio numero?».

«Hai novità?».

«Non hanno trovato nessuna scala, Rocco. Almeno, non nelle vicinanze. Se vogliamo posso mandare Gizzi a cercarla per tutta Roma. Se lo meriterebbe quel rompicoglioni».

«Lascia perdere. La vita l'ha già punito».

«E cioè?».

«Mi sa che la moglie visita altri letti. Va bene, Sasà, grazie. Ti tengo informato».

«Tu dove sei?».

«Sto andando in un pub».

«Lavorare no?» e chiuse la telefonata.

Girò l'angolo e si trovò di fronte all'Old England, il locale che frequentava Giovanni Ferri. Una cinquantina di ragazzi seduti ai tavoli, sui motorini, chiacchieravano e bevevano birra da bicchieri di plastica. Rocco, trasparente agli occhi di quella folla di ventenni, entrò nel pub. Il gatto di Pallas o delle steppe stava sempre alla cassa. Steven lavorava come un ossesso. Due ragazze lo aiutavano col servizio. Rocco si avvicinò al bancone. «Un succo di frutta all'albicocca».

Steven si girò con gli occhi sgranati per l'assurdità dell'ordinazione in un pub dopo il tramonto e appena vide Rocco sorrise. «Ah, è lei! Me pareva una cosa strana. Succo di frutta all'albicocca? Chissà se ce l'ho».

«Quello che c'è». Il ragazzo si chinò, aprì il frigorifero, prese una bottiglietta e la picchiò sul fondo. «Ananas. Ce l'ho perché l'usiamo per i cocktail».

Rocco annuì. Guardò il padrone del locale che lo stava osservando. Si scambiarono un sorriso di circostanza. «Senti un po', Steven... mi puoi dare ancora una mano?».

«E certo» rispose il ragazzo versando il liquido giallognolo in un bicchiere.

«Conosci anche un tale Matteo Livolsi?».

Quello fece una smorfia. «A me i nomi dicono poco. Non è che ha una foto?».

Rocco si mise la mano in tasca. Prese la fotocopia del documento del fu Matteo Livolsi. «Ecco qua». Mollò il foglio a Steven mentre quello posava il bicchiere sul bancone. Rocco lo bevve avidamente. Steven sorrise. «E come no. Stava sempre con quell'altro... Giovanni». Gli restituì il foglio. «Sempre insieme. Insomma, spesso. Ma io lo conosco come Mat».

«Che sta per Matteo. Non sai dirmi niente di lui?».

«Aspetti che servo la birra a quei tre rompicoglioni e la raggiungo». Si allontanò solo un attimo a riempire tre bicchieri di bionda alla spina. Rocco si guardava intorno. I tavoli all'interno erano vuoti. Troppo caldo. Giusto un paio di ragazzi che parlavano piano e sgranocchiavano patatine e pop corn. La ressa era fuori. C'erano ragazze di una bellezza sconfortante. Coi denti perfetti, bianchi, i capelli lunghi. I ragazzi al loro confronto sembravano degli imbranati pieni di boria. Lui ragazze così belle, ai suoi tempi, non ne ricordava.

La specie si va evolvendo, si disse. E per un attimo, ma solo di sfuggita, come un riflesso di luce su una macchina in corsa, ebbe voglia di avere vent'anni anche lui.

«Eccomi. Senta, mi piace parlare con lei» attaccò Steven. «Solo se lei però mi dice la verità. Lei non è della finanza, vero?».

«No».

«Lei è proprio uno sbirro».

«Dalla cima dei capelli alla punta delle scarpe».

«Lo sapevo!» e diede una manata sul bancone. «Mo' Davide mi deve 20 euro».

«Chi è Davide?».

«Il roscio coi brufoli, il mio collega».

«Ah, è vero. Non c'è?».

«Oggi non è venuto. Dice che ha la febbre. Ma uno se po' prende la febbre d'estate?».

«È molto facile, sai? E lui chi diceva che io fossi?».

«Il padre di quel Giovanni. Magari aveva combinato qualche casino e lo stava cercando».

«No, Steven, hai ragione tu. Sono della mobile. Allora mi dici qualcosa di 'sto Matteo?».

«La verità? A me non è mai piaciuto. Rompeva sempre, aveva tutta una teoria sulla svolta, che nella vita basta una sola botta di culo e ce la fai per sempre. Secondo me non è così».

«E com'è?».

«Devi lavora', te devi fa' il mazzo, e se hai un po' di culo, capace che campi bene. A me le botte di fortuna non mi convincono. Quelle sono per i pigri e per i disperati».

Il padrone del pub si alzò dalla cassa e venne incontro a Rocco e al ragazzo.

«E tu Steven non sei né pigro né disperato».

«Non me lo posso permettere» e sparò un sorriso a Rocco.

«Buonasera. Ancora controlli?» fece il gatto pallas.

«Sì. Ci sono arrivate un paio di denunce anonime» gli rispose Rocco. «Lei Matteo Livolsi lo conosceva?».

«Chi?».

Il vicequestore diede il foglio anche al boss del locale. «Questo qui».

Quello lo guardò per un attimo. Stese le labbra. «Sì. Mi pare che stava sempre con l'altro...».

«Giovanni Ferri».

«Esatto, quello che cercava ieri. Ma perché? Una questione di tasse?».

«La verità? Sono un vicequestore della mobile».

Il padrone del locale sgranò gli occhi. «E perché un vice...».

«Matteo e Giovanni sono stati assassinati. A distanza di due giorni».

Guardò l'effetto della notizia sui volti di Steven e del gattone. Steven rimase a bocca aperta. L'altro invece strizzò gli occhi e si passò la lingua sulle labbra. «Santa pace...» disse.

«Già. Ecco perché ho bisogno di informazioni. Ora ditemi: c'era qualcuno che incontravano spesso qui al bar?».

Fecero no con la testa, come i due cagnolini che una volta si mettevano sul pianale posteriore delle auto. «No... non mi pare. Cioè sì. I ragazzi, quelli che vede lì fuori».

«Uno in particolare?».

«Ci devo pensare. Così su due piedi... no. Nessuno».

«Se vi viene in mente qualcosa che aiuti le indagini, mi chiamate?».

«Sì...».

Rocco schioccò le dita e Steven veloce prese un tovagliolo di carta. Il vicequestore si sporse ad afferrare una penna sul piano di lavoro e scrisse il suo cellulare. «Mi raccomando. Un aiuto sarebbe essenziale».

Consegnò la nota al gatto pallas e lasciò il pub fendendo la calca dei ventenni fra puzza di birra, ascelle e marijuana.

Tentò ancora di chiamare la moglie. Ma la risposta era sempre la stessa: l'utente desiderato non è al momento raggiungibile.

L'utente desiderato. Quella voce registrata non poteva neanche immaginare quanto lo fosse nel cuore di Rocco. Aprì il frigorifero e optò per due uova al tegamino. Il pane non c'era e gli toccò fare la scarpetta nel tuorlo con i cracker integrali. Accese la televisione cercando un film. Il palinsesto era disastroso. Passò la sera a guardare una partita di biliardo fra due scozzesi sovrappeso. Sperava che seguire le biglie che cozzavano e finivano nelle buche potesse avere un effetto ipnotico. Si addormentò alla terza partita di snooker. Alle tre si svegliò davanti alla televisione ancora accesa. La partita era finita. Erano passati al cricket. Spense, si alzò e uscì in terrazzo. L'aria era fresca, Roma dormiva, lui no. Si accese una sigaretta e si mise a guardare la città. C'era un gioco che faceva sempre con Marina. Lui indicava i tetti e lei indovinava chiese, monumenti e palazzi. Era bravissima.

Voleva l'alba anche se sarebbe stata portatrice di caldo e caos. Ma almeno poteva andare in giro a lavorare senza rimuginare troppo su sua moglie. Provò a mettersi con la testa sul caso. Ma i pensieri migravano come uccelli. Un'ambulanza strillava lontana. Pensò a come le notti, man mano che gli anni passavano, diventassero sempre più lunghe. Quando andava al liceo non faceva in tempo a mettersi a letto che era già ora di alzarsi. E anche durante l'università o quando frequentava la scuola superiore di polizia. Se mai la sorte gli avesse concesso la pensione e la vecchiaia, se la immaginava un mondo perennemente abbracciato dal buio, come nel circolo polare artico quando in inverno il sole non riesce a carezzare il paesaggio neanche a mezzogiorno. Alle quattro rientrò in casa. Si mise a letto. Provò ad aprire un libro. Ma non capiva quello che leggeva. I nomi dei personaggi si confondevano con le righe, giocavano a nascondino con le pagine. Posò il volume sul comodino. Guardò il cuscino dal lato di Marina. Sbuffò. Chiuse gli occhi e rimase così fin quando il sole penetrò nella stanza, all'inizio appena una bava rosa. Rocco si alzò e imprecando andò a prepararsi il caffè. Era rimasta solo una cialda. Doveva ricordarsi di andarle a comprare. Le chiavi nella toppa della porta lo fecero voltare verso l'ingresso. Qualcuno era entrato in casa. Sentiva il suo passo. Era Inna. «Buongiorno, già svelio?».

«No. Di solito dormo in piedi in cucina facendo il caffè» le rispose. Inna poggiò le chiavi sul tavolo, la giacchetta di cotone sul divano e sfregandosi le mani entrò in cucina. «Signora? Sempre a Firenze?» chiese con un sorrisetto.

«No. Ora è a Catanzaro» disse Rocco. «Poi va a Abbiategrasso e infine a Salsomaggiore Terme. Vuoi una cartina precisa dei suoi spostamenti?».

Inna sorrise e aprì lo sgabuzzino. «Oggi faccio i vetri».

«E sticazzi». Premette il tasto rosso e tolse la tazzina da sotto la macchina.

«Lei sempre nervoso la mattina».

«Pure il pomeriggio. E la sera. E la notte. E ogni volta che qualcuno mi rompe le palle». Poggiò le labbra aspirando il profumo del caffè. «Lo vuoi anche tu Inna?».

L'ucraina lo guardò stupita. «No grazie. Appena preso».

«Tanto non avevo la cialda». Lasciò la tazzina sul tavolo e fece per uscire.

«Oggi è giorno di paga, signore».

«Ah sì?».

«Ah no? Settimanale» fece la donna prendendo flaconi e stracci dall'armadio della cucina.

«Bene. Te la lascio sul comò all'ingresso. Mi devi dire quant'è».

«Lei non sa?».

«No. Lo sa mia moglie».

«La chiami e se lo faccia dire».

«Alle sette e mezza?».

«Perché? È troppo presto? Di solito signora Marina si svelia anche prima».

«Perché non me lo dici tu, Inna?».

«E lei si fida?».

«Certo. Sono un poliziotto. Se mi dai la fregatura ti faccio ritirare il permesso di soggiorno e ti rimando ammanettata sul Volga».

«Non vengo da Volga».

«Da dove vieni vieni».

«250 euro» disse Inna seria.

«Ottimo» rispose Rocco e lasciò finalmente la cucina. Se avesse potuto, Inna gli avrebbe spruzzato il Vetril in faccia. Non escluse che prima o poi l'avrebbe fatto.

Non voleva passare in ufficio. Si accese la canna direttamente in motorino ma l'assenza del parabrezza permise al vento di fumarsene metà, in più una favilla gli bruciò la manica della giacchetta di lino. Provava a concentrarsi, ma non ci riusciva. Neanche il casco allacciato sotto la gola sembrava riuscire a bloccare i pensieri che svolazzavano affastellandosi uno sull'altro. Marina, i due ragazzi morti, Gizzi, Sasà D'Inzeo, Isabella e l'avvocato. Si fermò al semaforo e sentì il cellulare che suonava. Rapido si infilò la mano nella tasca della giacca e rispose incastrando il telefonino contro la guancia. «Chi scassa?».

«Sono Uccio, sono due ore che ti chiamo! Ma non la senti la suoneria?».

«Aspe', sono in motorino».

Accostò. «Dimmi tutto, Uccio».

«Allora, ho un po' di cose per te. Per iniziare, la prima vittima, Giovanni Ferri, è stata picchiata. Riporta la frattura dello zigomo e l'incrinazione di due costole. Poi l'arma del delitto è la stessa per i due omicidi, stessa lacerazione, stessa incidenza, insomma stesso tutto. È un'arma da taglio, a punta, tipo un grosso chiodo o un punteruolo. È penetrata di parecchi centimetri alla base del cranio. Morte rapida. Indolore? Non lo so, dovrei provarlo e sinceramente non ci tengo».

«Comprensibile».

«Vado avanti, Giovanni Ferri sotto le unghie lacerate ha tracce di fibre di cotone. Deve aver lottato con gli aggressori. Dico "gli" perché sono cotoni diversi. Altra cosa, è morto fra mezzanotte e l'una. Non dopo, non prima».

«Bene. Mezzanotte... Questo è interessante. Nessuno di quelli che ha usato il bancomat del self service sulla Tiburtina l'ha fatto dopo le undici».

«E che vuol dire?».

«Vuol dire che, fai conto, a mezzanotte e mezza gli assassini e Giovanni erano alla colonnina del distributore automatico, e forse che siano stati gli ultimi a utilizzarla, e l'impronta che ha trovato Gizzi è quella buona. Hai altro?».

«Ora tieniti perché questa è la più interessante. Ci sei?».

«Ti ascolto».

«Nelle tasche dei jeans di Giovanni Ferri e in quelle di Matteo Livolsi ho rinvenuto cocaina. Polvere, poca roba».

«Tracce nel sangue?».

«Nessuno dei due».

Rocco respirò profondo. «Questo non ci fa pensare a un uso personale».

«A meno che non abbiano tirato cinque giorni fa, e allora non avrei trovato tracce nel sangue. Se può servire però i jeans di Giovanni erano nuovi di pacca».

«Ho capito. Mi tocca tornare dalla madre. Ottimo lavoro, Uccio. Sei stato prezioso. Se le cose stanno come pensiamo...».

«È una cosa brutta».

«Direi».

Ma sull'orizzonte del vicequestore cominciava a prendere corpo la causa di quegli omicidi. Appena accennata, un'ombra, una polvere come quella trovata nelle tasche della vittima, ma era sempre uno spettro da inseguire. Fece inversione a U su viale Trastevere e si diresse deciso verso San Giovanni.

Attese Clara Caputo, la madre del povero Giovanni, per tre quarti d'ora sotto al portone. La vide da lontano. Camminava trascinando i passi guardando a terra senza curarsi della gente e della città che le ronzavano intorno. Ogni tanto si fermava, muoveva le labbra, poi riprendeva a camminare. Il vicequestore sapeva che la domanda che era venuto a farle avrebbe riacceso il dolore. Perché riguardava un dettaglio di vita quotidiana e perciò più doloroso, perché proprio quella quotidianità ormai non c'era più. Quando la donna raggiunse il portone alzò lo sguardo. Vide Rocco, non sorrise, disse solo: «Che c'è?».

«Ho bisogno di un'informazione, signora».

«È una cosa lunga? Vuole salire?».

«No. È un'informazione semplice semplice. Dovrò chiederle di fare mente locale. Mi creda, è molto importante».

Clara si mise in ascolto.

«Giovanni indossava dei jeans nuovi. Lei è in grado di dirmi quando li ha comprati?».

Clara lentamente si girò verso la strada. Con un gesto del capo indicò il marciapiede opposto. «Vede quel negozio? Li ha presi lì».

«E si ricorda quando?».

«Certo che me lo ricordo, dottore. Qualche giorno fa. Perché avevo fatto la lavatrice e mi era cascata la varechina. Gli avevo rovinato i pantaloni. Lei sa quanto costano i Levi's nuovi?».

La domanda colse di sorpresa Rocco. «No. Non li uso. Tanto?».

«100 euro».

«Però».

«Li ho pagati io, sa? Mio figlio mica lavorava. E poi mi sembrava giusto. Li ho rovinati io, e pago il mio errore. È così la vita, no? Bisogna pagare per i propri errori. Ora lei mi spiega quale errore ha fatto Giovanni? Dov'è che ha sbagliato?» e puntò gli occhi tristi sul viso del vicequestore.

«No, signora, non lo so».

«Appunto. Io però vorrei sapere perché un ragazzo di 20 anni viene macellato in una cava di marmo e buttato in un burrone come se fosse immondizia. Un ragazzo... mio figlio, dottore. Che ho partorito, allattato, cresciuto, abbracciato e baciato. Era bello e grasso da piccolo, lo sa?» e se ne andò, ingoiata nel buio dell'androne delle scale, senza voltarsi indietro.

L'ospedale Sant'Eugenio si erge squallido e spettrale in una bella via residenziale del quartiere EUR, abitata dai pini e costeggiata da ville, non distante da quello che la generazione di Rocco chiamava il Palasport o Palaeur e che era stato ribattezzato con Palalottomatica nell'epoca delle corporazioni e degli sponsor. Era un declino del quale non si vedeva la fine. Qualche giorno prima la cupola della basilica dei santi Pietro e Paolo era stata coperta da un'enorme pubblicità di una marca di borse che, forse, finanziava un restauro della chiesa. C'era da aspettarsi, dunque, che il Circo Massimo sarebbe stato ribattezzato Fiat 500, dal momento che a giorni se ne attendeva il lancio, la fontana di Trevi Acqua Ferrarelle e i portici di San Pietro gli Abbracci del Mulino Bianco. Da quella sponsorizzazione selvaggia non si sarebbe salvato niente, forse neanche l'abito corale del papa.

La terapia intensiva era silenziosa. I parenti aspettavano dietro la porta a vetri. L'orario visite prevedeva il loro ingresso solo per un'ora nel pomeriggio. Rocco suonò il campanello. Passarono più di cinque minuti prima che un'infermiera vestita di verde venisse ad aprire. La pelle ambrata denunciava le sue origini magrebine. «Dica pure...».

«Vicequestore Schiavone. Polizia di Stato».

La ragazza uscì dal reparto chiudendosi la porta alle spalle. «Immagino sia per il giornalista che ha perso il figlio, vero?».

«Esatto. Vorrei sapere se è possibile fare quattro chiacchiere con lui».

«È intubato e non è cosciente. Mi dispiace... se vuole la posso far parlare col medico responsabile».

«No, no, la ringrazio. Avevo bisogno di parlare con lui. È venuto qualcuno a trovarlo?».

L'infermiera allungò il mento. Rocco si voltò. Su una panchina di formica, col capo reclinato e lo sguardo perso nel nulla, c'era una donna. «Lei. Non s'è mai mossa. Credo sia la fidanzata».

«Grazie. È stata molto gentile». L'infermiera tornò al suo lavoro e Rocco si avvicinò alla donna con le gambe incrociate sotto la panchina. «Buongiorno. Io sono...».

«Lo so già. Io sono Monica Beltrami, una giornalista». Non gli sorrise. Gli occhi di un azzurro spento sottolineati dalle occhiaie avevano la sclera rossa. Monica

Beltrami aveva i capelli disordinati, due orecchini d'oro pendevano dai lobi. «Voleva parlare con Alberto?».

«Sì. Avevo bisogno di sapere qualcosa sul suo lavoro».

«È un giornalista di nera. Lavoriamo fianco a fianco, io sono della redazione degli esteri. Le servono dettagli?».

«Esatto».

«Non posso esserle di grande aiuto. Non è che io e Alberto parliamo di lavoro. Lui corre dietro i suoi casi, io dietro Bruxelles e la Farnesina. Però, le do un consiglio. Vada in redazione. Cerchi Fabio, il fotografo, lavorano fianco a fianco da sette anni. Lui sicuramente qualcosa saprà dirle».

Le redazioni dei giornali Rocco le aveva viste solo nei film. Le immaginava abitate da uomini in camicia con le maniche arrotolate e sigaretta in bocca che si spostavano da una scrivania all'altra con fogli in mano e tazze di caffè fumante. Donne che a passo veloce prendevano cartelle, aprivano schedari, altre sedute al tavolo a digitare sul computer. Fotografi stravaccati con la macchina appesa al collo e un sigaro spento in bocca. Energumeni in bretelle che spuntavano dal loro ufficio diviso dalla redazione da pareti di vetro impartendo ordini e urlando improperi. Ventilatori pigri, cestini della cartastraccia e posacenere stracolmi, moquette, finestre che davano sulla città. E l'odore di inchiostro e sigarette nell'aria. Quando invece entrò nell'agenzia di stampa Agsi, c'era un solo uomo anziano seduto a mangiare una pizzetta rossa che guardava un televisore. Trasmetteva un notiziario in inglese. C'erano giornali dappertutto e pareti ricolme di foto e articoli ritagliati. L'uomo smise di masticare la sua colazione e lo guardò. «Dica, chi cerca?».

«Cerco un fotografo. Quello che lavora con Alberto Ferri».

L'uomo annuì un paio di volte: «Fabio Rocchetti?».

«Fabio, sì. Ma il cognome non lo conosco».

«Guardi che però i servizi matrimoniali non li fa più».

«Schiavone, mobile».

«Ah» dette un altro morso alla pizza, poi con la bocca piena riprese: «È per la storia del figlio di Alberto, vero?».

«Già».

«Uno schifo». L'uomo finalmente si alzò, poggiò il pasto su una mensola, si pulì le mani sui pantaloni e si avvicinò a Rocco. «Nello De Santis... esteri» e gli strinse la mano. «Venga, l'accompagno. Fabio dovrebbe essere giù in mensa» poi con il pollice indicò il televisore alle sue spalle. «Hanno eletto Socrates presidente del consiglio dell'Unione Europea».

«È una cosa grave?».

«Boh, non lo so, il nome non mi piace. Si ricorda il calciatore che ci fece il goal ai mondiali di Spagna?».

«Embè?».

«Appunto...».

«Sempre meglio della tedesca che se n'è andata, no?» e uscirono dalla sala.

«Alberto come sta?» chiese De Santis.

«Sedato in terapia intensiva».

«L'hanno ripreso per i capelli, poveraccio. Una storia di merda, eh?».

«E no?».

«Già» il giornalista si infilò una sigaretta in bocca. «Proprio una storia di merda. Stamattina stavo riflettendo su questo. Eskatos, parola greca, significa fine ultimo. Da che escatologia è il ragionare sul fine ultimo dell'uomo, dell'universo. Invece skatos in greco antico è cacca e scatologia è il trattare e analizzare la merda. Non trova che sia un parallelismo amaro e cinico come solo gli antichi greci sapevano essere?».

«Già. Sempre di fine ultimo parliamo».

«Sia che si tratti dell'uomo o delle sue deiezioni... per i greci la differenza era in una epsilon».

Rocco sorrise: «No, non ci avevo mai pensato».

«Epsilon... un apostrofo rosa fra le parole destino e merda. Un destino di merda per i greci antichi era quasi una tautologia».

Ridacchiando entrarono in una sala che aveva un piccolo bar sulla sinistra e una decina di tavoli di plastica al centro. Lungo il muro frontale un bancone con vassoi di pasta e insalate. Il fotografo era seduto vicino alla finestra e sfogliava un giornale. Appena vide entrare Rocco si tolse gli occhiali e posò il quotidiano.

«Fabio!» fece il caporedattore. «Il vicequestore Schiavone, cerca te!».

Quello si alzò. Aveva una maglietta grigia slabbrata e le gambe nude e bianchicce piene di peli spuntavano da un paio di pantaloni al ginocchio coi tasconi laterali. I capelli bianchi e la barba lunga di qualche giorno gli davano una vaga aria da naufrago. Aveva gli occhi tristi. «Salve... noi ci conosciamo».

«Di vista, sì» e Rocco gli strinse la mano. «Ci si vede ogni tanto in quei luoghi ameni dove l'umanità dà il peggio di sé».

«Vi lascio. Torno a sentire la Cnn». De Santis salutò il barista e uscì dalla sala.

«Prego, dottor Schiavone, si accomodi. Desidera qualcosa?».

Rocco si sedette: «No, grazie. Le devo parlare».

Fabio Rocchetti prese un sorso d'acqua dal bicchiere di plastica. «Se posso».

«Giovanni Ferri, il figlio di Alberto...».

«Poveraccio. Non ci posso pensare».

«Spesso era qui, vero?».

Il fotografo annuì. «Mi sa che il ragazzo aveva ereditato la passione per il giornalismo».

«Ficcava il naso?».

«Sempre!» e accartocciò il bicchierino. «Spesso il padre me lo affidava. Veniva con me in macchina. Ogni tanto arrivava in motorino. Gliel'ho detto, una passione».

«Lei sarebbe in grado di dirmi su cosa stava lavorando Alberto?».

«Su parecchie cose. L'omicidio di Tor Pagnotta, quello del carabiniere che ha ammazzato la moglie e la figlia. Poi abbiamo la rapina all'ufficio postale di Casalbertone... poi mi faccia pensare... no, meglio, saliamo insieme in redazione. Ci sono i suoi appunti. Così gli dà un'occhiata».

Nello De Santis non c'era più. Aveva lasciato il televisore acceso. Fabio fece strada fino a una scrivania invasa da giornali e periodici addossata al muro. Accanto c'era uno schedario di ferro. «Lo usiamo solo per le derrate» fece Fabio e dal primo cassetto tirò fuori un pacchetto di wafer. Lo aprì e cominciò a sbocconcellarne uno. «Guardi, questa è la roba di Alberto. Questi tre quaderni, queste cartelline rosa e il taccuino. Io mi metto lì al tavolo a lavorare un po' su photoshop. Lei faccia pure con comodo» e sgranocchiando un biscotto si allontanò. Rocco cominciò a esaminare gli appunti del giornalista. Aveva una grafia terrificante. Ci volevano grandi sforzi di fantasia per decifrare la scrittura. Ma il vicequestore procedeva spedito. Seguiva un suo pensiero fisso, tenue come una lucciola, ma ci si aggrappava neanche fosse l'ultima spiaggia di sopravvivenza. Era pronto ad intercettare una di quelle parole che avrebbero fatto suonare un campanello nella sua testa: eroina, cocaina, anfetamina, ketamina, speed, crack, superpill, shabu, cobret. Nella terza cartellina rosa finalmente s'imbatté in quello che cercava. Un foglio semplice, A4, con frecce e simboli. In alto i nomi di due quartieri: Pigneto/Quadraro. Una freccia partiva e si andava ad unire a un cerchio dentro il quale erano segnate due iniziali: L.B. e S.S. Un'altra freccia rossa con accanto scritto «coca» dal cerchio con le iniziali andava a finire in un quadrato al cui interno c'era scritto: Nomentana/Salario. Un enorme punto interrogativo chiudeva una spirale rossa. Sul retro del foglio una sigla: SLR U 971197-8.

Peggio di un cruciverba di Bartezzaghi.

Rocco prese il foglio, si alzò e si avvicinò al fotografo seduto in una postazione che lavorava davanti al monitor di un computer. «Senta un po', questo foglio le dice niente?».

Fabio lo prese in mano. Lo guardò. Fece una smorfia. «No. Niente. Dove l'ha trovato?».

«In una cartellina rosa».

«Ah. Sì. Riguarda le cose su cui Alberto stava lavorando. A un'occhiata semplice sembrerebbero appunti su un traffico di stupefacenti. Però non mi viene in mente altro».

«Ci pensa su?».

«Certo. Pigneto, Quadraro. Chi comanda lì sono i Furino. So' mezzi napoletani e mezzi romani».

«Comandavano i Furino» lo corresse Rocco. «Abbiamo ingabbiato metà della famiglia».

«Ha ragione. Io so che lo spaccio su strada ce l'hanno in mano i nigeriani».

«Sì. Ma da dove arriva la roba?».

«E quello non lo so. Va a mettere il naso in un vespaio, dottore?».

«È il mio lavoro. Posso tenerlo?» chiese alzando il foglio.

«E certo. Io ci penso. Se mi viene in mente qualcosa...».

«Mi trova sempre, orario d'ufficio».

152

«Ma mi dica una cosa. La morte di Giovanni...» e prima di dire *morte* il fotografo aveva avuto una piccola esitazione, quasi spaventato a pronunciare quella parola accanto al nome del giovane figlio del collega. «Ha a che fare con tutto questo?».

«Credo di sì».

«O porca...».

L'aveva detto a Sasà D'Inzeo alla cava, appena avevano visto il corpo di Giovanni: sono cose che succedono quando i bravi ragazzi di famiglia si incontrano con gli orchi. Giovanni s'era incontrato con un orco. Di quelli brutti, spaventosi, spietati. Lo stesso era successo a Matteo Livolsi. Seduto alla scrivania, con l'intenzione di prepararsi il secondo cannone giornaliero, guardava il monitor del computer. Aveva riaperto la chat dei due ragazzi, quella degli ex dell'Ascanio Sobrero.

«Ok Mat... solito bar solita ora. E Skin?».

«No Sammy. Skin no. Anzi...».

«Cosa...?».

«Non si parla più con Skin!».

«Perché?».

«Dont trust Skin, gio'...».

Non ti fidare di Skin.

Chi era Skin? E il bar? Poteva essere l'Old England? Domande inevase, buio pesto, formicolio alle gambe e all'inguine, voglia di uscire dall'ufficio, andare a casa, farsi una sana trombata con Marina e rimettere la vita sulla carreggiata di marcia. Prese la scatola di sigari poggiata sul tavolo. Non conteneva Cohiba, ma sigarette leggere che usava per farsi le canne. Cominciò a sbriciolarne una quando De Silvestri si affacciò, stanco per la giornata. Aveva le spalle basse e le guance cadenti. Ci si poteva sincronizzare l'orologio con le guance di De Silvestri, era una cosa che Rocco aveva notato da tempo. Cadevano di un tot ogni mezz'ora. A guardarle in quel momento e facendo un calcolo approssimativo, senza considerare la posizione del sole, dovevano essere minimo le sette e mezza. «Che ci fai ancora in ufficio, Alfre'?» poi guardò l'ora sul pc. Le sette e un quarto.

«Sto andando a casa. Prima le volevo dare il nominativo del proprietario della targa che mi aveva detto di controllare».

L'Audi che aveva riaccompagnato Marina a casa due sere prima. «Ah, sì. E chi è?».

«Domiziano Varisco».

A Rocco quel nome non diceva niente. «Che si sa di lui?».

«È un antiquario. Ha un negozio a via dei Coronari. Residente a via Giangiacomo Porro, quartiere Parioli».

«Un antiquario, eh? Grazie, Alfredo».

L'agente fece per andare via. Rocco lo richiamò. «E sappiamo anche il civico del negozio?».

De Silvestri controllò i suoi appunti. «Come no... via dei Coronari... 12 A».

«Io invece ho una cosa mica male da dirti. Lo sai? Giovanni Ferri è morto fra la mezzanotte e l'una, Pichi dice mezzanotte e mezza. Quei tre che hanno usato il bancomat per fare benzina sono passati prima degli assassini...».

«E allora l'impronta che ha Gizzi capace sia quella giusta?».

«Con un po' di culo».

«Sa una cosa, dottore? In tanti anni di lavoro in polizia, io 'sto culo non l'ho mai visto».

«Mai disperare, Alfre'!».

Il vecchio agente fece una smorfia. «La speranza è l'arma dei deboli» e uscì.

Domiziano Varisco, via dei Coronari 12 A. L'indomani ci avrebbe fatto un salto. Finì di sbriciolare la sigaretta, poi mischiò l'erba al tabacco. Dal cassetto prese una cartina, rollò la canna, la leccò e se la mise nella tasca della giacchetta di lino. Afferrò le chiavi del motorino e si trascinò fuori dall'ufficio. Nell'androne gli venne incontro Zuccari che, al contrario di De Silvestri, aveva il viso riposato e sorridente. «Che te ridi, Zuccari?».

«Fra due settimane ho le ferie, dottore. Me ne vado a Palinuro. C'è mai stato?».

«Sì. Bellissimo».

«Senta, allora ho il report degli interrogatori a vicini e passanti per l'omicidio di Matteo Livolsi».

«Dammi una bella notizia. Un bel testimone oculare e mi risparmio l'indagine».

Zuccari si intristì improvvisamente. «Niente da fare, dottore. Nessuno ha visto niente. Nessuno nei negozi, dalle finestre, nessuno per strada».

Rocco sbuffò. «Ha ragione De Silvestri, mai una botta di culo. Questo è un paese di gente che non si fa i fatti suoi, però quando serve ce ne fosse uno pronto a darti una mano».

«Proprio così!» assentì l'agente.

«Immagino che telecamere non ce ne fossero».

«Niente».

«Di una farmacia, di un garage...».

«Niente di niente. Buio totale».

«Che palle!» sbuffò. La fortuna deambulava da qualche altra parte. «Vabbè Zuccari. Buona serata. E non fare tardi».

«Ah, dotto', ce l'ha una sigaretta?».

«Prenditela. Dentro la cassetta dei sigari Cohiba. Poi richiudi».

Finalmente uscì dal commissariato. Il sole s'era dato una calmata. L'aria era un po' rinfrescata. Sulla Colombo le macchine continuavano a sfrecciare senza senso. Gli venne voglia di mangiare del pesce, magari al Circeo davanti al tramonto. Si vide al tavolo da solo, a spezzare grissini circondato da coppie e amici che ridevano e si godevano quel paradiso. Accese la canna, inforcò il motorino e tornò a casa.

Non mangiò pesce. Ancora uova al tegamino che, a detta della confezione, erano scadute da due giorni. Sapeva di correre un pericolo, ma l'orrore di uscire e andare a comprare qualcosa era superiore al rischio di una salmonellosi. Gettò i piatti nell'acquaio deciso a guardare un po' di televisione. In una piccola libreria all'ingresso c'erano i dvd, gli venne voglia di vedere *Il padrino parte prima*. Prese la scatola e andò in salone. Non fece in tempo a infilare il disco nel lettore che il citofono suonò.

«Chi cazzo è...» disse tornando all'ingresso. Poi ripeté il concetto alla cornetta: «Chi cazzo è?».

«Seba e Furio» rispose il vocione dell'amico.

C'era poco da questionare. Doveva farli salire. Aprì il portone e diede l'addio a Francis Ford Coppola.

Freschi e riposati i due amici avevano portato delle birre artigianali made in Tuscia. «Roba seria, Rocco» aveva esordito Sebastiano. «Queste le fa un amico di mio cugino. So' fresche, ma meglio gelate, le metto in frigo» ed era sparito in cucina. Rocco aveva guardato Furio negli occhi a chiedergli il perché fossero andati da lui. Ma quello sorrise e sgattaiolò in salone.

«Ce l'hai dù patatine?» urlò Sebastiano.

«No. Io ho già cenato» gli rispose Rocco.

«Ammazza, che stai in clinica? So' le otto e mezza!».

«Lo so Furio, ma sono stanco».

«Allora non ci vieni con noi a cena». Sebastiano era rientrato in salone. Teneva in mano un sacchetto di crostini di pane da mettere nella zuppa. «Te dispiace?» e ne sgranocchiò una manciata.

«No, direi di no».

«Che te sei magnato?» gli domandò Furio.

«Due uova scadute».

«Magari ci schiatti qui coi dolori de panza!».

«Non credo, Seba».

Si sedettero sul divano. Sebastiano guardò l'orologio. «Solo pochi minuti, ho bagnato le bottiglie e nel freezer schioppano!».

«Ma siete venuti perché vi faccio pena?».

«Un po' sì» disse Furio. «Da solo qui senza Marina me fai tristezza».

«Già» rinforzò il concetto Seba masticando un'ennesima manciata di crostini. «Ammazza boni. So' al rosmarino».

«Visto che siete venuti a rompere i coglioni, almeno datemi una mano» e il vicequestore si alzò. Prese la giacca che aveva gettato sulla spalliera di una sedia e tirò fuori il foglio preso alla redazione del giornale. «Vi dice niente?».

Furio lo afferrò. «Che roba è?».

«Appunti di un giornalista. Dovrebbe riguardare un traffico di stupefacenti».

«Fa' vedere?» Sebastiano si avvicinò all'amico.

«Aspetta Seba... vabbè, la cosa è chiara. Sono le zone» e Furio passò l'appunto a Seba. «Quartieri Pigneto e Quadraro fanno capo a 'sti L.B. e S.S.».

Sebastiano sorrise. «E mi sa che stanno tentando la zona Nomentano Salario». Poi andò in cucina a recuperare le birre.

«Fin qui ci arrivo pure io. Che si sa?».

Furio si lasciò andare sullo schienale del divano. «La strada al Pigneto ce l'hanno i nigeriani».

«E pure questo lo so» fece Rocco sedendosi. «Ma i nigeriani spacciano. Ora che i Furino non ci sono più, chi c'è al posto loro? Chi li fornisce?».

«Esse Esse» rimuginava Furio. «Chi può essere? Silvano Saracchi?».

«No, è morto due anni fa» disse Rocco. «Incidente

d'auto. Io avevo pensato a Sergio Stigliano. Te lo ricordi Sergio Stigliano? Stava in mezzo alle bische».

Furio ci pensò su. «Sergio il fratello di Edoardo?».
Rocco annuì.

«Ma che vai a pensare! Sergio fa il bidello a More-
na!» disse Sebastiano rientrando in salone con le birre. «No, ma che, da mo' che ha smesso. Ci devo pensare un po' su» e allungò una bottiglia a Rocco e una
a Furio.

«E invece 'sta sigla incomprensibile sul retro del foglio» Rocco la lesse «SLR U 971197-8 che è?».

Gli amici guardarono quella stringa di numeri e lettere. «Boh... potrebbe essere una password...» fece Furio.

«Mai vista una cosa simile» disse Sebastiano. «Senti, ma non è che hai due fili di pasta? Faccio un'aglio
e olio?».

Sebastiano e Furio se n'erano andati a mezzanotte
lasciandosi alle spalle la cucina sporca e una puzza di
aglio fritto che impestava la casa. Rocco aveva preso
la macchina e in meno di un quarto d'ora era arrivato
a largo Alessandria. Voleva osservare, cercare di capire cosa succedesse la notte all'Old England. Parcheggiò a una ventina di metri dal locale, si accese una sigaretta e si mise di vedetta.

I tavoli erano pieni di ragazzi. Parlavano, fumavano, ridevano, sapevano di avere tutta la vita davanti.
Qualcuno arrivava sul motorino e si andava a sedere
con gli amici, qualcun altro indossato il casco e cari-
cata la ragazza spariva verso corso Italia. Tutto nor-

male. Una noia spaventosa. Mentre le ragazze parlavano fumavano sorridevano e si aggiustavano i capelli, i maschi si spingevano, ridevano sgangherati, bevevano a grossi sorsi, occupavano spazio. Le ragazze osservavano, i maschi si esibivano. Isabella arrivò su un motorino bianco pieno di fiori adesivi e scritte col pennarello indelebile, evidente retaggio dei tempi del liceo. Appena la videro, da un tavolo a destra dell'entrata del pub, due ragazze si alzarono e le andarono incontro. L'abbracciarono e la baciarono, poi il terzetto si avvicinò al resto della compagnia, due ragazzi coi capelli lunghi che erano diventati seri e posati. Anche loro abbracciarono Isabella, era l'affetto dovuto alla vedovanza. Isabella era seria, si sedette, si mise in bocca una sigaretta. Dal bar uscì Steven con due birre su un vassoio. Le poggiò su un tavolo poi andò verso di lei. Anche lui l'abbracciò e la baciò sulle guance, poi le accese la sigaretta. Isabella scuoteva la testa e si sforzava di sorridere. Ma Rocco ebbe l'impressione che quella fosse una scena provata davanti allo specchio. Il suo ragazzo era morto e l'atteggiamento giusto era quello. Ma aveva 20 anni, non era mica il caso di farsi bruciare su una pira insieme al fidanzato. Uscire, vedere gli amici e ricominciare a vivere era la cosa più naturale da fare. Quel viso smunto e quel finto dolore negli occhi servivano a salvaguardarsi dai giudizi del branco, a rispettare il codice morale del gruppo. Perché si fa così. Altrimenti si metterebbe a nudo un concetto naturale: nessuno è essenziale, siamo tutti sostituibili. Ma è un concetto terribile. E accrescerebbe l'ansia e la paura di finire nel buio della morte e sparire per sempre dalla memoria e dal cuore degli amici. Steven rientrò nel pub e Rocco sorrise al pensiero di come quel ragazzo africano l'avesse preso in giro. Conosceva molto bene Giovanni Ferri, e anche Matteo Livolsi. Altrimenti non si sarebbe spiegata quell'intimità con Isabella. Steven sapeva molto più di quanto desse a vedere. Fu allora che a Rocco si accese una lampadina: Skin. Pelle. Era quello il nomignolo un po' razzista che le due vittime avevano dato a Steven? E se ci aveva visto giusto, come mai Matteo sosteneva che non c'era da fidarsi?

L'aria della notte lo accarezzava e gli dava un po' di sollievo. Il motorino filava benone, Taiwo come meccanico ci sapeva fare. Su via di Santa Croce in Gerusalemme, a sessanta chilometri all'ora, non c'era anima viva. Steven era stanco e gli fischiavano le orecchie. Davide doveva decidersi a tornare al pub. Non poteva fare i turni di mattina e di sera ancora a lungo. Aveva dormito solo sei ore in due giorni e se quel coglione brufoloso non si fosse presentato l'indomani al lavoro, avrebbe parlato col capo. «Qualcuno le ha mai detto che la schiavitù è finita?» urlava controvento immaginando il dialogo con quel ciccione. «Non posso fare il lavoro di tutti e due. Ah sì? Dice? Mi licenzia? E chi trova a 800 euro al mese a fare il lavoro di tre cristiani? Come? I rinforzi? Ma sa cosa ci faccio coi rinforzi la sera? Tre pischelle che a malapena sanno distinguere una birra da un gin tonic? Non capiscono niente e io faccio il lavoro per tre!». Un autobus diretto al deposito sfrecciò a fari spenti senza rispettare lo stop. «Testa di cazzo!» gli urlò Steven premendo il tasto del clacson, ma quello rimase muto. Taiwo era bravo coi motori ma con l'impianto elettrico non ci sapeva proprio fare. Doveva cambiare quel vecchio Scarabeo. Ma con quali soldi? Se solo di assicurazione se ne andavano quasi 300 euro all'anno. Sarebbe rimasto a dormire dai suoi per chissà quanti anni ancora. A dormire, non a vivere, perché in casa stava il tempo necessario per stendersi sul letto, chiudere gli occhi qualche ora per poi riaprirli di nuovo. Non lo poteva certo chiamare vivere. Appoggiò il motorino al palo, il cavalletto non l'aveva, e si incamminò su via del Pigneto. Li vide subito, un gruppo di venti neri, quasi tutti nigeriani e un paio di senegalesi, seduti a bere birra e ad aspettare. Steven si avvicinò cercando il viso di Chuwku. Qualcuno lo salutò. Molti non lo guardarono neanche. Due del gruppo degli africani stavano dando delle bustine a un ragazzo rasato a zero con la maglietta slabbrata. Giallo come una mozzarella cagliata, ciondolava strafatto. Chuwku era appoggiato al muro e beveva birra direttamente dalla bottiglia. Steven si avvicinò.

«Chuwku!».

Quello lo guardò, sorrise.

«Ndewe kedu?» gli disse Steven, l'unica cosa che sapesse dire nella lingua di suo padre.

«Odinma! Ma gi?» rispose quello.

«Non c'è male». Steven riprese a parlare italiano. «Hai qualcosa per me?».

«Sì» e Chuwku si guardò intorno facendo cenno a Steven di seguirlo. «Tu quanta?».

«Dammene venti euro».

Lo guardò. Gli occhi come due tizzoni con la sclera rossa. «Tu per venti euro rompi cazzo a me?».

«Aho, a Chuwku, io quelli ci ho».

Chuwku allungò la mano e prese i soldi. «Aspetta» gli disse e si incamminò verso l'angolo della strada. Andava al nascondiglio dove teneva la roba. Steven si guardò intorno. A quell'ora c'erano rimasti solo studenti, scrittori e giovani registi. Steven li invidiava, avevano un sacco di tempo a disposizione, magari potevano stare a una finestra a guardare il cielo aspettando l'ispirazione. E soprattutto magari avevano una famiglia che li manteneva. Si immaginò seduto davanti a suo padre che faceva colazione col sorgere del sole. «Ciao papà. Mi sa che mi metto a dipingere». «Bravo. Comincia con le pareti di camera dei tuoi fratelli che sono sporche da fare schifo!». Ecco, quello avrebbe detto suo padre, che a malapena riusciva a pagare i 600 euro al mese per quel trilocale di merda dove vivevano. Chuwku tornò guardandosi in giro. Poi gli allungò veloce una bustina. Ringhiò una parola che Steven non comprese, ma non doveva essere un saluto, si riattaccò alla birra e tornò al suo muro in attesa del prossimo cliente.

Steven infilandosi il casco riprese il motorino. Lo staccò dal palo della luce e dopo tre tentativi lo fece partire. Lasciò il Pigneto diretto a via Casilina, altezza raccordo, casa sua. Non s'era accorto che una Toyota ibrida e silenziosa lo seguiva a cento metri di distanza già dall'Old England.

La catena col lucchetto la lasciava agganciata alla grata del locale caldaia. Era una soluzione comoda per trovare sempre il parcheggio sotto casa e non portarsi dietro quella ferraglia pesante e rumorosa. Non che il suo ciclomotore facesse gola a qualcuno, ma se glielo avessero fregato addio lavoro al pub e addio soldi a casa. Con tre fratelli alle scuole medie e una sorella ancora alle elementari non se lo poteva permettere. Si incamminò per raggiungere il portone. Aveva una strana sensazione, qualcuno lo stava osservando. Sulla strada però non c'era anima viva e le finestre delle palazzine erano tutte buie. Tre lampioni illuminavano appena la via, e nell'ombra fra le macchine parcheggiate notò solo un gatto. Affrettò la camminata. I suoi passi veloci attutiti dalla suola di gomma non facevano rumore. Il portone era a una ventina di metri. Era buio, il neon delle scale doveva essersi rotto un'altra volta. Quella brutta sensazione non lo abbandonava. Aveva il fiato corto, non riusciva a prendere aria e il cuore cominciava a battergli nelle orecchie. Accelerò ancora.

Mi sto cacando sotto, pensò.

Il portone non arrivava mai. Quella bocca oscura in alluminio anodizzato, la salvezza dal buio e dalla notte, sembrava allontanarsi sempre di più. Si mise la mano in tasca per prendere le chiavi. Non voleva tergiversare una volta arrivato davanti alla serratura, voleva essere pronto ad aprire e sgattaiolare dentro. Una carezza fredda gli fece rizzare i peli sulla nuca. Si voltò, nessuno lo seguiva. Le chiavi di casa scivolarono a terra dalle dita sudate. Si chinò per raccoglierle. Quando si rialzò davanti a lui, apparsa dal nulla, c'era l'ombra di un uomo. «Che...?».

«Non mi riconosci?».

Soffiò fuori la poca aria rimasta nei polmoni e riuscì a prendere un respiro lungo e profondo. «Lo sbirro! Buonasera, oppure buongiorno, scelga lei».

«Io e te dobbiamo farci quattro chiacchiere» gli disse Rocco. «A me essere preso per il culo non mi piace».

«Ora?».

«Togliti 'sto sorrisetto da deficiente e sali in macchina!» gli disse indicando una Toyota parcheggiata lì vicino.

«Giovanni e Matteo li conoscevi benissimo, Steven, non mi dire cazzate». Rocco si accese una sigaretta. Steven fece sì con la testa tenendo gli occhi sul cruscotto.

«Quindi ora mi dici un po' di cose».

«Che vuole sapere?».

«Spacciavano tutti e due?».

Steven tirò un respiro. «Senta commissario...».

«Commissario 'sta gran cippa. Sono vicequestore. È la prima e ultima volta che te lo dico».

«Ricevuto. Senta vicequestore, quello che facevano quei due io in realtà non lo so. Meglio...» si affrettò a dire per reprimere un gesto di stizza di Rocco, «meglio, lo sapevo, ma non mi immischiavo. Insomma quelli s'erano messi in un giro grosso».

«Che giro?».

Steven guardò fuori dal finestrino. Quanto avrebbe voluto essere nella stanzetta di merda che divideva coi fratelli a sentire il padre russare. «Che giro non lo so. Ma spacciavano coca».

«Non c'entrano niente i tuoi amici del Pigneto?».

Il ragazzo guardò il poliziotto gettare la sigaretta fuori dal finestrino. «Mica sono amici miei».

«Però ci parli».

«Ci compro».

«Cosa?».

«Erba».

«Fa' vedere...».

Steven sbuffando si mise una mano in tasca. Tirò fuori un piccolo involto di carta trasparente. Dentro c'era un po' di marijuana. Rocco la prese. La aprì. La odorò. «Questa non è maria...».

«Certo che lo è!».

«Questa è merda pura, coltivata in qualche garage o in mezzo al raccordo anulare...» e gliela restituì.

«Lei se ne intende?» chiese Steven ironico.

«Più di quanto tu possa immaginare. Quanto gli hai dato?».

«Venti euro...».

«Vabbè, almeno t'hanno preso poco. Torniamo a noi, tu quelli che spacciano al Pigneto allora non li conosci?».

«Solo Chwuku, che mi vende l'erba ogni tanto. Mi vuole arrestare?».

«Non cambiare discorso, Steven. Per chi spacciavano Matteo e Giovanni?».

«Gliel'ho detto, non lo so. Venivano un giorno sì e uno no, e li vedevo dare bustine a qualche ragazzo. Quel pub è frequentato da gente coi soldi, non l'ha visto? Gente dei Parioli, di corso Trieste... hanno tutti le Ligier, le Smart...».

«Da quanto tempo?».

«Io me ne sono accorto solo un paio di settimane fa. Lo giuro!».

«Allora non erano amici tuoi?».

«No, vicequestore, no».

«E non eri in affari con loro?».

«Io? Ma è matto? A parte che se ero in affari con loro non abitavo più qui, magari avevo un monolocale a Trastevere».

«A Trastevere no, secondo me. Magari al Pigneto, o a San Giovanni».

«Dice che i prezzi so' troppo alti?».

«Lascia perde Trastevere. Ma dovresti dare un'occhiata a Roma est. Monteverde...».

«Magari... lei dove abita?».

«Stiamo divagando, non trovi?».

«Che vuol dire?».

«Siamo usciti dal seminato. Chi gli dava la roba?».

«Ancora? Non lo so! Gliel'ho detto, non erano miei amici».

«Se non erano amici tuoi, perché ti chiamavano Skin?».

Steven scoppiò a ridere. «Skin? Non sono io Skin! Lei ha pensato che ero io perché sono scuretto? No, ha toppato. Skin è Davide, quel merdone che so' due giorni che ha la febbre e io mi sobbarco il suo lavoro».

«Skin è Davide?».

«Sì, il roscio che lavora al pub con me. Lo chiamano così per via dei brufoli. Ha visto quanti ne ha? Pare che gli è esplosa in faccia una padellata di popcorn!».

Rocco avrebbe voluto darsi un pugno in faccia. Una corrente fredda partì dalle gambe e gli arrivò fino alla nuca. Strinse le mani sul volante e ci poggiò la fronte. «Che le succede?» domandò Steven.

«Dove abita?».

«Chi? Skin?».

«Davide, dove abita?».

Un quarto d'ora dopo Rocco Schiavone lasciò l'auto davanti a un passo carrabile mentre il sole cominciava a schiarire lo scheletro del gazometro di via Ostiense. Un pensiero oscuro e ossessivo non lo aveva lasciato da quando aveva abbandonato Steven al Casilino. Che Davide Mariotti, Skin per gli amici, fosse a letto con qualche linea di febbre era un'ipotesi che ormai aveva scartato. Se il ragazzo era coinvolto in qualche modo in quel duplice omicidio, sarebbe stato un miracolo trovarlo vivo. Suonò al citofono premendo il pulsante per almeno mezzo minuto. Si immaginava gli abitanti della casa ancora immersi nei sogni sobbalzare nei letti col cuore in gola e il respiro affannato. Dopo altri venti secondi rispose una voce di un uomo piena di ovatta.

«Pronto?».

A questo punto era meglio dare la botta finale e far tracimare definitivamente l'ansia fuori dal vaso. «Polizia. Apra!». E quello aprì senza fiatare. S'era dimenticato di chiedere il piano. Era l'interno 5. Quattro interni a piano. Escludendo la casa del portiere, doveva essere al primo.

Arrivato sul pianerottolo vide la porta aperta. Un uomo in boxer e maglietta, coi capelli bianchi e ricci, appoggiato allo stipite lo stava aspettando. Aveva la barba di qualche giorno, grigia anche quella. «Signor Mariotti?».

«Che... che succede?».

«Schiavone. Mobile».

«Mi... mi mostri il tesserino» reagì l'uomo parando la mano davanti al corpo, come volesse fermare quel disturbatore antelucano. Aveva paura, si vedeva.

Mostrò il tesserino al signor Mariotti ed ebbe la sensazione che quello tirasse un respiro di sollievo. «Vuole accomodarsi?» e fece strada.

L'ingresso era illuminato da un lampadario di vetro fumé anni '70. Un cassettone dell'Ikea sorreggeva uno specchio e una decina di cani di ceramica. «Cerco suo figlio» disse Rocco. Sulla porta apparve una donna minuta, capelli biondo paglia, una vestaglia leggera, si stropicciava le mani. Entrambi avevano la pelle raggrinzita, le occhiaie e i capelli pettinati con i petardi. Nell'aria un odore di cannella.

«Mio figlio non c'è» fece l'uomo a voce bassa.

«E dov'è?».

Il marito guardò la moglie che abbassò gli occhi. «Ecco. La cosa è che non lo sappiamo».

«Non lo sapete?».

«Non lo sappiamo».

La donna non la smetteva di stropicciarsi le mani. L'uomo invece sudava. Due gore umide sotto le maniche della maglietta stavano lì a dimostrarlo. «Da quant'è che non lo sapete?».

«Sono due giorni» fece l'uomo.

«La prego, entri. Ho appena fatto il caffè» disse la signora con una voce esile.

Anche la cucina era dell'Ikea. Era ordinata, pulita e la cannella si sentiva ancora di più. Sul piano lavoro, sotto un canovaccio bianco e blu, riposava un ciambellone. Si sedettero al tavolo e mentre la moglie versava il caffè nelle tazzine, Rocco notò che la palpebra destra del marito batteva con un ritmo sincopato e ipnotico, tre colpi ogni cinque secondi.

«Io e Claudia abbiamo paura» disse. «Da due giorni non abbiamo notizie di Davide. Il cellulare sempre staccato, abbiamo chiamato gli amici ma nessuno sa niente».

La moglie portò due tazzine. L'uomo fece per mettere dello zucchero, ma Rocco rifiutò con un gesto. «Sappiamo solo questo» e Claudia infilò una mano nella tasca della vestaglia. Conservava un foglietto a quadretti stropicciato. Lo allungò al vicequestore. «L'ho trovato sul letto di Davide, l'altro ieri».

Rocco lo lesse. Con una grafia frettolosa c'era scritto: «Non mi cercate. Sto fuori qualche giorno. Torno presto. Non vi preoccupate. Davide».

«Tutto qui?».

«Tutto qui» disse la signora Mariotti.

«L'ha mai fatto? Dico, di sparire così per qualche giorno senza dirvi dove andasse?».

I Mariotti fecero no con la testa. Rocco sorseggiò il caffè. «Ha preso con sé qualcosa? Vestiti? Soldi?».

«Qualche maglietta, lo so perché le avevo appena stirate».

«E il computer portatile» aggiunse il marito.

Rocco posò la tazzina. «Posso dare un'occhiata alla camera di Davide?».

I due annuirono e fu Claudia a fare strada. Attraversarono un piccolo corridoio, anche quello illuminato da due lampade fumé marroni. Alle pareti c'erano dei bassorilievi di metallo che raffiguravano una natività e una crocifissione. La signora aprì la porta e accese la luce. Rocco entrò.

Il letto in ordine come il resto della stanza. C'era un armadio bianco, un comodino con sopra dei fumetti della Marvel. Alle pareti Shakira guardava Fabio Grosso che esultava dopo l'ultimo rigore contro la Francia. Il poliziotto aprì l'armadio. Qualche camicia, pantaloni, magliette. Nei cassetti la biancheria e le mutande e una scatola intonsa di preservativi. Davide ci sperava e si teneva pronto. Sotto la finestra c'era una scrivania. Un pacchetto di sigarette vuoto, tre accendini, una scatola di metallo con delle graffette, due caricabatterie di cellulare, un quaderno aperto, qualche penna.

«Davide ha un motorino? Una macchina?».

«Ha un motorino, sì».

«Cilindrata?».

«Cinquanta» il marito guardò Claudia. «Cinquanta, no?» e la donna confermò con il movimento del capo.

«Avete controllato se c'è?».

«Sì, è la prima cosa che ho fatto. Lo parcheggia qui sotto».

«E?» domandò Rocco che cominciava a innervosirsi. «È giù!».

«Ha un conto in banca, che voi sappiate? Usa il bancomat? Qualche carta di credito ricaricabile?» ad ogni domanda quelli facevano no con la testa. «Mado' che fatica, pare de sta' a scarica' ghiaia con la carriola» mormorò il vicequestore. «Avete provato se è andato da qualche parente? Zii? Nonni? Cugini?».

«Niente dottore. Io ho una sorella ad Ancona e un fratello a Narni, ma non è lì. Nessuno l'ha visto».

«Ce l'ha una fidanzata?».

«No».

«Eccheccazzo!» sbottò il poliziotto alzandosi di scatto. «Ma da qualche parte sarà pure andato, no? Qualche amico deve sapere dov'è!». I coniugi Mariotti rimasero in silenzio. «Statemi bene a sentire. Se vostro figlio dovesse farsi vivo, ditegli di venire immediatamente da me, vicequestore Schiavone, commissariato Roma EUR. Mi avete capito?». Poi prese una penna dalla scrivania di Davide e segnò il suo cellulare. «Questo è il mio numero. Mi raccomando, non scherzate. Davide s'è messo in una storia brutta. Molto brutta».

Il giorno ormai era spuntato e di dormire non era più cosa. Riprese la macchina e decise di tornare a casa per una doccia. Non riuscì a prendere neanche il caffè, le cialde erano finite, montò sul motorino diretto a piazza del Fico per fare colazione. I negozi ormai erano aperti, l'estate dava il meglio di sé e già alle nove e mezza. Lasciò il tavolino e si incamminò verso via dei Coronari. Tra i vicoli del centro il sole non batteva e ombra e umidità rendevano tutto più sopportabile. Perse un po' di tempo a guardare le vetrine dove mobili antichi tirati a lucido e tele con la cornice d'oro puzzavano di falso. Si chiese se a Marina sarebbero piaciute. Guardando una natività decise che prima di mezzogiorno sarebbe andato a trovarla. Non sentire più la sua voce era diventato insostenibile. Si fermò davanti al civico 12 A. Un bellissimo negozio con tre vetrine sulla via. Un tavolo intarsiato illuminato con dei faretti valeva da solo tutta l'attività. Un quadro, che Marina avrebbe datato con precisione e Rocco azzardò fosse della fine del Seicento, se ne stava pigramente appoggiato su una mensola di gesso dorato. Raffigurava la fuga in Egitto, la luna, le palme, il povero ciuchino stracarico, e le ombre della sacra famiglia che si scioglievano nel nero della notte. Il viso di Giuseppe era teso e nervoso, gli occhi appena visibili cercavano ansiosi il pericolo, le mani grandi da falegname tenevano strette le redini del somarello, pronte a difendere sua moglie e suo figlio dai soldati di Erode. Pareva camminasse sulle punte nonostante i piedoni calzassero degli enormi sandali sformati. Invece la Vergine era serena. Il suo volto era illuminato e guardava il piccolo intabarrato in una pezza di lana con l'amore che solo una mamma ha negli occhi. E il piccolo le sorrideva. A Rocco tornarono alla mente le ultime parole che la madre di Giovanni aveva detto di suo figlio. Che era piccolo, grasso, che lei l'aveva allattato e ora non c'era più. Invece la Vergine sapeva che al suo bambino non sarebbe successo niente. Non quella notte, non nel Sinai, non sarebbero state le guardie di Erode a togliere la vita al suo amore che ricambiava lo sguardo sorridendo appena. Giuseppe invece no. Giuseppe se la stava facendo addosso. Era un uomo, il viso marrone scuro, color della terra, il cielo era lontano dagli occhi e dai suoi pensieri. Era paura e sangue e nervi, era pelle d'oca e battito del cuore che sfonda il petto.

Bel quadro, pensò.

Entrò.

Un uomo sui 40 anni, elegantissimo, gli andò incontro mentre una ragazza sui 20 anni con la coda di cavallo, rossa in viso, scappò via dietro una porta di legno piena di fregi colorati, come offesa dall'entrata di quel cliente. Probabile che i due stessero avendo una discussione, ma l'antiquario sereno e pacato non lo dava a vedere. «Buongiorno... stava osservando il quadro in vetrina, ho visto».

«Sì».

«Astolfo Petrazzi, conosce?».

«Fine Seicento?».

«Complimenti...» un rumore proveniente dall'ufficio attrasse l'attenzione dell'antiquario. «Mi scusi... guardi con tranquillità quello che preferisce e si prenda tutto il tempo che vuole. Torno subito». L'uomo a passo veloce, aggiustandosi la cravatta, sparì dietro la porta coi fregi. Rocco restò solo nel negozio che era ben custodito da una serie di telecamere a circuito chiuso. L'aria condizionata non metteva voglia di uscire, perse allora un po' di tempo a guardare una credenza e uno specchio e due candelabri poggiati su un piano di marmo che sarebbero piaciuti a Marina. Come il caminetto in pietra. Giurò che se Marina fosse tornata presto a casa il caminetto l'avrebbe messo anche lui, in salone, pure se a Roma rimediare la legna per il fuoco era un delirio e fare la canna fumaria avrebbe significato avere operai per settimane. Ma a sua moglie sarebbe piaciuto. Chissà se d'estate il prezzo dei camini, anche se antichi, scendeva rispetto all'inverno. Quasi si vergognò di quel pensiero stupido e inutile quanto un camino in un appartamento con il riscaldamento centralizzato. Il padrone del negozio non tornava. Rocco si perse ad osservare una marina napoletana di Gigante. In realtà non sapeva cosa dire a Varisco, era andato al negozio più per osservarlo negli occhi e capire, laddove fosse stato possibile, se quell'uomo poteva essere una minaccia per il suo rapporto coniugale. I capelli ricci e biondi, gli occhi marroni e intelligenti e soprattutto l'eleganza e il fisico asciutto facevano propendere per il sì. Domiziano Varisco era molto pericoloso. Si avvicinò alla porta col fregio. Era accostata. Si apriva su una seconda sala espositiva che aveva le pareti ricoperte da una stoffa damascata rossa. Tanti quadri, due scrivanie e ancora specchi. La vetrina dava su un vicolo laterale. Due voci provenivano da dietro una tenda di velluto. Rocco si avvicinò. Poggiò l'orecchio sul tessuto, e ascoltò. Una era maschile, quella di Varisco, l'altra era probabilmente la ragazza che era fuggita al suo ingresso nel negozio.

«Ma si può sapere cosa devo fare? Sono giorni che lei mi tiene il muso! È una cosa insostenibile» disse lui.

«È stato il mio compleanno, signor Varisco, possibile che lei non se lo sia ricordato?».

«No, non me lo sono ricordato. È una cosa grave, signorina Stefania?».

«Lavoro qui da più di un anno, e mi sarei aspettata...».

«Allora se lavora qui da un anno, avrebbe dovuto notare che io non faccio gli auguri a Natale, non li faccio a Pasqua e neanche il primo dell'anno».

«Lo so. Me ne sono accorta» la voce della donna era rancorosa, aggressiva.

«E allora mi dica, signorina Stefania, per quale motivo avrei dovuto farle gli auguri per il compleanno?».

«Per far vedere che a me ci tiene, no?».

«Le do un brutto stipendio?».

«Non direi!».

«L'ho mai trattata male?».

«Non direi».

«Sono sempre stato corretto, e ogni volta che lei ha svolto bene il suo lavoro mi sembra di averle fatto i complimenti e ho tessuto le sue lodi in più di un'occasione, non è così?».

«Sì, signor Varisco, è così. Ma io mi aspettavo altro».

«Cosa si aspettava, signorina Stefania? Le ho anche

dato premi trimestrali per ogni vendita andata a buon fine!».

«È vero».

«Mi sono sempre comportato in maniera corretta, gentile, educata e ogni volta che mi ha chiesto ferie e giorni di permesso non le ho mai detto di no».

«Non è questo».

«E allora cosa?». Varisco cominciava ad alzare la voce.

«Mi sento trasparente».

«Trasparente?».

«Se ci fossi io o un'altra per lei sarebbe lo stesso!».

«Oh santa pace, ma cosa dovrei fare allora?».

«Guardarmi!».

«Ma io la guardo!».

«Guardarmi non come se fossi la sua segretaria, ma insomma glielo devo proprio dire? Guardarmi come una donna».

«Cosa sta cercando di dirmi, Stefania?».

«Possibile che lei non si sia accorto di niente? Sono innamorata di lei!».

Ci fu un breve silenzio. Rocco sorrideva. Quella visita si era trasformata in uno spettacolo al Sistina.

«Lei...» borbottò appena Varisco.

«Sì. Da mesi! E lei non se n'è mai accorto!».

«Ah, io sarei distratto? Senta un po', Stefania, adesso le spiego e mi ascolti attentamente! Quei miei amici che entrano nel negozio con vestiti colorati, coi polsi snodati, che ridono a squarciagola e emettono urletti d'eccitazione cosa pensa che siano? Degli eccentrici? No! Sono gay! Come me, signorina Stefania!

Io sono gay! Omosessuale! Frocio! Lo capisce questo sì o no?».

Rocco sentì passi nervosi avvicinarsi alla tenda. Rapido si allontanò fingendo grande interesse per un vaso cinese. Stefania, rossa in viso e con gli occhi bassi, uscì dalla stanza e attraversò il negozio senza notare il vicequestore. Poco dopo tornò anche Varisco. Guardò Rocco.

«Purtroppo ho sentito» confessò il poliziotto.

«Mi dispiace. È una cosa estremamente sgradevole».

«Lei non mi conosce, io sì. Sono Rocco Schiavone».

Un sorriso sereno si aprì sul bel volto di Domiziano. «Il marito di Marina?».

«Le confesso, l'ho vista accompagnare mia moglie e non ero venuto per il quadro».

«Immagino che abbia avuto una risposta più che soddisfacente. Ci andiamo a prendere un caffè?».

«Non chiedo di meglio».

Nel tragitto fino al bar erano passati al tu, e dopo l'ordinazione Rocco e Domiziano sembravano due amici di vecchia frequentazione. «Però ti devo dire che mi sono sganasciato dalle risate» disse Rocco mettendo una punta di zucchero nella tazzina.

«Vero? No, ma quella è matta. Sono settimane che mi dà il cordoglio».

«S'è innamorata» e bevve il caffè.

«Ma come fa? Tu mi hai visto?».

«Be', cosa vuoi che ti dica. Sei un bell'uomo».

«Quanti etero conosci che mettono una camicia a righe colorata su una giacca a quadratini e una cravatta di maglina?».

«Pochi».

«Appunto. Anzi scusa, ma qui fa troppo caldo» e si tolse la giacca poggiandola su uno sgabello. Aveva i bicipiti che guizzavano sotto la camicia di cotone. «Come stai?» gli chiese.

«Male. Marina non mi risponde. Tu sai tutto?».

«Tutto» disse serio Domiziano e bevve il caffè tenendo gli occhi puntati sul vicequestore.

«Che devo fare?».

«Non lo so. Sta riflettendo. Certo, sei stato una delusione per lei».

«Mi mangerei le palle».

«Lascia stare. Puoi fare qualcosa di più costruttivo».

«E cioè?» chiese Rocco speranzoso pendendo dalle labbra dell'antiquario.

«Valla a trovare. Magari solo per un gelato o un aperitivo. E falla ridere. Deve risentire il tuo profumo. E guarda, non dovrei dirtelo perché io sarei suo amico, ma le manchi. Tantissimo».

«Tiene il cellulare sempre staccato!».

«Cazzarola, Rocco! Ma vai di persona, no? Lei ti deve vedere. Non rispettare la sua consegna. Non stare alle sue regole. Rompile. Fregatene. Tu che le regole non sai dove stanno di casa, ora ti fai problemi? Con Marina?».

«Non lo so. Mi sento bloccato».

«Lo sai dov'è. Vai da lei al lavoro, ma senza una scusa tipo: passavo di qui! Vai da lei dicendole la verità.

Almeno smuovi questa situazione. E fallo pure per me. Io un'altra cena con Marina in lacrime che mi parla di te sinceramente non la sopporterei».

Rocco sorrise.

«Che ridi? Ti fa piacere che tua moglie parli di te e pianga?».

«Be', lascia una speranza».

«Di donne non capisci un cazzo, signor vicequestore, lasciatelo dire. Ora devo tornare in negozio. Hai visto mai che qualcuno si interessi al quadro di Petrazzi».

«Sempre per curiosità, quanto costa?».

«Quando sei entrato e ho guardato com'eri vestito il prezzo non te l'avrei mai detto. Non hai l'aria di uno che maneggia soldi. Ma ora, sapendo chi sei, te lo posso dire. Sono 65.000».

«Mi faresti uno sconto?».

«No. Non te lo venderei proprio».

«E perché?».

«Allora sei coglione? Poi come lo giustifichi a tua moglie?».

Il vicequestore abbassò lo sguardo. «Hai ragione. Grazie Domiziano».

«Figurati. E riprenditi Marina. Io la sera avrei altri programmi. È estate, e se non sfrutto adesso l'inverno in palestra, mi dici che cazzo ho fatto a fare diete e pesi per avere la tartaruga e i bicipiti da spiaggia?».

Aveva convocato De Silvestri, Zuccari e l'ispettore Munifici, i migliori del commissariato, per fare il punto. I suoi uomini lo ascoltavano. «Allora cosa abbiamo?

Abbiamo due ragazzi uccisi probabilmente per un giro di droga. Un terzo loro amico, Davide Mariotti, è sparito dalla circolazione. La seduta è aperta. Forza, tirate fuori le cose che non vi tornano».

Alzò la mano Munifici che già alle undici aveva i segni della ricrescita della barba sul viso. «Il primo omicidio alla cava. A me non torna il cadavere abbandonato in bella vista quando a pochi metri c'era un laghetto dove poterlo occultare».

«Ci sono notizie sulla salute del nostro giornalista?» chiese Rocco.

Gli agenti guardarono De Silvestri. «Si è ripreso? Gli si possono fare domande?».

«Da quello che ho saputo» rispose il vecchio poliziotto «è ancora in coma. Non parla, non sente, insomma dotto', non dà segni di vita».

Rocco fece una smorfia di disapprovazione. «Sappiamo niente di quell'impronta digitale?».

«Ancora niente» fece Munifici. «Però se vuole richiamo Gizzi alla scientifica».

«E mi pare una cosa sana. Tu Zuccari? Qualche idea?».

«Come la vedo io?».

«Come la vedi tu».

«Tre pischelli figli di papà...».

«Due. Il terzo, Davide, non lo è. Comunque vai avanti».

«Allora 'sti tre si mettono a fare gli spacciatori, a qualcuno la cosa non va e li elimina».

«Già. Chi?» chiese Rocco.

«Chi controlla il territorio».

«E questo è il problema. Ora Roma è divisa. Lo so io, lo sa la Dia, e lo sanno pure i giornalisti. Questi spacciavano in giro, però. Non erano stanziali. Quindi non è un'invasione, secondo me».

«Ha ragione, dottore» fece Munifici. «Secondo me o dovevano soldi a qualcuno...».

«Oppure chi gli forniva la droga ha deciso di togliterseli di mezzo per qualche motivo» azzardò De Silvestri.

Rocco unì le mani davanti alla bocca e si mise a parlare guardando il tavolo. «Qualcosa ci è sfuggito, e io una cosa l'ho pensata. Allora, l'omicidio alla cava. Il ragazzo muore verso mezzanotte, mezzanotte e mezza. A quell'ora rientra Gigi er cesso con l'Apecar, era stato a mignotte sulla Tiburtina».

«Coll'Apecar?» e Zuccari sgranò gli occhi azzurri.

«Sì. Consuma sul cassone» precisò Rocco. «Questo forse risponde alla domanda del perché il cadavere non l'hanno buttato nel laghetto».

«Può essere. Rientra il custode e per non farsi vedere scappano».

«Poi abbiamo il secondo cadavere. Ucciso non si sa dove, portato lì a via Fidenza vicino casa sua. Nessuno ha visto niente, agiscono rapidi e precisi. Ora però io mi chiedo, e seguitemi...». Rocco si alzò e andò alla finestra. «Alla cava uccidono quel poveretto. È notte. Il guardiano è mezzo cieco. Quante probabilità c'erano che li avrebbe visti così bene da riconoscerli in seguito? Al buio?».

«Poche. Anzi pochissime. E allora?».

«Allora, io dico, questi hanno una paura fottuta di essere visti. Soltanto visti. Come se bastasse un colpo d'occhio per sentirsi fregati».

I tre poliziotti riflettevano sul ragionamento del loro superiore.

«Non è così? E chi ha paura di farsi riconoscere, anche se da lontano?».

«Un attore famoso?» buttò lì Zuccari.

«Uno molto alto?».

«No Alfredo, persone alte ce ne sono tante. Non basta. Qualcuno che ha una peculiarità che lo distingue dalla maggioranza, anche a distanza di venti, trenta metri». Rocco guardò i colleghi uno per uno. «Qualcuno che già dall'aspetto si differenzia, mi capite? Non per un difetto fisico, ma per qualcosa che in Italia hanno in pochi. La carnagione!».

Una luce si accese negli occhi degli agenti e dell'ispettore. «Sono... neri?» azzardò Munifici.

«Io dico di sì. I nigeriani controllano una parte dello spaccio della città. Chi dà a loro la roba non lo so, ma che spacciano è sotto il cielo di Roma».

«Nigeriani...». Alfredo si sedette. «È un'ipotesi valida. Ma per l'omicidio di San Giovanni? Perché lasciano un ragazzo in mezzo alla strada? Non potevano farlo ritrovare da qualche parte?».

«No, perché l'hanno ucciso lì vicino, in pieno giorno e non lo potevano trasportare».

«Ma perché non hanno aspettato la notte?» chiese l'ispettore.

Rocco si morse le labbra. «Perché, forse, Matteo aveva mangiato la foglia. Avevano già eliminato Giovanni, e ora toccava a lui. Dovevano agire rapidi e senza perdere tempo. Resta da capire dove l'abbiano ucciso». Si lasciò andare sulla poltrona. «Però io credo che la cosa possa essere avvenuta su una scala, una scala da esterno». I colleghi lo guardavano senza capire. «Già. La vittima è stata aggredita e stesa su un gradino e l'assassino da sotto ha colpito. Ecco perché non c'è sangue sul collo e sui vestiti del povero Matteo Livolsi».

«Dotto', qui ci vuole una sigaretta, sennò io non riesco a pensare» disse Zuccari. Rocco gli allungò la scatola di legno che teneva sulla scrivania. Zuccari aprì la scatola. «Posso?» prese una sigaretta. «Che profumo... mi sono sempre chiesto che tabacco fosse».

«No, roba leggera. Una volta là dentro c'erano dei Cohiba!».

«Ecco perché si sente l'aroma!» disse Zuccari.

«Ripetilo!» disse Rocco guardando l'agente.

«Cosa?».

«Quello che hai detto!».

Zuccari guardò Munifici e De Silvestri senza capire. «Che si sente ancora l'aroma, perché?».

Rocco sorrise. «Perché? Perché la scatola è chiusa! Ecco perché si sente. Perché il coperchio è di legno, e trattiene gli odori».

I poliziotti non lo seguivano. Il vicequestore aveva appena affermato un'ovvietà, e non capivano dove volesse arrivare.

«Se il coperchio fosse stato una grata, una gabbia, qualcosa di aperto, l'odore sarebbe uscito. Giusto?». Poi Rocco si alzò di scatto. «Zuccari, abbiamo da fare!».

«Sì, ma io non ho capito...» disse Munifici.

«Ecco perché resterai per sempre un ispettore!».

Munifici lo mandò a fare in culo, ma solo col pensiero.

Rocco e Zuccari attraversavano il garage preceduti da Nino, che aveva il fiatone per la pancia e per l'età. Colonne e muri erano dipinti di rosso, su ogni colonna una lettera, così che il proprietario non doveva faticare per ritrovare il mezzo.

«Mi faccia capire Nino, così per curiosità, quanto costa un posto macchina?».

«Dipende. Singolo duecentocinquanta, doppio quattrocento, posto moto centocinquanta».

«Porca...» disse Zuccari. «Con una cifra così a Viterbo te prendi una casa!».

«Col terrazzo» aggiunse Rocco.

«Lo so» ammise il custode, «ma a Roma, specialmente qui a San Giovanni, i garage non ci stanno» e allargò le braccia. I passi rimbombavano nel soffitto basso di cemento attraversato da decine di tubi misteriosi.

«E quante macchine ci sono qua dentro?».

«Che me vo' fa' i conti in tasca?» il custode rise. «Tanto mica è roba mia, è de una banca. Comunque ci sono circa 150 macchine. Faccia lei!».

«Ammazza» esclamò il vicequestore.

«Eh. E conti che c'è una fila d'attesa di almeno altri trenta clienti».

Zuccari scuoteva la testa. «Gente pronta a pagare quattrocento euro per parcheggiare?».

«Non è solo per quello. Metta che uno se compra, che so? una Lexus, una Mercedes, una Jaguar, che fa? la lascia parcheggiata in strada? Bene che te va, dico bene che te va, te la ritrovi sgrugnata».

«Già. Male che te va, te la ritrovi a Tirana» fece Rocco. Il custode scoppiò a ridere. «È così, dottore, è proprio così».

«E senta un po', fra i clienti per caso avete la famiglia Livolsi?».

«Me deve di' la macchina. Il cognome non mi è nuovo».

«Zuccari, tu sai che macchina hanno i Livolsi?».

L'agente prese dalla tasca un blocchetto per appunti. Cominciò a sfogliare le pagine. «Dunque... sì. Subaru Legacy rossa».

«Come no, certo. L'ha presa neanche un mese fa. Lo so perché ce n'è solo una. Perché me lo chiede?».

«Me serve» rispose Rocco.

«Allora...». Nino si fermò in mezzo a due colonne. «Me diceva che è la grata che dà su via Fidenza?».

«Esatto».

L'uomo si guardò in giro per orientarsi. «Allora, allora, allora... dovrebbe essere... di là» e indicò un punto completamente in ombra.

«Chi può entrare qui?».

«Nel garage? Solo chi ha le chiavi. Però le dico la verità».

«E me la dica».

Il custode, forse incoraggiato dall'oscurità nella quale camminavano, confessò: «Ogni tanto io in guardiola non ci sono. Ho un'età. Devo pisciare almeno dodici volte al giorno. Poi non è che il lavoro è tanto. E comunque nessuno lascia valori dentro le macchine».

Finalmente arrivarono davanti a una porta di ferro grigia. «Deve essere di qua». Nino la aprì. Si ritrovarono in un budello dove si poteva avanzare solo in fila indiana. Muri di cemento ai lati e un rumore basso e continuo di aria che passava nei tubi. Ogni tanto qualcosa gorgogliava dentro le pareti. «Lo sapete? Qua sotto ci passa un fiume. Roma è piena di fiumi sotterranei».

«Nino, basta che nun se decide adesso a usci' fuori!» disse Rocco.

Il budello era lungo, dopo una elle proseguiva per altri trenta metri. Puzzava di muffa e funghi marci. «Ma a che serve quest'intercapedine?».

«Credo per l'umidità e per i tubi del riscaldamento dei palazzi. Più quelli dell'acqua, insomma è un locale tecnico. Ce ne sono tre qui. E finiscono tutti con una grata. Una specie di uscita di sicurezza, capisce? Non sia mai dovesse scoppia' un incendio...».

Più avanzavano, più la puzza diventava insopportabile. Ai funghi e alla muffa si aggiunse un odore dolciastro di corpo in decomposizione. Un topo, pensò Rocco. Finalmente arrivarono all'imbocco di una stanza sotterranea. C'era una scala di ferro che saliva verso la grata e alzando lo sguardo si poteva vedere il cielo. «Ecco, ci siamo. Lassù c'è via Fidenza».

Rocco spalancando le braccia bloccò Nino e Zuccari. «Non entrate! Vado solo io».

Nino fece un passo indietro, un po' spaventato dalla reazione del poliziotto. Rocco guardò per terra. La polvere era smossa. Qualcuno aveva camminato recentemente in quella stanza. Allungando la gamba il più possibile, superò il pavimento senza toccarlo e riuscì a mettere un piede sulla scala. Si chinò a guardare. Al quinto gradino la vide: una piccola macchia di sangue. Sbirciò attraverso le maglie di ferro dello scalino e sul pavimento, neanche un metro e mezzo più in basso, la macchia scura era molto più grande. «Zuccari! Chiama Gizzi. Il ragazzo lo hanno ammazzato qui».

Zuccari annuì e prese il cellulare. «Vado fuori che qui non c'è campo» e tornò indietro. Nino era sconvolto. «Che... che cosa?».

«L'hanno pugnalato qui, il ragazzo. Era steso sulla scala, forse uno dei due lo aveva bloccato, e un altro figlio di puttana lo ha accoltellato da sotto. Ora devo capire una cosa». Avanzò di altri tre gradini e ormai era arrivato alla grata che immetteva sulla strada. Stare in piedi era impossibile. La spinse appena con la schiena e quella si aprì. Sbucò fuori sul marciapiede, nascosto dal bidone della spazzatura, a mezzo metro dai motorini dove era stato ritrovato il corpo del ragazzo. «L'hanno fatto rotolare qui fuori...» disse a se stesso. Si sporse a guardare il garagista che lo aspettava ai piedi della scala. «Nino, faccia il giro e torni fuori. Non entri. Ci vediamo su».

L'uomo annuì e sparì nel budello come un vecchio topo che si va a rintanare. Un passante guardò Rocco col busto fuori per metà. «Che state a fa' dei lavori?» gli chiese, ma Rocco non rispose. Stava pensando.

Perché eri qui sotto, Matteo?

Dovette aspettare l'arrivo degli uomini della scientifica. Si sarebbero messi a lavorare sulle orme lasciate nella polvere della stanzetta, sulle macchie di sangue, a cercare di rilevare impronte sulla scala, tutte operazioni che richiedevano ore di lavoro. Tempo buttato per Rocco che non aveva voglia di restare a via Fidenza a fumare sigarette e a prendere caffè. Zuccari, appoggiato al cofano dell'auto parcheggiata all'ombra, parlava al cellulare. Il vicequestore guardò l'ora. Poi prese una decisione improvvisa. Si avvicinò all'agente. «Portame a via San Giovanni in Laterano» gli disse. Quello coprì la cornetta. «Dove?».

«Alla basilica di San Clemente».

«E mica lo so qual è!».

«Ignorante. Muoviti, la strada te la dico io!».

E salirono in auto. Zuccari sbuffando salutò frettolosamente il suo interlocutore.

Neanche cinque minuti dopo, Rocco scese dall'auto, attraversò la strada e passò il portone di legno nero, il chiostro, entrò nella chiesa e si diresse verso le scale che portavano alla basilica inferiore.

Gli tremavano le gambe, forse per quello aveva agito d'impulso, per non pensarci troppo. A volte nella vita, e lui lo sapeva, i pensieri possono portare all'immobilità. Domiziano era stato chiaro e diretto, doveva rompere le consegne, superare gli ostacoli che sua moglie gli aveva messo davanti e guardarla negli occhi, parlarle, capire, magari anche solo con un respiro, un sorriso, se poteva ancora sperare di rivederla a casa, accanto a lui, a dormire nello stesso letto. Era come camminare su una fune tesa fra due grattacieli. Un colpo di vento, un piede in fallo, una vertigine improvvisa ed era spacciato.

Scese le scale.

Nella navata centrale, davanti la parete di sinistra, c'erano dei tubi innocenti coperti da un telo bianco. Dietro, una lampada spandeva un chiarore uniforme. Nel silenzio si sentiva solo lo scricchiolio del legno e il graffiare intermittente di una spatola sul muro. Marina era lì, al lavoro. Cosa avrebbe dovuto fare? Un colpo di tosse? Chiamarla? Si avvicinò tenendo gli occhi sul pavimento millenario respirando il profumo di chiuso, legno, incenso e trementina. Girò intorno all'impalcatura e si affacciò. Marina era sopra una pedana, incollata alla parete indossava gli occhiali e stava lavorando sull'affresco. Si perse a guardarla. Era bella. Con gli occhi concentrati, i denti che mordevano appena il labbro inferiore, i capelli raccolti in una crocchia tenuta da una matita, o era una bacchetta cinese? Bella, col camice bianco immacolato che rifletteva la luce della lampada e le creava un alone tutt'intorno. I capelli parevano più biondi e i pochi granelli di polvere che danzavano intorno al viso sembravano stelle e comete. Non sentì più il caldo né l'umidità, non aveva fame, non aveva sete, non aveva corpo, Rocco. Osservava in silenzio, respirava piano e sorrideva come un imbecille.

«Resti lì tutto il giorno?» disse Marina senza togliere gli occhi dall'affresco. Rocco si risvegliò.

«Dai sali...» si tolse gli occhiali. «Come stai?» gli chiese. Rocco alzò appena le spalle. Marina aveva in mano una specie di spatola, sulla punta un materiale bianco appiccicoso, gesso o forse colore. Con quella indicò l'affresco. «Bello, vero?».

Rocco annuì. «Ma lo conosco. Dov'è quella scritta famosa... il primo fumetto della storia, se ci pensi».

«Ero sicura che la conoscevi. Comunque questa è la storia del miracolo di San Clemente. Il prefetto Sisinnio si accorse che sua moglie Teodora s'era messa ad adorare Cristo. E allora con i soldati volle riprendersela, proprio mentre San Clemente diceva messa. Vedi? Questo qui con le braccia aperte è San Clemente. Solo che Dio non lo permise. Accecò Sisinnio e i soldati che, al posto della donna, portarono via una colonna di marmo. Sisinnio restò cieco, finché non tornò a casa». Guardò Rocco negli occhi. «Bella storia, non pensi?».

«A casa recuperò la vista?».

«Non lo so. Forse sì».

«E capì?».

«Teodora ormai era cristiana».

Rocco si toccò la barba lunga di due giorni. «Teodora s'era messa ad adorare un dio che il marito non conosceva, e volle punirla».

«Esatto». Infilò la spatola di taglio in una piccolissima crepa, proprio accanto al santo.

Rocco si grattò la testa. «È una bella metafora. Il marito era cieco perché non vedeva la verità».

«Più o meno. Ora resta da capire quale dio fosse nel giusto. Quelli di Sisinnio o quello di Teodora?».

Rocco si avvicinò all'affresco. Faceva un certo effetto. La pittura e le figure, a guardarle da così vicino, cambiavano dimensioni e colori. «Non saprei. Di solito è il dio che vince quello che ha ragione».

Marina sorrise. «Storicamente parlando sì. Ma è proprio vero?».

«Mi fai una domanda difficile. Credo che non ci sia un dio che abbia ragione e uno che abbia torto. A loro modo, sono sulla stessa barca».

«Parlano lingue differenti, ma dicono la stessa cosa. Dal che si capisce che è il nostro agire a essere giusto o sbagliato». Gettò un'occhiata a Rocco poi poggiò la piccola spatola in una cassetta di legno e prese un pennellino intriso di una sostanza oleosa. «Io non credo in Dio, ma penso che sia servito a darci una morale».

«Infatti...».

Marina poggiò il pennellino sulla parete, proprio accanto a una figura col pastorale. «Ora ti chiedo una cosa, Rocco: esiste la giustizia in natura?».

«No. La giustizia è una cosa umana».

«E sbaglia?».

«Come tutte le cose umane».

«E tra di noi chi è che sbaglia?».

Marina sollevò una piccola spugna per assorbire con delicatezza una macchia infinitesimale di olio sul colore. «Sono quasi mille anni che quest'affresco è qui sopra. Mille anni sono tanti. Ora uno se lo potrebbe dimenticare e dare una bella mano di bianco, oppure ripararlo e cercare di farlo durare per altri mille anni. Perché due coglioni come me e te lo possano guardare, un giorno, e pensare alla loro vita, a ciò che è giusto, a ciò che è sbagliato». Posò la spugna e poggiò le mani sulle ginocchia. «Se è il marito a essere cieco, se è la moglie che non ha capito. E credo che non ne verremmo mai a capo, Rocco, perché quello che ci frega è l'amore».

«Io non ci sto capendo niente».

«Neanche io, Rocco».

«Mi è venuta voglia di fare l'amore».

«A me no».

«Quando torni a casa?».

«Quando avrò capito».

«Mi manchi tantissimo».

«Anche tu, Rocco. Anche tu». Gli mise le braccia intorno al collo. Profumava di shampoo e trementina. «Te l'ho mai detto che hai degli occhi inespressivi e spenti?».

«Altroché».

«Sei stanco. Perché non te ne vai a casa?».

«Non posso. Ho un problema bello grosso» e non disse altro. Non parlava mai del suo lavoro a Marina. «Quanto devo aspettare?».

Marina prese un respiro profondo. «Non lo so, Rocco. Non credere che io la notte riesca a dormire. Sto sveglia e penso. Una mattina mi dico: lasciati andare, Marina. Chiudi gli occhi, torna a casa e vivi accanto a quell'uomo. L'hai scelto, no? Qualcosa di buono ce l'avrà pure» e sorrise. E al vicequestore tremarono le ginocchia.

«Te l'ho mai detto che hai gli occhi più belli del mondo?» le disse.

«Sì. Ma non è vero».

«Chi lo dice?».

«Io».

«Non capisci niente. Ogni minuto che passo senza di te è un minuto buttato».

«Ora vai, Rocco. Ti prometto che ti chiamo presto».

Rocco la baciò. E si sentì cretino, ma il cuore s'era messo a correre e sembrava risalirgli la gola. «Non trovi sia assurdo che mi vengano i brividi come sei anni fa?».

«È l'umido. Siamo sotto terra. Penetra nelle ossa».

Scoppiarono a ridere. «Vattene via, su. Io devo lavorare e tu pure. E se arriva il prete mi tocca spiegargli troppe cose».

«Tipo?».

«Sei il quarto uomo che bacio oggi su questa pedana. Un po' eccessivo anche per un domenicano irlandese».

Risero.

«Ecco, ora mi tocca uccidere tre uomini. Posso avere i nomi?».

«No. Perché saresti capace di farlo davvero».

Una nuvola nera passò negli occhi del vicequestore. Forse Marina scherzava. O forse no, era seria. Non si capiva mai bene con lei. «Non hai un'alta opinione di me» disse e scese dalla pedana. Appena toccò il pavimento, Marina lo richiamò: «Rocco?».

«Dimmi».

«Scherzavo».

«Sicura?».

Gli uomini della scientifica avevano esaminato il luogo e s'erano allontanati. Finalmente Rocco poteva entrare. Scese la vecchia scala nera di sporcizia. Sul pavimento evidenziata dai tecnici c'era l'orma di una scarpa da ginnastica e sotto la scala macchie di sangue. L'avevano inseguito fin qui? Perché Matteo avrebbe cercato la salvezza in quel budello? Sarebbe stato più facile andare verso l'entrata del garage, gridare, magari Nino il custode l'avrebbe sentito. Intrufolarsi lì dentro significava consegnarsi agli assassini. Era evidente che la presenza del ragazzo lì sotto era legata a qualcos'altro. Cominciò ad osservare i muri, grazie alla luce che cadeva perpendicolare dalla grata a livello stradale. Li toccò. Erano muri di cemento grezzo, dai quali spuntavano qualche chiodo e un paio di ferri. Accese l'accendino e si infilò sotto la scala, nella zona più oscura di quella spelonca urbana. Il pavimento era ancora più nero e la puzza più forte. Un gocciolio persistente si faceva sempre più presente man mano che si addentrava in quei metri quadrati bui. Dovette spegnere l'accendino prima che il pollice e l'indice gli prendessero fuoco. Ci soffiò sopra e aspettò qualche secondo. Poi lo riaccese. Il soffitto scendeva sempre di più, per passare doveva chinarsi. Pensava che quella specie di loculo finisse lì, invece continuava. Una luce tenue proveniva da dietro un angolo. Laggiù c'era qualcuno. Rocco sentì le pulsazioni del cuore aumentare. Rizzò le orecchie, ma non sentì rumori. Decise di avanzare. Doveva chinarsi e mettere le ginocchia a terra. Addio pantaloni di cotone cachi, pensò. Avanzò carponi per un paio di metri e girò l'angolo. Si affacciò e si trovò davanti la tuta bianca di un poliziotto chino sul pavimento con la torcia poggiata a terra. «Che cazzo...?» disse. Quello si girò. «È lei dottore? Finzi, scientifica. Venga a vedere che cos'ho trovato...».

«Ma non potevi fare un rumore, Finzi? Per poco non mi prendevo un infarto!» e raggiunse l'uomo accoccolato.

«Ho notato che in questo punto il pavimento era pulito. Guardi un po'...».

L'agente aveva tolto un paio di mattonelle vecchie scoprendo un buco abbastanza grande. «Che roba è?».

«Un nascondiglio...» rispose Finzi.

«Hai trovato qualcosa?».

«Questa!» e alzò con un paio di pinzette una bustina di plastica vuota. «Era incastrata sotto un tubo che passa qui sotto».

«Che cos'è?».

«La porto a esaminare. Ma non sbaglio di molto se le dico che qui dentro c'era roba. Coca o eroina, non lo so...».

Alla luce della torcia il sorriso di soddisfazione dei due poliziotti assunse un'aria spettrale. «Bravo Finzi!».

«Tanto ci sarebbe arrivato lei».

«Con un accendino? Finzi, dobbiamo smetterla di incontrarci così...».

«Ha ragione, dottore» e il poliziotto si rimise a lavorare mentre Rocco rinculava. «Secondo te me devo fa' l'antitetanica?».

«Non lo so, però una disinfettata alle mani io me la darei».

Camminava al ritmo delle vogate che due ragazzi davano all'unisono rompendo l'acqua ferma e scura del laghetto dell'EUR. Sui prati una decina di bambini giocava urlando. Non erano più i tempi delle vacanze lunghe tre mesi per le famiglie coi figli piccoli. Erano tutti alla ricerca di un posto, per quanto quel lago artificiale fosse meta notturna di tossici e pantegane, che ricordasse vagamente il mare, la montagna, qualsiasi cosa non fosse un palazzo con le antenne e la puzza di asfalto bollente misto a piscio. L'acqua, specchio putrido dove galleggiavano resti di cibo e alghe morte, rifletteva il palazzone dell'Eni e pareva una macchia di petrolio. Il verde del prato virava verso il giallo e gli alberi soffrivano calura e incuria. Si sedette su una panchina. Una coppia di fidanzati passò con un cocker al guinzaglio. Il cane sfatto dal caldo del pomeriggio inoltrato aveva la lingua che sfiorava terra. Rocco si accese una sigaretta.

A chi avevano preso la coca i ragazzi? Chi usava i nigeriani per lo spaccio in strada? Ed erano proprio nigeriani gli assassini di Matteo e Giovanni? L'anello di congiunzione sarebbe stato Davide, Skin, ammesso che fosse ancora vivo. Oppure anche lui era finito con un punteruolo alla base del cranio in qualche fosso fuori dal raccordo anulare? Riprese in mano il pezzo di carta, l'appunto del giornalista. Quelle due iniziali, S.S. e L.B. Doveva dargli un nome al più presto. Dettaglio significativo che avrebbe fatto invertire la rotta a quella storia di merda, una volta per tutte. E quella sigla sul retro: SLR U 971197-8. Che cosa significava? Perché Alberto Ferri non faceva un favore a se stesso e a tutto il corpo della polizia risvegliandosi dal coma? Perché gli assassini conoscevano il nascondiglio di Matteo nel garage? Dove stavano portando Giovanni quando quello era riuscito a scappare dall'auto probabilmente ferma al self service? Un ratto enorme, nero e coi peli ritti, passò veloce dietro la piccola recinzione e sparì in un buco sotto terra. Spense la sigaretta strusciandola sotto la scarpa e se la mise in tasca. Si alzò. Gli girò appena la testa. Non lontano c'era un'ottima gelateria, magari un cono per festeggiare la chiacchierata con Marina. C'era poi da festeggiare? Rocco non l'aveva mica capito. Però il gelato gli andava, senza panna magari, privazione che aiutava la coscienza e che faceva credere di non aver assunto troppe calorie. Sul girovita, giorno dopo giorno, si stava gonfiando un salvagente che, se avesse dovuto puntare sull'aspetto fisico per convincere Marina a tornare da lui, non l'avrebbe aiutato. Ad evitargli l'immissione di zuccheri dannosi fu il cellulare che squillò mentre era diretto al bar gelateria.

«Chi scassa?».

«Dotto', so' Parrillo».

«E che vuoi?».

«Dovrebbe tornare in ufficio».

«Posso sapere il motivo di quest'urgenza?».

«C'è uno che chiede di lei».

«Uno chi?».

«Tale Davide Mariotti».

Skin!

Davide era nella stanza delle denunce. Quando Rocco entrò lo trovò in compagnia di Zuccari che gli aveva offerto un caffè dal distributore. Il ragazzo era pallido, erano quasi bianchi anche i brufoli che gli sporcavano le guance. Teneva il bicchierino con due mani appoggiate alle ginocchia. Sembrava avesse freddo, nonostante l'aria condizionata in quella stanza fosse rotta dal 1998. «Davide!» disse Rocco, «dove cazzo eri?».

Quello guardò prima Zuccari poi il vicequestore. «Ero andato a casa di un mio amico... a Casalpalocco».

«E ti nascondevi lì?».

Davide annuì.

«Raccontami che sta succedendo».

Davide prese un respiro profondo, abbassò lo sguardo e cominciò: «Giovanni e Matteo s'erano messi nella merda. Io gliel'ho sempre detto. Ma loro non mi stavano a sentire. Dicevano che ero un cacasotto, che se uno nella vita vuole svoltare non deve aver paura. Quando l'altra notte...».

«Stop!» disse Rocco. «Andiamo per ordine. La roba di chi è?».

«Questo non lo so. So solo che l'hanno rimediata perché Giovanni non si faceva i cazzi suoi. E una notte al pub, era chiusura, io stavo abbassando la saracinesca, lui e Matteo erano fuori insieme alla ragazza di Giovanni...».

«Isabella?» chiese Rocco

«Esatto. Sì, mi pare così. Insomma Giovanni è uno serio. Era uno serio» si corresse deglutendo, «e ha cominciato a dire che lui grazie al lavoro del padre aveva scoperto una pista. Una cosa importante. Che c'era da fare quattrini. Io ascoltai per sbaglio, e pensavo a una cosa semplice, così mi unii. Credevo una cosa di investimenti, di soldi, magari aprire un'attività, che ne so? Invece Giovanni mi guardò negli occhi e mi fece: Davide! anzi, Skin! Lui e Matteo mi chiamavano così, Skin, per via de 'sti brufoli che non se ne vanno».

«Hai provato con il sapone allo zolfo?» si intromise Zuccari.

«Simone, che ce ne frega del problema dermatologico!» gridò Rocco. «Vai avanti, Davide».

«Skin, mi fa, se sei dentro sei dentro sennò alza il culo e vattene!».

«Perché non te ne sei andato?».

«E che ne so? Perché uno è coglione, perché tutto mi potevo immaginare tranne che si mettevano a vendere la roba. Erano bravi ragazzi, Giovanni manco le canne si faceva. Così resto. E ascolto. Giovanni sapeva dove trovarne parecchia. Se la voleva prendere e mettersi a smerciarla. Parlava di chili di roba, pura, che lui avrebbe imparato a tagliare insieme a Matteo».

«Dov'era la roba?».

«Non lo so, dotto'. La notte che l'hanno presa io non ero con loro. Li aspettavo al pub, poi l'abbiamo divisa e ognuno ha trovato un nascondiglio».

«Quanta roba era?».

«Tanta. A me ne lasciarono più di tre etti».

Rocco guardò Zuccari. «Tu dove l'hai nascosta?».

«Non me la sono portata a casa. Mettevo in mezzo i miei genitori? No. L'avevo lasciata al pub. Al piano di sopra, al cesso, dietro lo sciacquone».

«È ancora lì?».

«No. Il giorno che ho saputo quello che era successo a Giovanni, si ricorda? Era venuto al pub a chiedere di lui? Io mi sono cacato sotto e l'ho buttata nel water».

«Bravo» fece Zuccari.

«Tu sai chi ha ucciso Giovanni e Matteo?».

«No. Non lo so. Io non so né a chi l'hanno rubata e nemmeno chi li ha uccisi. Ho solo paura, dottore. Anche perché magari loro sanno chi sono. E io mi sono fatto due conti. Il prossimo potrei essere io! Ecco perché sono scappato».

Rocco andò alla finestra. «Tu a casa non torni, resti qui. Zuccari, ce l'abbiamo una stanza per Davide?».

«Ce stanno due trans al momento. Possiamo chiedere al magistrato se ci dà una mano?».

«No» disse Rocco. «No, che Davide ce l'abbiamo noi lo dobbiamo sapere io e te e basta». Rocco si voltò verso il ragazzo. «Tu vieni a casa mia e non esci finché 'sta storia non è finita».

Davide annuì.

«Ha un bell'appartamento il vicequestore!» fece Zuccari e Rocco lo gelò con uno sguardo.

«Li avvertite voi i miei genitori? Gli dite che sto bene?».

«Ma perché, non ce l'hai un telefonino?».

«Certo. E lo posso usare?».

«Basta che dici ai tuoi di tenere segreta la cosa» spiegò Rocco con un'alzata di spalle. Davide si mise la mano in tasca e compose il numero di casa.

Il sole era sparito, al suo posto s'erano accesi i lampioni del lungotevere. Rocco aveva lasciato Davide mostrandogli la camera degli ospiti. Gli aveva anche regalato un paio di mutande e dei pantaloni di cotone. Il ragazzo s'era messo a guardare un film su Sky e lui era uscito di nuovo schizzando col motorino verso viale Parioli, casa Massari. Quando arrivò non trovò il portiere. Citofonò, rispose un uomo: «Sì?».

«Vicequestore Rocco Schiavone. Apra!» disse.

«Che succede? Perché a quest'ora?».

«Non faccia domande e apra!» rispose con un tono che non ammetteva repliche. Invece quello rispose: «Io non apro. Aspetto il mio avvocato».

Rocco tirò una manata sul muro. «Va bene, allora l'aspettiamo insieme. Ora mi fa salire oppure torno con una carta del magistrato?».

L'uomo ci pensò su. Poi aprì il cancello.

Trovò Enrico, il padre, con la barbetta alla Cavour e una camicia azzurra col collo slacciato che lo attendeva sulla porta. «Lei non può presentarsi a...».

«Dottor Massari, lei deve ringraziare Iddio che mi presento da solo a casa sua, mi creda!».

L'uomo si scansò e lo fece entrare. «Quando arriva l'avvocato?».

«L'ho appena chiamato. Fra dieci minuti è qui. Posso sapere di che si tratta?».

«Certo. Sua figlia è la chiave nel duplice omicidio di Giovanni Ferri e Matteo Livolsi» disse calmo, con l'intenzione di spaventare l'impeccabile dottor Massari. E ci riuscì perché quello sbiancò. «Co... come?».

«Sua figlia sa perché il suo fidanzato è stato ucciso. Non gliel'ha detto?».

«No... Isabella mi ha solo detto che Giovanni s'era messo in un guaio che...».

«Giovanni ha rubato la cocaina a qualcuno e questo qualcuno gliel'ha fatta pagare. E sua figlia non solo conosceva i piani di Giovanni e Matteo, ma io dico anche che sa chi è il figlio di puttana a cui hanno fregato la roba!».

«Non credo proprio...» cercò di difendersi Enrico Massari sfregandosi la barbetta. «Proprio no. Isabella non le sa queste cose. A me ha detto...».

«Un sacco di cazzate!».

In quel momento la doppia porta di legno che dava nel salone si aprì e apparve Isabella con una maglietta slabbrata indosso e un paio di short. «Isabella!» disse il padre. La ragazza si morse le labbra, intrecciò le lunghe gambe e fissò lo sguardo sul parquet a listoni. «Non lo so a chi l'hanno presa, dottore, glielo giuro!».

«Aspetta l'avvocato Isa!».

Ma quella continuò: «Giovanni s'era messo in testa questa cosa insieme a Matteo. Ma io non lo so a chi l'hanno presa» e scoppiò a piangere. «La prego, mi creda. È così. Io avevo paura. Tanta paura. Lui voleva nasconderla qui da me...».

«A casa mia?» urlò Enrico. «Dico, ma siete usciti di senno?».

«Io gli ho detto di no, papà. Lui l'ha portata a casa della madre. L'ha messa lì».

«Vogliamo sederci?» fece Rocco.

Enrico sembrava congelato. Non riusciva a muoversi. Guardava la figlia col respiro spezzato, come se non la riconoscesse, come se non capisse cosa ci facesse quella ragazza a piedi scalzi nell'ingresso di casa sua.

«Isabella, tu corri lo stesso rischio di Giovanni e Matteo, lo sai?» fece Rocco rincarando la dose adesso che il muro eretto dal signor Massari era miseramente crollato ed era il momento di far entrare le truppe nel castello.

«Io? Per... perché?».

«Perché sai chi sono, loro ti conoscono, e come hanno eliminato i tuoi amici potrebbero fare lo stesso con te. Sono banditi, appartengono a una brutta organizzazione. Tu pensi che ti crederanno quando gli dirai che non sai dove si trova la coca? Pensi che siano come me? Pensi che siano persone tranquille e serene? Hanno ucciso i tuoi amici con una pugnalata alla base del cranio, come bestie al macello! Quelli prima ti violentano, poi ti tagliano a pezzetti e alla fine ti buttano in mezzo ai campi, ecco cosa fanno!».

Enrico Massari tremava. Si appoggiò a un mobile antico in noce, la cosa più solida che trovò a portata di mano.

«E io dovrò venire insieme alla scientifica ad assistere allo scempio che hanno fatto al tuo corpo! Non ti crederanno, Isabella» continuò Rocco con la voce grave, scandendo bene le parole. «Non ti crederanno perché se hanno recuperato la roba di Giovanni e di Matteo, manca ancora un carico. Quello che avete dato a Davide, a Skin. E lui la roba l'ha buttata!».

«Io non ho dato niente a nessuno!» gridò Isabella. «Papà, per favore, credimi! Mi hanno messo in mezzo, ma io non volevo fare niente. A me quelle cazzate non interessano. Papà...» si staccò dalla porta e corse fra le braccia del padre. «Aiutami papà. Io non voglio... io non voglio...» e sprofondò il viso nel petto del dottor Massari che cominciò a carezzarle i capelli tenendo lo sguardo allucinato su una parete.

«Credimi papà... io non c'entro niente...».

«Sì, amore mio, sì. Io ti credo».

«Che sta succedendo?» rimbombò una voce. Avevano lasciato la porta di casa aperta. L'avvocato Sorrentino spettinato e con una camicia rosa era appena entrato. «Enrico!» disse. Poi guardò Rocco. «Lei? Le devo forse ricordare che...».

«Lascia perdere, Federico» fece il signor Massari. «Le cose non stanno come pensavamo. Io credo, anzi io spero che il dottor Schiavone sia qui per aiutarci e non per rovinarci la vita».

«Sono qui per salvarvela, la vita».

L'avvocato guardò il poliziotto senza capire.

«Andiamoci a sedere» fece Massari e tenendo stretta la figlia fece strada verso il salone.

Intorno al tavolo, mentre una cameriera in grembiule a righe bianche e rosa preparava la cena, Rocco, Enrico, l'avvocato e Isabella si guardavano negli occhi.

«Il mio suggerimento» disse l'avvocato, «è di restare a casa, Isabella corre troppi rischi a farsi vedere in giro».

«Potrei dire a tutti gli amici di Isabella che sta male, una colica renale, una febbre?».

«Direi di no, dottor Massari» fece Rocco. «Puzza di scusa e regge poco. Immagino voi abbiate una seconda casa da qualche parte».

«Sì. All'Argentario. Ora c'è mia moglie».

«Bene. Isabella sarà il caso che raggiunga sua madre» propose Schiavone.

«Con quello stronzo di Roberto?» fece la ragazza, la voce gelida come una lama.

«Isa, non è il momento di creare problemi. Credo che ne abbiamo già abbastanza, no?» scattò Enrico.

«Tuo padre ha ragione» intervenne l'avvocato, «è la cosa più sensata. Andare in vacanza adesso non insospettirà nessuno. È estate, no?».

«E se Roberto l'ho sopportato io che ero il marito di tua madre, credo lo possa fare anche tu».

«Quel coglione abbronzato con le sue regate e le mazze da golf di merda!».

«Isabella!» la redarguì il padre. «Non mi piace quando do parli così».

«Bene». Rocco cercò di riprendere in mano la situazione. «Ora io voglio credere che tu, Isabella, non sappia chi era il proprietario della cocaina. E voglio credere anche che Giovanni non ti abbia mai detto un dettaglio, magari involontariamente, di dove sia andato a prenderla. Nemmeno su cosa stesse lavorando suo padre».

Isabella fece no con la testa. Rocco proseguì: «Anche se credervi mi riesce difficile, su questo spero siate tutti d'accordo! Soprattutto dopo il primo incontro che abbiamo avuto proprio qui, in questo salone».

«All'epoca le cose stavano diversamente, dottor Schiavone» fece Enrico. «Io sapevo solo che Isabella e i suoi amici s'erano messi in mezzo a una lotta fra bande rivali per il furto di un paio di iPhone. O almeno» e gettò lo sguardo sulla figlia «questo è quello che mi hai raccontato».

«Isabella, pensaci bene. Non ti viene in mente nulla? Per esempio se ti dicessi delle iniziali» e le ripeté quelle quattro lettere trovate sull'appunto del giornalista, S.S. e L.B., «ti si accende qualche luce?».

Isabella parve riflettere per qualche secondo. «No, dottore, niente».

«Se ti parlo di nigeriani nemmeno?».

Isabella ebbe un fremito. «Nigeriani?».

«Sì. Spacciano sulla strada nelle zone che Alberto Ferri, il papà di Giovanni, stava indagando».

Isabella cominciò a giocherellare con un anello che si era appena sfilato. «C'era un tipo... un nero. Grosso, con i dreadlock, che una volta è venuto al pub a chiedere di Giovanni. Lo so perché era con una macchina enorme, nera, forse un'Alfa, me ne intendo poco. Era arrabbiato, e io non dissi niente. Quando incontrai Giovanni glielo riferii...».

«E lui?».

«Come faceva sempre. Ha alzato le spalle senza dargli importanza. Però io quello lì lo ricordo. Era terribile. Sul viso aveva un taglio proprio qui...» e si indicò lo zigomo destro, «che non si capiva se era un taglio o un tatuaggio. Mi ricordo che ne parlai con Steven... Steven lavora al pub ed è nigeriano. Cioè è nato a Roma ma i genitori sono di lì».

«Lo so, lo conosco» disse Rocco.

«Ma lui non sapeva chi fosse. Però mi consigliò di stare alla larga da quella gente. E lo consigliò anche a Giovanni».

«E lui alzò le spalle?».

«Esatto».

«Porca miseria» mormorò l'avvocato, «ne so qualcosa. Controllano lo spaccio in diverse zone di Roma. Sono delle bande forti e spietate».

«Ma quello che penso io, anzi che spero io, è che quelli siano solo bassa manovalanza. Io voglio arrivare a chi c'è dietro. Le famiglie che si spartiscono il territorio sono della 'ndrangheta, della camorra, e poi ci sono gli zingari. Infilarmi là dentro sarà difficile e pericoloso, ma è da quelle parti che devo andare. Anche se Giovanni, Matteo e il loro amico per quelli sono poco più di una puntura di zanzara».

«Che significa?».

«Vede, dottor Massari, quella è gente che si muove sui grossi quantitativi. Invece io ho la sensazione di avere a che fare con una terra di mezzo, una banda di figli di puttana, magari tollerata dalle grandi famiglie mafiose, che spaccia allegramente in un paio di zone. Lo dico perché se avessimo a che fare con la 'ndrangheta o la camorra, noi i corpi dei ragazzi non li avremmo trovati mai più. Chi li ha uccisi è gente di strada, che si muove per qualche migliaio di euro. Non li sottovaluto, ma sento che è così».

«Sarà mica il caso di coinvolgere la Dia?» chiese l'avvocato.

«Questo lo lasci decidere a me» rispose Rocco. «Quello che vorrei voi faceste adesso è proteggere Isabella, farla sparire per un po' e continuare la vita come se nulla fosse. Io qui non sono mai stato e lei avvocato sta frequentando la casa per una querela a chi cazzo le pare a lei».

Enrico e Sorrentino fecero sì con la testa.

«Bene. Non mi rimane altro. Quando avrò novità vi ricontatterò».

«Non resta a cena con noi?».

«La ringrazio per l'invito, ma ho da lavorare ancora».

Era una bugia, la sua giornata era finita con quella visita. Non voleva lasciare Davide da solo a casa per troppo tempo. Rientrò nell'appartamento e venne aggredito da un profumo di cibo che si spandeva nell'aria. La tavola apparecchiata per cinque. Davide s'era messo un canovaccio davanti ai pantaloni e sorridente gli andò incontro. «Stasera ci mangiamo spaghetti alle vongole e per secondo ho fatto un trancio di tonno con l'erbetta. Va bene?».

«Fammi capire. Dove hai trovato la roba da mangiare? Sei uscito? E perché per cinque?».

Davide indicò il terrazzo. La porta-finestra era aperta. Il vicequestore si avvicinò e vide i suoi amici sbracati sui lettini e sulla sdraio. Sebastiano Furio e Brizio lo videro e alzarono la birra per salutarlo. «Ave!» dissero in coro.

«Fatemi capire».

«Che vuoi capire?» e Brizio si attaccò alla bottiglia. Poi si pulì la bocca. «Abbiamo fatto la spesa che a casa tua in frigo c'erano le ragnatele, c'era 'sto ragazzetto che s'è offerto per cucina'…».

«Dice che ha fatto l'alberghiero e il suo sogno è diventare cuoco» fece Furio accendendosi una sigaretta.

«E allora ne approfittiamo. Lo senti che profumo? Secondo noi 'sto roscetto je l'ammolla!».

Rocco spalancò le braccia. «Ma chi vi dice che m'andava di stare a cena con voi?».

Sebastiano si sporse dalla sedia. «Perché altrimenti la tua sarebbe stata una squallida serata in compagnia dei rimorsi a guardare le zoccole su internet. Dimmi una cosa Rocco» e abbassò il volume della voce. «Ma chi cazzo è 'sto qua?».

Rocco rientrò senza rispondere. Davide stava ai fornelli.

«Come so' entrati?» gli chiese.

«Hanno bussato».

«E tu hai aperto?».

«Sì».

«Davide, cazzo! Ma non sapevi chi fossero!».

Il ragazzo continuava a mescolare col cucchiaio di legno l'acqua con gli spaghetti. «Ispiravano fiducia».

«Quei tre là fuori ispirano fiducia? Quelli? Ma li hai visti bene?».

«Dallo spioncino, sì!».

«E non te sei spaventato?».

«No. Perché?».

«Ma tu hai idea di che gente sia?».

«So' amici suoi, no?».

Non aveva torto. Quei tre ceffi spaparanzati sulle sue sedie, sui suoi lettini prendisole, erano i suoi amici. Da sempre. Da bambini, quando giocavano a calcio in piazza San Cosimato, a Trastevere, e si facevano le seghe spiando nel bagno delle donne del ristorante dalla finestrella su vicolo del Cinque. Avevano diviso tutto. La povertà, il lutto e la gioia, le sigarette e le canne, le ragazze e il matrimonio. Sebastiano era l'orso, lento e rabbioso, rancoroso e peloso. Furio era il ghepardo, rapido, all'erta, vigile, generoso. Brizio era il levriero afgano, bello, con tutti i capelli al posto giusto, leale, fedele e stronzo come pochi. Erano un pezzo della sua famiglia, che Marina aveva accettato col collo torto. Poi piano piano aveva imparato ad amarli, a chiudere un occhio sulle loro attività, a chiudere l'altro sul fatto che un vicequestore della polizia di Stato avesse come migliori amici tre avanzi di galera. Probabilmente ora li odiava, convinta che fossero loro la causa degli impicci di

211

suo marito. Non aveva capito, Marina, che Rocco era così anche senza gli altri tre. Che non sapeva vivere in un altro modo, che ogni tentativo per cambiare pelle non era servito e che il tempo aveva solo cercato di far convivere due anime così contrastanti. E mai avrebbe voluto trovarsi davanti al bivio di dover scegliere fra Marina e quei tre. Ma sua moglie, ammesso lo fosse ancora, non gli avrebbe mai dato un simile ultimatum.

«Ma le vongole l'hai spurgate almeno?».

Davide neanche gli rispose. «Invece pensi al vino. Ho messo in frigo due chardonnay. La pasta fra due minuti è pronta». Poi Davide guardò storto Rocco. «Non mi piace che mi si osservi mentre cucino!».

Rocco annuì e andò al frigorifero a prendere il bianco da portare a tavola.

La cena era veramente buona. Davide dietro il bancone di un pub era sprecato. Aveva il tocco, così si era espresso Sebastiano dopo la prima forchettata di pasta con le vongole, che a suo dire gli ricordavano quelle della Cambusa a Positano. Scolarono quattro bottiglie di vino e per dolce mangiarono i cornetti dell'Algida che Rocco comprava in confezioni da sei e li teneva in freezer. In quei giorni senza Marina più di una volta erano stati la sua cena, il suo pranzo e la sua colazione.

«Ora ti chiederai perché ci siamo invitati a cena!» fece Sebastiano leccando il gelato.

«No, non me lo chiedo più» rispose Rocco.

«Non è perché ci fai pena. Qui da solo, senza Marina... no!» disse Brizio.

«E neanche perché non avevamo un cazzo da fare» aggiunse Furio.

«No, il motivo è un altro. Però il cuoco» e Sebastiano guardò Davide «se ne deve andare sul terrazzo, chiudere la finestra, mettersi le cuffie, cantare ad alta voce...».

Ora tutti fissavano il ragazzo. Che si alzò sorridendo. «Non ho la musica».

«Basta che non spii. Se lo fai ti tranciamo le palle» disse dolcemente Furio.

«Ricevuto!». Davide uscì in terrazzo accostando la porta-finestra che Brizio, per essere ancora più sicuro, fermò girando la maniglia. Poi bussò sui doppi vetri e salutò con la manina Davide che intanto si era acceso una sigaretta.

«Bene. Ci siamo».

«M'è venuto in mente all'improvviso, Rocco» attaccò Brizio tornando al tavolo. «Quando Sebastiano m'ha detto di quelle due iniziali... esse esse. Sandro Silvestrelli!».

«Sandro Silvestrelli?» fece Rocco. «Perché questo nome non mi suona nuovo?».

«Sandro Silvestrelli è un pezzo di merda con cui sia io che Sebastiano abbiamo avuto a che fare tempo fa. Si faceva le tabaccherie in Emilia con un paio di slavi. Un mezzo sfigato».

«Quando arrivò a Roma, nessuno gli dava retta» proseguì Sebastiano. «Io e Brizio gli abbiamo piazzato dei gioielli. E cercò di tirarci la sola».

«Già. È un bel pezzo di merda» aggiunse Furio per chiarire il concetto.

«Perché siete sicuri che si tratta di lui?». Rocco si accese una Camel.

«È una possibilità» fece Furio. «Questo improvvisamente è diventato ricco. Va in giro con la Porsche, fa il coglione nei locali, si scopa le bielorusse da mille euro a notte».

«Potrebbe essere che ha fatto un colpo buono e si gode i frutti, no?».

«Così pensavamo noi tempo fa, Rocco» si intromise Brizio. «Invece ci siamo ricordati, è storia dell'anno scorso, Silvestrelli procurava la roba ai festini de Palazzo Madama».

«Ah!» e Rocco schioccò la lingua. «È salito di livello».

«Già. Roba e zoccole. Ai soliti locali. E manco se la faceva pagare».

«E quando mai quelli di Palazzo Madama pagano?» sentenziò Sebastiano.

«Lui non mi conosce?».

«No, Rocco, non credo. Sforza il cervello e ricordati se l'hai mai incontrato negli ultimi anni».

Rocco faceva no con la testa mentre cercava nei cassetti della memoria. «Ditemi un po' come è fatto, magari aiuta».

«Quando lo frequentavamo noi era bruno, portava i capelli lunghi, tipo un cheyenne, ed era sempre abbronzato».

«È vero». Brizio si allisciò i capelli. «Tanto che lo soprannominavano Cochise. Ma era uno sfigato».

«Mo' i capelli magari se li è tagliati. Però guarda» fece Furio versandosi la scolatura della bottiglia, «io mi ricordo che aveva una cicatrice proprio qui» e si indicò la base del collo. «Come se gli avessero operato la gola».

«Vero. E il naso schiacciato, tipo pugile, solo che non sa mena'!» e Sebastiano sorrise.

«Perché sorridi?» gli chiese Rocco.

«Perché il naso è un regalo che gli ho fatto io quando ho scoperto che me stava a tira' la sola con la storia dei gioielli!».

«Magari mo' se l'è rifatto, se dite che è impaccato di soldi».

«Magari. E magari qualche foto ce l'hai in archivio».

«Un'altra cosa importante». Brizio dette una schicchera sul bicchiere, come per attirare l'attenzione. «Io so che questo ha una copertura, un mobilificio sulla Tiburtina, ma tutto fa tranne che vende mobili...».

«Sulla Tiburtina» disse Rocco. «Questo è interessante. È lì che abbiamo trovato morto Giovanni».

I tre amici annuirono. Rocco restò pensoso per qualche secondo. Sapevano che quando lo sbirro pensava bisognava tacere.

«Sandro Silvestrelli...» poi alzò la testa. «Perché non lo facciamo a Davide 'sto nome?».

«A chi?».

«A quel poveraccio che ormai in terrazzo se sarà fumato un intero pacchetto».

I tre amici si voltarono verso la finestra. Davide era appoggiato alla ringhiera a guardare Roma. «Ma c'è da fidarsi?».

«Seba, questo sta a rischia' la pelle, secondo te perché me lo tengo qui? Magari quel nome gli torna».

Brizio lo andò a richiamare. Davide rientrò, sempre col sorriso. «Ammazza che vista, dotto'... certo a saperlo che un poliziotto guadagnava così, mi ci buttavo pure io nelle forze dell'ordine».

«Lascia perde Davide» fece Sebastiano, «non puoi capire. Senti, mo' noi ti facciamo un nome. E tu ci dici se 'sto nome te torna».

«Dite...».

«Però te devi sede' sennò me se stacca il collo» fece Rocco. Davide obbedì.

«Sandro Silvestrelli» scandì Rocco. Davide restò impassibile. «No. Non mi dice niente».

«E vediamo, se ti dico Cochise?» provò Sebastiano.

«Cochise? No, niente. Che è, un indiano?».

I quattro amici si guardarono. «Ascolta Davide, quest'uomo ha una cicatrice proprio qui, alla base del collo. Gira con macchine costose e piene di mignotte» fece Furio.

«Sempre abbronzato» aggiunse Brizio.

«E ha pure il naso schiacciato, tipo pugile».

Davide guardava il tavolo. Si vedeva che stava pensando. Muoveva appena le labbra, come ripetesse i dettagli che aveva appena sentito.

«No. Non mi dice niente. No, mi dispiace».

«Ha un mobilificio sulla Tiburtina» disse Rocco. Ma Davide scuoteva la testa. «E che mi dovrebbe dire?».

«Ma te a parte cucina' le vongole a che servi?» sbottò Brizio. Davide abbassò gli occhi colpevole.

«Come ti vuoi muovere?» domandò serio Sebastiano.

«Io dico che se vai in quei posti con le divise non scopri niente» suggerì Furio.

«Hai ragione, Furio. Ci penserò».

«Possiamo studiare qualcosa, no?» propose Sebastiano. «Io Silvestrelli lo so dov'è. Tu però Rocco non ti devi far vedere, perché magari sanno chi sei».

«Ma saprà anche che siamo amici».

«E che c'entra? Gli affari so' affari» concluse Sebastiano. «Io e te siamo amici da quarant'anni. Eppure mi sembra che io Furio e Brizio li cazzi nostri ce li continuiamo a fare, no?».

«Su questo hai ragione. E meno me dici e meglio è». Rocco si alzò. Andò alla finestra. «Non lo so... non è un problema vostro, due ragazzi macellati da qualche fijo de 'na mignotta».

«Secondo me i problemi sono tre» sentenziò Furio. «Il primo è che è finito il vino quindi restare qui è assolutamente inutile. Il secondo è che a noi la gente che va in giro a sbudella' ragazzetti non ci piace per un cazzo. Il terzo, ed è quello più importante, è che ci tocca fare una visitina. Perché mai come in questi casi vale la regola del Chitarrella».

Davide sembrava divertito. «E quale sarebbe?».

«Come quando si gioca a carte. Una smicciata vale cento pensate. Andiamo a 'sto mobilificio».

«Ma... adesso?» fece Brizio.

«Adesso» risposero quasi in coro Sebastiano e Furio.

Rocco li guardò e avrebbe voluto abbracciarli. Ma evitò.

Brizio alla guida, accanto a lui Sebastiano, dietro Rocco e Furio. La sera era calda e tenevano il climatizzatore al minimo e i finestrini chiusi. Appena lasciato il grande raccordo anulare quel poco di traffico incontrato era scemato e filavano dritti sulla Tiburtina. «Fosse sempre così» mormorò Brizio concentrato sulla strada. «Ve l'immaginate la Tiburtina deserta come adesso, che so? il lunedì mattina?». Ma nessuno rispose. La Mercedes nera e silenziosa odorava di pelle e di nuovo. Gli alberi piantati lungo la strada sfrecciavano come soldati sull'attenti. «Quando ero piccolo, già a quest'altezza potevi vedere le lucciole» disse Furio guardando fuori dal finestrino. Nessuno commentò. «Posso fuma'?» chiese Sebastiano. Brizio fece no con la testa. «Stella odia la puzza di fumo in macchina. E poi l'ho presa da tre mesi, già me la vuoi impesta'?».

Passarono davanti alla cava. Due neon piazzati sui pali illuminavano il cancello. «Ecco. Giovanni l'abbiamo trovato qui» disse Rocco. Gli altri si limitarono a buttarci un'occhiata.

Si lasciarono la macchia di luce azzurra alle spalle, nel buio della notte. Dopo una curva e un rettifilo incrociarono il benzinaio, quello che dava sul retro della cava. «Manca molto, Seba?».

«No. Se non mi ricordo male dobbiamo fare un altro paio di chilometri».

«Qual è il piano?» domandò Brizio.

Sebastiano cominciò ad organizzare. «Allora, io direi che tu, Brizio, te ne stai in macchina e aspetti col motore acceso. Io Furio e Rocco entriamo. Furio resta sulla porta del mobilificio, io e lo sbirro andiamo in giro».

«Va bene» fece Brizio.

«Perché io sulla porta?».

«Perché non sappiamo se c'è sorveglianza. E nel caso, qualcuno che controlla i movimenti ci serve».

«Seba, perché non resti tu?» protestò Furio.

«Perché so' grosso e me se vede».

«Io fuori mi rompo i coglioni. Vabbè. La prossima volta però io entro e tu stai sulla porta».

«La prossima volta?» fece Rocco.

«Eh! Perché secondo te questa è l'ultima cazzata che facciamo?».

«Ecco, il mobilificio è quello!» fece Sebastiano puntando un dito dritto davanti a sé. Una volta doveva essere una fabbrica. Due corpi, identici, con il tetto piatto. Una ciminiera di mattoni di lato, era circondato da una recinzione di ferro e cemento. Lo superarono guardando dentro il cortile. Potenti fari alogeni lo illuminavano quasi a giorno. Tre vetrate, buie, lasciavano intravedere i mobili all'interno. Accanto all'entrata principale, una doppia porta di vetro e ferro, buia anche quella, c'era una piccola finestra illuminata. Davanti erano parcheggiati due furgoni con l'insegna «Mobili Silvestrelli». Brizio rallentò per permettere a Rocco di osservare il cancello.

«Telecamere di sorveglianza sull'ingresso».

«Già» fece Sebastiano. «E se guardate bene ai lati del cancello, vedete quei piccoli parallelepipedi con le lucine?».

«Embè?».

«Sensori. Io punterei sul retro...».

Percorsero altri cento metri e dopo una curva Brizio accostò. «Bene. Allora io mi fermo qui. Giro il muso della macchina verso Roma. Cellulari attaccati».

Furio e Sebastiano aprirono gli sportelli. «Ce l'hai una lucetta, Bri'?».

Brizio aprì il cassetto dell'auto e allungò una piccola torcia a Sebastiano. La provò. Funzionava.

«L'ho presa dai cinesi» gli disse, «nun te fida' troppo».

«Pinze ce l'hai?».

«Dietro» e aprì il cofano. Sebastiano prese la scatola degli attrezzi, afferrò le pinze, ne saggiò il funzionamento e chiuse lo sportellone. «'Nnamo!» disse e i tre amici si mossero. Attraversarono la Tiburtina, scavalcarono il guardrail e sparirono. Brizio fece manovra a fari spenti per preparare l'auto.

Ora che le luci della città erano lontane, le stelle erano esplose come un fuoco d'artificio. Rocco le osservava mentre attraversavano il pratone verso il retro del mobilificio. Tante volte s'era ripromesso di studiarle per poter dare un nome a quelle lucciole, e ogni volta aveva abbandonato l'impresa. Si ricordò di una notte, su un colle a Montelibretti, dove un astronomo con un laser puntato sul cielo stellato indicava gli astri uno ad uno e li nominava, parlando della loro storia, delle costellazioni che formavano. Rocco e Marina s'erano persi con gli occhi e con la mente a pensare alle distanze, al silenzio e a quei punti che avevano guidato eserciti, marinai e innamorati. Occhi lontani, testimoni da sempre dei fatti degli uomini, avevano assistito ai momenti più gloriosi e alle più atroci nefandezze. Erano ancora lì. Qualcuna forse era già morta.

«Se nun guardi per terra inciampi» lo richiamò Sebastiano. Rocco sorrise. La luce era poca, solo un quarto di luna che si dondolava nel cielo, ma era meglio così. Dopo aver superato sterpi, mondezza, fossi e un piccolo rigagnolo, finalmente arrivarono sul retro. Furio saggiò i pali della recinzione. Duri e immobili. «'Sti pali li hanno messi da poco. Sono nuovi».

«Pure la rete» fece Sebastiano. «È roba nuova di pacca...».

«Da questa parte almeno non ci sono telecamere e sensori» aggiunse Rocco.

«Pare di no» fece Furio girando lo sguardo intorno alla barriera di metallo. «Niente allarmi allora, possiamo provarci, no?».

«Ci sono quelle, però, Furio» e Rocco indicò due ombre nere accucciate sotto il tetto del mobilificio.

«Cazzo so'?» disse Furio.

«A vederli così direi rottweiler. Non mi paiono puri. Quello a destra per esempio ha un po' di pastore dentro. Non saprei se...».

«Rocco, bastava che dicevi cani! Chissenefrega del pedigree». Furio non li amava i cani. Li rispettava, ma non era mai riuscito a entrarci in confidenza. Suo padre aveva un cocker, si chiamava Andrea. Era matto. Passava dalla calma all'aggressività senza un motivo apparente. Potevi carezzarlo per mezz'ora sulla pancia e quello muoveva felice il mozzicone di coda per poi aggredire improvvisamente con i denti sguainati come sciabole, in un'apoteosi di bava latrati e ringhi. Nessuno ci capì mai qualcosa con quella bestia. Non rispettava nessuno ma amava tutti. Furio fu morso tre volte sul naso e due volte alla mano destra finché un giorno decise di non voler più avere niente a che fare con Andrea. E quando il padre gli ordinava di portarlo fuori, lui semplicemente lo sguinzagliava per Trastevere. Andò tutto bene fino alla notte della vigilia di Natale del '76, quando Andrea, libero e felice, inseguendo un piccione, finì arrotato dal 23 e del cocker psicotico rimase un ciuffo di peli biondi incastrato nel parafango del mezzo pubblico.

«Io li odio i cani».

«Che mica se capisce perché, Furio!».

«So' stato morso da piccolo!».

«Che c'entra, pure io» fece Rocco aggrappandosi alla rete, «però li amo».

«Allora famme vede un po' come risolviamo il problema cani da guardia?».

«Gli devi far capire che sei più forte».

«E come? Je faccio un disegno?».

«Guarda e impara, cazzone». Rocco prese un bastone. «Dammi la pinza, Seba!». Quello gliel'allungò. Poi il vicequestore cominciò a scalare la rete. Le Clarks si infilavano fra i buchi del metallo. I cani restavano accucciati al buio senza muoversi. Sebastiano e Furio osservavano l'amico poliziotto in quella scalata verso il suicidio. «Occhio alle palle, senti a me» suggerì Sebastiano.

«Me lasci la foto autentica di Cordova con la firma?» gli disse Furio.

«Io voglio la collezione di accendini Ronson. Dai, quella me l'avevi promessa!».

«Andate a fanculo tutti e due». Era arrivato in cima alla rete. Ora doveva evitare il filo spinato. Afferrò le pinze, stava per tranciarlo quando i fari di un'auto tagliarono il buio.

«Blòccate!» gridò con la voce strozzata Sebastiano. Rocco si fermò. Guardarono tutti verso l'ingresso. Un furgone stava entrando nel mobilificio. Un uomo vestito di nero gli stava aprendo il cancello. Il vicequestore era troppo visibile, veloce scese dalla rete riunendosi al gruppo. «Chi è?». Sebastiano chino a metà si stava portando verso l'entrata. Furio e Rocco lo seguirono. I due cani erano rimasti nell'ombra, accucciati. I tre amici corsero per una ventina di metri fino all'ingresso principale. Il furgone aveva parcheggiato. Era sceso un uomo che fumava. Alto, pelato, con un paio di baffi neri. Sebastiano aguzzò la vista.

«Che c'è?» gli chiese Rocco.

«Niente... mi pare... no, niente».

L'uomo gettò la sigaretta e mollò una pacca al guardiano che gli fece strada all'interno dell'edificio.

«Che facciamo?» chiese Furio.

«Ora niente. Aspettiamo».

Nessuna luce si accese nel mobilificio. Se ne stavano acquattati senza togliere gli occhi dall'entrata principale. «Io però quello lo conosco...» sussurrò Sebastiano. «Quello che è arrivato col furgone». Rocco e Furio lo guardavano. «Solo che non me ricordo...».

Una civetta gridò da qualche parte nella notte. La luna se ne stava sempre lì, muta e solitaria in mezzo al panno nero del cielo. «Me stanno a formicolà le gambe» disse Furio.

«Stendile» suggerì Rocco, «sennò quando ti alzi non riesci a camminare».

Furio eseguì. Una porticina laterale si aprì. L'uomo coi baffi uscì seguito dal guardiano. Portava due scatole di cartone. Le caricò sul furgone. Rocco afferrò il cellulare. «Sbrigamose!» e scattò verso la strada. Sebastiano e Furio lo seguirono mentre il vicequestore, cellulare alla mano, saltava fossi e sterpi. «Brizio, mi senti? So' Rocco».

«Ma allora? Quanto ce state a mette?».

«Esce un furgone dal mobilificio. Noi arriviamo, tu accendi il motore e luci spente».

«Ricevuto».

Il furgone intanto stava ripartendo e già era arrivato al cancello del mobilificio. Rocco Sebastiano e Furio saltarono il guardrail proprio mentre il mezzo girava verso Roma. Brizio aveva acceso il motore e li aspettava. I tre montarono veloci sulla Mercedes nera che partì a fari spenti a una cinquantina di metri di distanza.

«Oh, allora?» chiese Brizio.

«Allora seguiamo un po' il tizio».

«Buco nell'acqua!» disse Sebastiano.

«Mica tanto, Seba» fece Rocco mentre Brizio accendeva finalmente i fari dell'auto. «Cani addestrati, sorveglianza, probabilmente sensori anche sul retro, sul davanti telecamere...».

«Che vuoi dire, Rocco?».

«E in più tutta roba nuova, messa da poco. Non vi sembra un po' troppo per un mobilificio?».

«In effetti» concordò Furio. «Un po' troppo».

«Vuoi dire che ci abbiamo visto giusto?» disse Brizio.

«Non lo so. Vuol dire che la cosa puzza, comunque...».

Il furgone filava verso Roma.

«Tieni la distanza, Brizio» disse Furio seduto davanti a controllare le luci posteriori del mezzo.

«Perché vi siete fissati co' 'sto furgone?» chiese Brizio.

«Perché mi pare strano un carico merci a quest'ora di notte, no?» fece Rocco mentre si appuntava il numero di targa sul retro di uno scontrino.

«Luigi Baiocchi!» urlò all'improvviso Sebastiano, tanto che Brizio quasi frenò la corsa dell'auto.

«Che stai a di'?».

«L'uomo nel furgone, coi baffi, mo' mi sono ricordato. Io lo conosco. È Luigi Baiocchi».

«O porca...» fece Brizio.

«Hai ragione, è vero. Me pareva anche a me di conoscerlo». Furio si girò verso Rocco e Sebastiano. «Luigi Baiocchi...».

«Luigi era uno che stava nei pezzi di ricambio delle auto» sputò Sebastiano.

«Una volta. Poi s'era messo in mezzo a un giro di ricettazione. Ma grosso. Stereo, elettrodomestici, computer» disse Furio mentre Rocco si accendeva una sigaretta.

«Cazzo, Rocco, te l'ho detto, è nuova!» protestò Brizio, ma Schiavone aprì appena il finestrino e soffiò il fumo fuori.

«Luigi Baiocchi è un vigliacco» continuò Furio. «Uno che spara alle spalle».

«Fammi capire, ricettazione in che senso?» chiese Rocco.

Intervenne Sebastiano. «Lui e un amico suo, Corrado Pizzuti, il topo, quello piccoletto con la faccia da cazzo, conoscevano gente a Civitavecchia, al porto. E si facevano i container dal Giappone».

Rocco gettò la sigaretta e richiuse il finestrino. «Vi è chiaro?» chiese agli amici. Quelli fecero no con la testa. «Luigi Baiocchi. L.B. E Sandro Silvestrelli è S.S.».

«Porca troia, è vero!».

«Può anche essere una coincidenza, Seba, ma io alle coincidenze ci credo poco».

«Resta da capire che vuol dire quella formula strana sull'appunto del giornalista» disse Furio. «Te la ricordi?».

«Ormai la so a memoria per quante volte l'ho letta: SLR U 971197 trattino 8».

«Giocateli. Hai visto mai?» disse Brizio.

Superarono il carcere di Rebibbia, davanti al quale Furio, Brizio e Sebastiano si grattarono i testicoli. Poi Ponte Mammolo e via di Pietralata. Qualche macchina s'era messa in mezzo ma l'occhio di Furio era concentrato. «Sta girando per via dei Monti Tiburtini».

«E pure noi» fece Brizio.

Il furgone veloce si infilò in via Meda. La Mercedes di Brizio gli stava alle calcagna. Arrivati a via Bardellini il furgone cominciò una serie di svolte improvvise.

«Secondo me ci ha visto» fece Brizio.

«Tu non lo mollare!».

Il Ducato girava a destra e a sinistra nel dedalo di strade. Prese una via contromano accelerando. Era chiaro che Luigi Baiocchi s'era accorto di essere seguito.

«Che facciamo, lo fermiamo?».

«No, Brizio. Continua a stargli dietro. Lui non sa chi siamo».

Poi a via Yambo il furgone sparì.

«Dove cazzo è?» fece Sebastiano. Lo videro passare tre strade più avanti, ancora contromano, veloce e a fari spenti. «Là!» gridò Furio. Brizio girò l'auto e cercò di raggiungerlo quando un motorino senza targa con un uomo a bordo schizzò dal buio in direzione opposta verso via Facchinetti. Sul sellino aveva le due scatole prelevate dal mobilificio.

«Cazzo!» gridò Brizio. «Che facciamo?».

«Non lo prendiamo» disse Rocco. «Col motorino ci semina quando vuole».

Brizio allora frenò. «Scegliamo il furgone?».

«No. Scegliamo di stare fermi. Torniamocene a casa, io ho visto abbastanza. Abbiamo un vantaggio, teniamocelo».

Brizio annuì e tornò verso la Tiburtina. «Qual è il vantaggio, scusa?».

Ma Rocco non rispose subito. Seguiva i suoi pensieri. «La cosa era organizzata» disse. Gli amici aspettavano il resto in silenzio. «Uno che arriva in piena notte con un furgone, preleva due scatole dal mobilificio e le scambia seminandoci con un uomo in motorino non è una cosa improvvisata».

«Su questo sono d'accordo» sentenziò Sebastiano. «Come se Luigi Baiocchi sapesse».

«In effetti non è una coincidenza. Stanno sul chi va là» e Brizio scalò la marcia per affrontare la curva del Verano.

«Ci avranno visto arrivare con le telecamere a circuito chiuso. La guardia notturna avrà dato l'allarme e per non rischiare hanno portato via quei due pacchi?».

«Non lo so, Furio. Può essere».

«Perché avevano paura che scoprissimo qualcosa?» chiese Sebastiano.

Ma Rocco non rispose. Continuò il viaggio in silenzio fino a casa.

Quando rientrò nell'attico di via Poerio trovò l'appartamento in ordine. Davide aveva sparecchiato e fatto i piatti. Era seduto sulla poltrona davanti al televisore acceso. «Mi scusi, stavo guardando...».

«Tranquillo Davide. Tranquillo. Hai messo tutto a posto. Grazie, ma guarda che qui viene una donna a fare le pulizie».

Davide sorrise.

«Che guardi?».

«Un vecchio film western».

«E com'è?» chiese Rocco. Sul monitor una diligenza era inseguita da un gruppo di indiani inferociti.

«Non lo so. Un po' lento. Succede poco. E poi a me il bianco e nero non piace. Non lo so, mi sa di finto. Lei come è andata?».

«Niente di che. Buco nell'acqua...» e se ne andò pensieroso in cucina a prendere un bicchiere d'acqua. «Me ne vado a letto. Quando hai finito spegni».

«Sissignore. E grazie» fece Davide.

Rocco andò in bagno, si spogliò e si mise a letto. Fissava il soffitto e ascoltava il proprio respiro. La televisione dal salone gli faceva compagnia. Improvvisamente il sonoro si azzittì. Segno che Davide aveva spento. Lo sentì muoversi in salone e andarsene in camera chiudendo la porta. Rocco guardò l'ora. Erano le due. Decise di aspettare un'ora almeno, far sprofondare Davide al livello 4 del sonno per poi agire. Faceva caldo e la finestra aperta non aiutava. L'aria era ferma. Sentiva il gocciolare lieve dei rubinetti per l'innaffiamento automatico dal terrazzo. Un gabbiano sgraziato lanciò due grida alla notte. Girò il volto sul cuscino e guardò la finestra. Polvere e fumo s'erano addensati sul cielo grigio coprendo le stelle. Avrebbe potuto leggere, ma sarebbe stato inutile. I pensieri non gli avrebbero concesso l'attenzione che ci voleva per immergersi nel romanzo che aveva cominciato ormai da un mese, dopo le insistenze di Marina, e che non andava oltre pagina 63. Guardò l'ora. Le due e mezza. Ancora trenta minuti a rigirarsi nel letto. Marina dormiva? O era sveglia come lui? Magari stava ripensando alle parole che s'erano dette nella basilica inferiore di San Clemente. Era bella la storia di Teodora e del prefetto Sisinnio. Lui e i soldati accecati dal Santo si portarono a casa solo una colonna, invece della moglie. Era una metafora? Quella storiella era diretta a lui? Questo avrebbe riportato a casa, un pezzo di marmo? Non poteva essere. Era sua moglie che doveva tornare, se l'avesse voluto, chiudendo gli occhi e perdonando. Accecandosi, insomma. Come i soldati del prefetto romano. La situazione ribaltata. Lei che scopre che il marito ha un'altra fede e allora scappa. E per tornare deve diventare cieca, e forse anche un po' sorda. Lì c'era il santo che faceva il miracolo, la magia dell'accecamento. Qui no. Nessuno l'avrebbe aiutato o avrebbe aiutato sua moglie. Dovevano fare tutto da soli. Gli tornò in mente un verso di una canzone. «È un mondo adulto. Si sbaglia da professionisti». Le scelte le facciamo noi, non siamo figli e non abbiamo bisogno di un padre a cui dare la colpa o a cui affidarci per la salvezza. San Clemente non c'è, e non c'è neanche Dio. C'erano lui e sua moglie, nudi uno di fronte all'altra a guardarsi e a cercare di capire se continuare insieme lungo la strada oppure no.

Le tre. Si alzò piano dal letto. Il pavimento, almeno quello, era fresco. Uscì dalla stanza. La casa era buia ma dalle finestre entrava abbastanza luce. Girò in corridoio e arrivò alla porta della stanza degli ospiti. Accostò l'orecchio. Sentì il respiro del ragazzo, profondo. Aprì la porta, abbassando piano la maniglia. Davide era a letto, steso su un fianco, dormiva con un braccio abbandonato sulla testa. Aveva chiuso le imposte. Il cellulare accanto alla bottiglia d'acqua sul comodino di sinistra. Un passo dopo l'altro, poggiando bene prima il tallone poi la pianta, Rocco lo raggiunse. Lo prese. Arretrò senza levare lo sguardo dal ragazzo che continuava a dormire sereno. Chiuse la porta e si ritrovò in corridoio e poi in salone. Aprì la memoria del Nokia per risalire alle ultime attività. Alle ore 23:05 Davide aveva telefonato a un cellulare registrato sulla rubrica con il nome di Emeka e alle 01:35, sempre da quell'utenza, aveva ricevuto una chiamata. Segnò il numero su un foglietto. Tornò dall'ospite, poggiò il telefono sul comodino e lieve come le ali d'una farfalla lasciò la stanza.

Aveva dormito le poche ore che restavano. Un sonno agitato, caldo, sudato e appiccicaticcio. Lasciato un biglietto a Davide, era poi uscito di casa.

Salutò l'agente di turno in portineria ed entrò nel corridoio che portava alla sua stanza. De Silvestri gli andò incontro. «Buongiorno, dottore. Ho una notizia brutta e una bella».

«Madonna Alfre', so' appena arrivato!».

«Comincio con la brutta, che è brutta assai!».

Rocco si preparò ad ascoltare prendendo un bel respiro. «Vai».

«Alberto Ferri, il giornalista. Non ha passato la notte».

«Cazzo!» e tirò un cazzotto sulla porta. «Era l'unico che ci poteva spiegare qualcosa. Mai una botta di culo? Mai!». Poi guardò l'agente. «Mi dispiace, porca miseria».

«Come sta Davide?».

«Dorme, beato a lui. E cucina da dio».

«Lei invece ha le occhiaie».

«Lasciamo perdere. Oh, Alfre', sto aspettando la notizia bella!».

«Ha chiamato Gizzi».

Rocco scosse la testa. «Dov'è la bella notizia?».

«Quello che le deve dire».

Rocco fece una smorfia. «Vado a chiamarlo». Dopo due passi verso l'ufficio, si bloccò per richiamare il vecchio agente. «Alfredo!».

«Dica» fece quello tornando indietro. Rocco si infilò una mano in tasca. «Mi piacerebbe sapere questo numero di cellulare a chi appartiene. Sul cellulare era registrato a un nome, Emeka. Ci metti tanto?».

«La postale ci mette un attimo. Altro?».

«Dimmi tutto, Gizzi».

«Hai avuto un bel culo, Schiavone!».

«E sentiamolo va'...».

«L'impronta sul self service del benzinaio vicino alla cava... siamo risaliti. Si tratta di Luigi Baiocchi. Parecchi precedenti penali. Nel 2002 per esempio...».

«Lo conosco, Gizzi, senza che mi fai il curriculum. E sei abbastanza certo si tratti di lui?».

«Al confronto dattiloscopico ci risultano addirittura 17 punti in comune fra le due impronte. Quindi direi proprio di sì. Luigi Baiocchi la sera del delitto ha fatto benzina in quel self service. Ti suona?».

«Come l'Ave Maria di Schubert, Gizzi. Bella notizia, grazie».

«Dovere» e riattaccò.

Rocco poggiò le mani sulla scrivania. Era arrivato il momento della canna, poi chiamare Sasà D'Inzeo. Mentre accendeva lo spinello valutava se era il caso di andare a fare una visita al mobilificio, magari senza dare nell'occhio. S'era convinto che Silvestrelli avesse capito tutto. E la risposta stava nel cellulare di Davide. A chi apparteneva il numero col quale il ragazzo aveva comunicato la scorsa notte mentre era solo? Ma doveva tentare. Anche solo per annusare, osservare, sentire che puzza ci fosse da quelle parti. Gettò la canna fumata a metà dalla finestra poco prima che qualcuno bussasse. Rocco non gridò «avanti!». L'odore di marijuana era troppo evidente, e lasciando aperta la finestra nonostante l'aria condizionata andò ad aprire. Si trovò davanti l'agente Parrillo. «Si può?».

«No. Che c'è?».

«De Silvestri non ha trovato nessun nominativo per quel numero di cellulare» e aprì il foglio che teneva in mano. «Quello registrato a nome Emeka».

«E ti pareva? Emeka, che cazzo di nome sarà?».

«Non lo so. Non è italiano, mi sa».

«Bravo Parrillo, e qui dimostri tutta la stoffa di detective che ti ha portato nelle forze di polizia. Che nazionalità è?» si chiese mentre andava al computer per una veloce ricerca su internet.

«Boh!».

«Ah, qui per esempio c'è un calciatore che si chiama Emeka ed è nato a Lagos».

Parrillo si illuminò. «Ah Lagos, che è tipo Vietnam?».

«Madonna Parrillo! Lagos, no Laos. Lagos è la capitale della Nigeria!».

«È africano!».

«Vaffanculo Parrillo. Comunque grazie!» gli diede una pacca e uscì dalla stanza.

«Ma io non ho fatto niente!».

«Appunto» gli gridò Rocco attraversando il corridoio del commissariato a passo veloce.

«Alfredo, rimediami un'agente donna sveglia, che mi accompagni».

«Dove?».

«In un posto. Ce l'abbiamo?».

«Sveglia?».

«Esatto».

«Luisella?».

«Alfre', ho detto sveglia. Luisella non rientra nell'opzione».

«Aspetti, mi faccia pensare...». Si mise la mano sul mento.

«E possibilmente carina. Il che esclude Luisella».

«Perché carina?».

«Deve poter passare per mia moglie».

«Ha un'alta opinione di sé!».

«Tu guarda Marina e dimmi se mi sono sbagliato. Lascia perdere che stamattina non mi daresti una lira, ma sappi Alfre' che io piaccio. Non so perché, ma piaccio» e gli fece l'occhiolino.

«Ce l'ho! Arrivata neanche un mese fa».

Rocco lo guardò storto. «Arriva un'agente carina e

intelligente da un mese e io so' l'ultimo a saperlo? Alfredo, che ti sta succedendo?».

«Troppo lavoro, dottore. Faccio venire in ufficio?».

«In borghese».

«Buongiorno». Rocco la guardò. I denti candidi risaltavano sulla carnagione abbronzata, sui capelli ricci castani e le lentiggini puntellavano il naso e gli zigomi. Il vicequestore si alzò in piedi: «Schiavone. Ben arrivata».

«Agente Elena Dobbrilla» si strinsero la mano. Quella di Elena era gelida.

«Dobbiamo andare in un posto. Ti chiedo il sacrificio di fingere di essere mia moglie. Ti va?».

«Finché si finge...» rispose l'agente. Rocco sorrise e uscirono dall'ufficio. Nuvole nere s'erano addensate sul cielo di Roma. Un tuono avvertì che fra poco sarebbe venuto giù il solito acquazzone tropicale.

Fradici per la pioggia presa dal parcheggio all'ingresso del mobilificio, Elena e Rocco entrarono nel negozio. L'aria era gelata, tanto che Elena ebbe un brivido.

«Ma un ombrello no?» disse l'agente asciugandosi le mani sui jeans grigi. Le scarpe da jogging erano fradice come i capelli che avevano perso i ricci e spalmati all'indietro facevano risaltare ancora di più gli occhi.

«Ma uno po' pensa' che a luglio piove?».

«Lo so dottore, ma fa così da giorni...».

«Vabbè, vogliamo lavorare o continuare co' 'sta cazzata del tempo?».

C'era un odore forte di cera mista a olio per legno. Il mobilificio era uno stanzone di un migliaio di metri quadrati stipato di mobili etnici. Clienti si aggiravano con centimetri di stoffa osservando con attenzione cassetti, ante e serrature. Le zone erano divise per provenienza. Thailandia, Cina, India, Messico. Quei colori sgargianti e le decorazioni floreali sarebbero piaciuti a Marina, pensò Rocco.

«Mi faccia capire, la conoscono?».

«Probabile, Elena».

«Che facciamo?» chiese l'agente sottovoce a Rocco.

«Guardiamo! Non devi arredare casa?».

«Dottore, nel mio monolocale non entra più neanche un chiodo».

Si aggiravano fra i mobili, ogni tanto la ragazza apriva un cassetto e ci guardava dentro. «Che speri di trovare?» le chiese Rocco.

«Boh... faccio come ha detto lei. Fingo di essere interessata... ma costano una follia!».

«So' etnici» le rispose Rocco strizzando l'occhio.

Un uomo si fece avanti. Con una bella camicia bianca guardò dritto i due poliziotti e sorrise. Capelli lunghi e unti, portava un pizzetto, quasi un ricamo sul mento. «Posso aiutarvi?».

«Davamo un'occhiata. Sono antichi?» chiese il vicequestore.

«Alcuni. Altri no. Ecco spiegate queste grosse differenze di prezzo. Per esempio» e si avvicinò ad un armadio cinese nero «questo è antico. E costa seimila euro. È della fine dell'Ottocento. Questo accanto, blu, solo milleduecento. Viene dai nostri artigiani...».

«Vostri?».

«Sì, lavoriamo con diversi artigiani mobilieri in tante parti del mondo. A cosa siete interessati?».

Elena guardò Rocco, poi sfoderò il miglior sorriso che avesse: «Credenze e madie. Ci piacerebbe vedere quelle messicane. Io e mio padre dobbiamo arredare un albergo... il nostro albergo a Bracciano».

Rocco la fulminò con lo sguardo.

«Che c'è, papà?».

«Niente...» fece il vicequestore.

«Allora di qua!» disse il commesso con gli occhi luminosi, già assaporava una vendita di un certo livello. Poi con un gesto energico indicò l'altra parte della sala. I mobili centroamericani erano disposti sulla parete più lontana dell'edificio, vicino a delle finestre interne che davano su degli uffici.

Brava Elena, pensò Rocco.

Aveva chiesto di vedere i mobili sudamericani perché da quella zona si potevano osservare meglio l'esposizione e le stanze interne.

«Ma non eravamo marito e moglie?» sussurrò Rocco.

«Mi creda, così è molto più credibile».

«Stronza».

Elena rise a denti stretti.

«Ecco, se volete... qui abbiamo alcune madie che vengono dal Chiapas. I prezzi sono da stornare del 30 per cento» disse il venditore con un sorriso. «Se poi l'acquisto è di una certa consistenza, lo sconto aumenta di almeno un altro 15 per cento» e consegnò un biglietto da visita a Rocco: Fabio Inchingolo, responsabile vendite. Seguivano i numeri di cellulare e la mail. Il vicequestore intascò il bigliettino. «Ottimo» disse.

«Papà, guarda che meraviglia questa credenza. Alla mamma piacerebbe un sacco!».

«Dici?».

«Starebbe bene nella reception».

«Sua figlia ha ragione» si intromise Fabio Inchingolo aggiustandosi la lunga chioma gelatinata, «come colpo d'occhio per un cliente appena arrivato sarebbe il massimo...».

«Mia figlia non capisce un cazzo» fece Rocco. «La reception è minimalista, quante volte te lo devo ripetere, Elena? Si figuri che neanche avremo chiavi appese. Solo un concierge che accompagna con le tessere la clientela. Quindi, Elena cara, fa' dire a tuo padre e chiudi la bocca!».

Il commesso imbarazzato si grattò il pizzetto. «Ho capito. Vi lascio tranquilli» e sparì dietro un'enorme credenza gialla e blu.

«Bella mossa, capo».

«Io ho bisogno di dare una controllata in giro. Ce la fai a tenere impegnato belli capelli per una decina di minuti?».

«Altroché... papà!».

Rocco si morse le labbra. «Non credere di passarla liscia, agente Dobbrilla. Prima o poi in commissariato ci torneremo».

La ragazza si girò di scatto e andò incontro al venditore che aspettava accanto a un tavolo per dodici persone di legno blu decorato con una fioritura di margherite gialle e bianche.

«Vogliamo fare due chiacchiere per il trasporto?» gli disse. «Siamo interessati a diversi pezzi! Soprattutto camere da letto. Però indonesiane». Quello sorrise e indicò un'altra ala del negozio. «Andiamo pure. Suo padre?».

«Lo lasci perdere... facciamo noi. Non è che per caso ha anche un asciugamano?». Rocco aspettò che sparissero dietro le credenze e poi si avvicinò all'ufficio. Scrutò l'interno. Una ragazza seduta alla scrivania stava guardando delle fatture. Una sola scrivania e due schedari completavano l'arredo. Il vicequestore guardò la sala espositiva. Fabio Inchingolo e Elena erano arrivati ai mobili indonesiani e chiacchieravano. Prese il cellulare, il biglietto da visita di Fabio Inchingolo e compose il numero del mobilificio. Vide la ragazza all'interno sollevare il cordless.

«Mobilificio Damai, dica pure...».

«Salve, sono Restelli... ho un problema con una consegna, posso parlare con Fabio Inchingolo?».

«Un momento che chiamo l'interno».

Spiò la segretaria premere un pulsante e attendere. In quel momento, nell'ufficio del responsabile vendite il telefono stava suonando. Ma Fabio era ancora impegnato con Elena a guardare un letto col baldacchino.

«Mi scusi, non risponde... sarà in giro con qualche cliente».

«Senta, per favore, è estremamente urgente. Ho il camion sulla strada in doppia fila... me lo cerchi, sia cortese».

La ragazza alzò gli occhi al cielo, con una spinta allontanò la sedia e cordless in mano uscì dall'ufficio. Alle sue spalle, veloce, il vicequestore sgattaiolò all'interno. Si fiondò sulle bolle d'accompagnamento e cominciò a guardare i documenti. Erano tutte consegne di mobili provenienti da Cina e India. C'erano segnati trasportatori, cifre, valute estere. Buttò un'occhiata alla finestra interna che dava nella sala e vide che la donna era arrivata ai mobili indonesiani e stava consegnando il telefono a Fabio Inchingolo. «Pronto?» sentì risuonare al cellulare, ma non rispose. Si lanciò nel primo schedario. Lo aprì. Erano tutte fatture di contabilità del 2006, l'anno precedente. Nomi di fornitori, di clienti, niente di interessante.

«Pronto, ma chi è?».

«Fratte zecherle in farbens?» bofonchiò Rocco aprendo il secondo schedario.

«Come? Non la sento!».

«Mi passi...» poi non aggiunse altro. Il secondo schedario era vuoto. A parte due cartelline con su scritto: «Vettori». Vide la ragazza che a passi veloci stava tornando in ufficio. Era in trappola. L'avrebbe visto uscire. Afferrò una delle due cartelline, aprì la finestra e rapido la scavalcò, proprio nel momento in cui la segretaria sbuffando tornava al suo posto di lavoro.

Fuori, accucciato sotto la finestra, Rocco si guardò intorno. Aveva smesso di piovere. Era sbucato sul retro del mobilificio, non lontano dalla rete dove la notte prima lui e i suoi amici spiavano le mosse di Luigi Baiocchi. Strisciò lontano per non essere visto, poi si alzò in piedi diretto verso l'entrata. Teneva la cartellina sotto il braccio. Sentiva le telecamere di sicurezza puntate addosso. Finse tranquillità e continuò a camminare.

Poi se li ritrovò davanti.

Ci aveva azzeccato. Erano due rottweiler, anche se quello di destra non era puro. Gli sbarravano la strada guardandolo con gli occhi vuoti dell'assassino, i denti in vista, un filo di bava che colava dalla bocca digrignante. Silenziosi, i muscoli tesi, il pelo lucido di acqua, le dentature bianche, due fucili con il colpo in canna.

Via la paura, via la paura, via la paura, pensò Rocco stringendo appena i pugni. Poteva abbassare lo sguardo, avrebbe significato sottomissione? Come avrebbero reagito? Oppure continuare a guardarli negli occhi? E se l'avessero interpretato come sfida?

Arretrare guardandoli negli occhi, far capire che non sei pericoloso, ma che te ne vai dal loro territorio. Mai girarsi di spalle! si diceva. Girarsi di spalle sarebbe stato un errore imperdonabile, un chiaro invito all'attacco.

Oppure gli vado incontro?

«Fatti rispettare, fatti temere!» gli tornarono in mente le parole di Rossettini, il suo collega della cinofila che passava più ore con cani pazzi che con gli esseri umani. «Fatti rispettare!».

È una parola, pensava Rocco. Proprio nel vero senso del termine. Una parola, quella gli serviva, quella che usava sempre Rossettini. La urlò, più per disperazione che per reale convincimento: «Platz!».

Funzionò.

Le belve si misero sedute, chiusero le fauci muovendo i mozziconi di coda e leccandosi il muso, imbarazzati. Lento si avvicinò guardando i due rottweiler, le teste gigantesche, la bava schiumosa agli angoli della bocca. Non disse niente. Piano, un piede davanti all'altro, era a un solo metro dalla coppia di guardiani. Che continuava a scodinzolare senza emettere grugniti di allarme. «Platz!» ripeté più dolcemente. Quello più grosso allungò la testa. Rocco lo carezzò piano. La belva s'era sottomessa. Il più era fatto. Ora doveva guadagnare la doppia porta di metallo e lasciare il retro del mobilificio. Superò i cani e continuando a guardarli si avvicinò alla porta. I due restavano seduti, voltando il testone per non perderlo di vista. Aspettavano l'ordine, ma Rocco non se lo ricordava. Già era un miracolo avesse detto «Platz!». Con la destra toccò il ferro. Era arrivato. C'era solo un piccolo paletto da tirare. Lo fece, aprì l'anta e finalmente era al sicuro dietro la rete. Fischiò e i due cani si alzarono trotterellando verso il loro rifugio all'ombra, la loro cuccia.

Sudato, si asciugò la fronte e tornò verso il mobilificio infilandosi la cartellina dietro la schiena, nei pantaloni, e coprendola con la maglietta.

Il freddo dell'aria condizionata fu una coltellata sulla pelle fradicia. Un brivido, vide Elena che stava ancora parlando con il commesso. Si avvicinò rapido.

«Papà!».

«Dottore?».

«Sei... sei pallido...».

«Sì, non mi sento un granché. Lo stomaco».

«Papà si mangia le bombe fritte con la crema!».

«E allora è chiaro che poi si sente male!» commentò il negoziante.

«Andiamo, Elena?».

«Certo» disse l'agente. Strinsero la mano a Fabio Inchingolo.

«Allora aspetto sue notizie!».

«Certo, al massimo dopodomani» gridò Elena seguendo Rocco che puntava deciso l'uscita.

«Vuole i dépliant?».

«Ho messo tutto qui!» e si batté la fronte. «In memoria! Ancora grazie!».

Appena rientrati in macchina, mentre si allacciava la cintura di sicurezza, Elena tirò col naso un paio di volte. «Dottore, senza offesa, ma la sua ascella...».

«Lascia perdere, Elena. Adrenalina pura. Non hai capito che m'è successo. Ora torniamo in ufficio» e tirò fuori la cartellina.

«Che cos'è?».

«Ancora non lo so. Magari niente» si mise a scorrere i fogli. «C'è la ditta di cui si servono per i trasporti. I numeri di fattura... bolle...» sfogliava i documenti concentrato.

«Sembra spaventato. Mi dice?».

«Ho affrontato due enormi cani da guardia. E m'ha detto culo, figlia mia. A proposito...».

«Lo so, uno scherzo. S'è offeso?».

«E perché dovrei? Mi piacerebbe avere una figlia come te!».

E scoppiarono a ridere.

Poi su una bolla, come una luce a intermittenza, lo vide. Il dettaglio importante, quello che poteva cambiare le cose. Accanto al nome del trasportatore una striscia di numeri: SLR U 8001117-8.

«Cazzo!» gridò.

«Che succede? Ha scoperto qualcosa di interessante?».

«Già» fece Rocco e prese il cellulare. «De Silvestri, sono Rocco. Passami qualcuno della ferroviaria. Anzi aspetta...». Rocco rifletté per un istante. «Cambiato idea. Passami la capitaneria di porto, Civitavecchia... ti aspetto in linea...».

«Che c'entra la capitaneria di porto di Civitavecchia?» gli chiese Elena attenta alla strada. Rocco le fece cenno di fare silenzio. «Pronto? Schiavone, polizia di Stato...».

«Primo maresciallo Gardini, dica pure dotto'...».

«Senta un po'. Io le leggo una sigla. Mi spiega che significa?».

«A disposizione» fece l'ufficiale. Rocco recitò a memoria la striscia trovata sul foglio del giornalista: «SLR U 971197-8».

«È facile. È il codice alfanumerico detto Bic. Si mette sui container per il trasporto. Mi spiego meglio. Il primo è il prefisso alfa, è il codice del proprietario. SLR. La U che segue indica il container. 971197 è la matricola del container e l'ultimo, l'8, è la cifra di autocontrollo».

«Senta un po', si può risalire a chi appartiene questo container?».

«Certo. Che ci vuole? Tutti i container sono in una lista. Se mi dà un minuto glielo dico».

«Allora attendo». Sentì il ticchettio di una tastiera, segno che il maresciallo Gardini aveva cominciato la ricerca. Il traffico era aumentato e sulla tangenziale c'era il solito blocco all'altezza di San Lorenzo. «Qui ci passiamo una mezz'oretta» fece Elena.

«Alternative?».

«L'elicottero».

La voce del sottufficiale risuonò nel cellulare. «Ecco, dottor Schiavone. Allora il proprietario è Silvestrelli».

Rocco mollò un pugno di gioia sul cruscotto.

«E dalle informazioni che vedo, il container dovrebbe arrivare il giorno... dopodomani, qui al porto. Serve altro?».

«Si sa da dove arriva?».

«Certo. Messico».

«Grazie Gardini, lei è stato prezioso. Questa telefonata non è mai avvenuta».

«Non ce n'era bisogno. Qualcosa mi dice che ci conosceremo presto».

«E mi sa di sì». Rocco chiuse la telefonata. «Questa è una giornata meravigliosa, Elena. La gita con te al mobilificio, le notizie al telefono. Mancherebbe solo un dettaglio per potermi definire un uomo felice».

«Posso sapere quale?».

«Che mia moglie torni a casa».

«Chiamalo dettaglio».

A niente erano servite le lunghe ricerche di Zuccari e De Silvestri. Del misterioso Emeka non c'era traccia. Non erano riusciti a risalire all'identità.

«E quando lo troviamo questo?» disse Zuccari rigirandosi le carte fra le mani.

Rocco sbuffò. «Bisogna fa' sempre la storia di Maometto e la montagna, che palle!». L'agente lo guardava senza capire. «Simone, ce l'hai un cambio borghese?».

«Jeans e maglietta».

«Bene. Prendi il mio motorino e accompagnami. E avverti casa che fai tardi».

L'agente Zuccari si alzò scuotendo la testa. «Non c'è bisogno di quel catorcio che usa lei, ho il mio. Ma mi dice dov'è che devo andare?».

«Grande notizia, Davide» disse Rocco rientrando in casa. Si tolse il cencio di lino che prima dell'acquazzone era una giacca, la appallottolò e la lanciò nel bagno centrando il bidet. Il ragazzo seduto al tavolo stava leggendo il giornale. «Quale?».

«Chi te l'ha dato il giornale?».

«Me l'ha portato Inna. Quella delle pulizie. Non l'aveva avvertita che c'ero io, per poco non si prendeva un infarto».

«E le stava bene, così si levava dai coglioni. Allora, Davide mio, bellissima notizia!».

«Dica!».

246

«Li abbiamo presi».

Sugli occhi del ragazzo apparve una luce di terrore. «Chi avete preso?».

«Gli assassini di Matteo e Giovanni. Hanno già confessato. E lo vuoi sapere chi sono?».

«Chi sono?» chiese Davide cercando di nascondere l'ansia.

«Due cinesi del cazzo. I tuoi amici s'erano messi in mezzo a una bisca clandestina a piazza Vittorio. Roba da matti. Non c'entrava niente la droga e le cose che mi hai raccontato. Semplicemente s'erano messi a giocare forte. Dovevano un sacco di soldi a questo Ciù-en-lai o come se chiama, che li ha seccati». Rocco si sedette al tavolo. «Triste, eh?».

«Triste sì. Ma allora...».

«Allora amico mio tu sei libero di andare dove ti pare. Non ce l'avevano con te. Non corri alcun pericolo» e gli sorrise. «E sono contento Davide che questa storia sia finita così. Oddio, mi dispiace per i tuoi amici, ma sono contento per te. Ora vai e torna all'Old England che Steven sta lavorando da solo e fra un po' scoppia!» e gli mollò una pacca sulle spalle. Davide si alzò, sembrava incerto, dondolante. «Come faccio per i vestiti?» e indicò i pantaloni che Rocco gli aveva prestato.

«Tienili. Te li regalo. Ti mollo anche un po' di soldi per il taxi. Vai, Davide, a casa ti aspettano».

L'agente Simone Zuccari, all'ombra di una magnolia rigogliosa, aspettava a braccia conserte quando il cellulare gli suonò. «Eccomi capo!».

«Allora, sta arrivando un taxi. Ci sale Davide. Non staccarti mai dal culo del ragazzo, intesi?».

«Intesi. Ho poca benzina nel motorino però».

«E valla a fare!».

«E devo pagare io?».

«Madonna, Zuccari, poi te ridò i soldi! E se famo così quando la vincemo 'sta guerra?».

«Quale guerra, dottore?».

«Te facevo più sveglio, Simone...».

«Possiamo uscire a parlare?» chiese Rocco circondato dalle pile di quotidiani mentre Sasà D'Inzeo fumava faccia al vetro.

«Ti rendi conto lo squallore? Palazzi brutti, macchine, cartelloni arrugginiti. Io sono nato in campagna in mezzo alle mucche. 'Sta roba non fa più per me. Quando vado in pensione prendo Clara e me ne torno al paese». Si girò a guardare Rocco. Inavvertitamente urtò una pila di giornali che caddero per terra. Non si chinò a raccoglierli. «A Gualdo Tadino, in Umbria. Ci sei mai stato?».

«No. È bella?».

«Ovvio, è Umbria, non ti basta?» rispose con un'alzata di spalle il magistrato. «Tu invece?».

«Io e mia moglie ce ne vorremmo andare in Provenza».

Sasà schioccò le labbra. «Bellissima! Avete scelto dove?».

«In testa alla classifica per ora ci sono Saint-Paul-de-Vence e Grasse, ma si sta affacciando all'orizzonte Ramatuelle».

«Dov'è sepolto Gérard Philipe. Ci sono stato. Bellissimo, ma troppo vicino a Saint-Tropez, che sinceramente detesto».

«Anche io. Alla fine vincerà Aix. Ora possiamo uscire da questo ufficio che avrei delle cose urgenti da dirti?».

«Cos'è che non va in questo ufficio?».

«Puzza. E tutti 'sti giornali mi fanno schifo».

Sasà tirò un respiro. «Che palle. Vabbè, andiamo al bar. Ti va un tramezzino?».

«Come ce li hanno, nel cellophane o sotto il tovagliolo?».

D'Inzeo lo guardò duro. «E secondo te io vado in un bar dove il tramezzino sta nel cellophane? La ritengo un'offesa personale, Schiavone!».

E uscirono chiudendo la porta. Nell'ufficio vuoto lo spostamento dell'anta causò la caduta di tre colonne di quotidiani che volarono a terra come foglie morte.

«Io so il nome di uno degli assassini dei due ragazzi ma fra poco saprò molto di più su di lui» esordì il vicequestore masticando il primo morso di tramezzino.

«Come si chiama?».

«Emeka. È un nigeriano».

«Tonno e carciofini è sempre una certezza» e anche il magistrato addentò il suo. «Come ci arrivi?».

«A casa mia c'era Davide Mariotti, il terzo ragazzo invischiato in tutta la faccenda. Ora ascolta. L'altra sera io e i miei amici...».

«Bella gente...».

«Proprio grazie a loro, caro Sasà, e agli appunti del fu Alberto Ferri, il giornalista, capiamo chi potrebbe essere il fornitore ufficiale della roba ai ragazzi. Individuiamo in Sandro Silvestrelli un possibile colpevole. Ha un mobilificio sulla Tiburtina».

Sasà lo guardava con attenzione masticando lento e metodico.

«Ora, la notte stessa decidiamo di andare a fare una visita al mobilificio. E troviamo una conoscenza delle patrie galere, Luigi Baiocchi, che veloce porta via delle scatole sospette. Ah, per la cronaca, la sua impronta digitale era bella e chiara sul self service vicino alla cava, dove io penso che l'auto con dentro gli assassini e il povero Ferri s'era fermata a fare rifornimento».

«E queste coincidenze sono già strane. Soprattutto che quello vada a prendere pacchi misteriosi nel mobilificio la stessa sera in cui ci vai tu».

«Giusto». Rocco si pulì le mani sbattendole una contro l'altra e ingoiando l'ultimo boccone di tramezzino. «Noi cerchiamo di inseguirlo ma lui, insospettito, anche perché secondo me sapeva, ci scappa e lascia le scatole a un tipo che su un motorino senza targa si dilegua in mezzo a un dedalo di vie».

Anche Sasà aveva finito. Alzò la mano per richiamare l'attenzione del cameriere. Fuori il sole batteva impietoso e il traffico sembrava essersi calmato. «Vai avanti, Rocco. Io ne prendo un altro. Tu?».

«Anche io. In più il mobilificio aveva un sistema di sicurezza nuovo di pacca e un guardiano notturno. Ora la prima domanda, ma io la risposta già la conosco...».

«E allora non me la fare».

«La prima domanda, dicevo» riprese Rocco spazientito «è questa: come facevano a sapere? La risposta: Davide. Che era a casa mia e con il quale abbiamo fatto due chiacchiere su questo Silvestrelli. Torno a casa, gli frego il cellulare, e scopro che ha fatto e ricevuto una chiamata dallo stesso numero. Numero di questo Emeka che, probabilmente, è un compagnuccio di Davide, detto Skin per via dei brufoli, e che non ce l'ha mai contata giusta. È chiaro che lui ha avvertito il nigeriano che poi s'è dato da fare per avvertire Luigi Baiocchi. Ti torna la catena?».

Il barman con il gilet rosso si era avvicinato al tavolo: «Che c'è, dotto'?».

«Mi porti un altro tonno e carciofini. Tu, Rocco?».

«Io ci voglio l'uovo e pomodoro».

Il ragazzo se ne andò. Rocco riprese. «Ricapitolo: la prima vittima, Giovanni, viene pestato. Forse parla, forse no, scappa mentre lo stanno portando al mobilificio. Lo uccidono. Come hanno fatto ad arrivare a Giovanni? Io credo tramite le indagini che suo padre stava svolgendo. Poi è successo che Davide spaventato se l'è cantata. E loro hanno ucciso Matteo. Poi hanno obbligato Davide a cercare di capire quanto ne sapevamo. Ed eccolo a casa mia a fare la spia. È lui che si è presentato in questura, di sua spontanea volontà. Davide era strano fin dall'inizio. In una chat ho scoperto che i due ragazzi insistevano a non volersi fidare di lui».

«Quindi 'sto Davide non è l'innocente messo in mezzo da Livolsi e Ferri, anzi, probabilmente è a conoscenza di tutto il traffico».

«Oppure l'hanno beccato, se l'è fatta addosso e ha cambiato alleanza» disse Rocco.

«Già, può anche essere così. Come agiamo?».

«Qui viene la parte più interessante». Rocco si infilò la mano in tasca e tirò fuori l'appunto del giornalista. «Questo è di Alberto Ferri che stava lavorando su un traffico di ero o coca in questi quartieri. Vedi cosa c'è scritto?».

Passò il foglio al magistrato. «E chi ci capisce niente?».

«La cosa importante è quella stringa in basso».

D'Inzeo lesse: «SLR U 971197-8».

«È il numero di un container. Indica la società proprietaria, e cioè Silvestrelli, gli altri sono numeri che servono a riconoscere il carico e avere informazioni sul suo tragitto. E questo container, pieno di mobili, arriva a destinazione dopodomani nel porto di Civitavecchia».

Il magistrato restituì il foglio a Rocco mentre il barman arrivava con i tramezzini. «Tonno e carciofini e questo è uovo e pomodoro» depositò i piatti e lasciò i due clienti.

«E noi ci andiamo a Civitavecchia».

«Direi di sì, Sasà. Senza dare nell'occhio, tranquilli, e vediamo 'sto carico di che si tratta. Ma io non voglio arrestare il nigeriano, non prima dell'arrivo della roba. Voglio sapere dov'è e dove lo posso andare a pizzicare dopo».

«Ottimo lavoro» e addentò tonno e carciofini. «Quasi quanto questo tramezzino».

«Insomma, ne ho mangiati di meglio».

«Che c'entra, pure io, ma vicino al tribunale già è un miracolo che ci siano, non pensi? Poi ce ne smezziamo uno con gli spinaci?».

«Ovvio».

Seduto sul divano di finta pelle nel suo ufficio, Rocco ammazzava il tempo rollando uno spinello. L'aveva fatto gonfio, ricco e gustoso. Tanto la giornata era finita, e fino a quando non fossero arrivate notizie di Zuccari altro non aveva da fare. Aveva mandato a casa De Silvestri e Parrillo, Elena invece l'aveva messa alle denunce. Non poteva passarla liscia, un po' di lavoro di scartoffie lo meritava tutto. E come ogni volta che toglieva la testa dal lavoro, i pensieri come uccelli pronti a migrare si appollaiavano tutti sullo stesso albero: Marina. Aveva rinunciato a chiamarla, preferendo aspettare il verdetto di assoluzione o di colpevolezza mentre sguazzava nei suoi pantani giornalieri. Erano stati giorni strani. Giorni di caldo e improvvisi acquazzoni, di ansia e soprattutto di puzza. Puzza di scantinato, puzza di morti violente, di gente schifosa, acquattata nelle fogne, pronta a colpire, e neanche quel poco di marijuana riusciva a cancellare la sensazione di sporcizia che aveva addosso. La cava, il garage, il figlio di puttana che accoltella due ventenni alla base del cranio per qualche migliaio di euro. E quei due stronzetti che si erano andati a mettere in una fogna a cielo aperto senza neanche accorgersene. Gettò il mozzicone fuori dalla finestra. Gli tornò la voglia di gelato. Poteva scegliere: arrivare al laghetto e farsene uno cioccolato e pistacchio oppure andare al bar vicino l'ufficio per il solito cornetto Algida. Prese le chiavi di casa e dello scooter e lasciò l'ufficio. Il corridoio era deserto, solo il ticchettare di una tastiera dalla stanza delle denunce confermava che Elena stava lavorando. Sorrise.

Come serpi silenziose, delle nuvole nere avevano improvvisamente oscurato il cielo. Non aveva neanche attraversato la strada che un tuono rimbombò fra i grattacieli degli uffici e l'impalcatura di tubi innocenti ricoperti di teli che nascondevano il cantiere di una struttura architettonica avveniristica che mai avrebbe preso forma e che non a caso si chiamava Nuvola. Rocco alzò gli occhi al cielo. Una goccia lo colpì precisa nell'occhio. «Ma porca...». Come succede in un paese tropicale, l'acqua si schiantò a terra senza dare alcuna possibilità di ripararsi a chi, qualche secondo prima, passeggiava sereno sui marciapiedi. Un rovescio equatoriale investì uomini e bestie. Rocco riuscì a ripararsi sotto uno dei pini che costeggiavano la Cristoforo Colombo. Pensò anche alla pericolosità della scelta, se mai un fulmine avesse colpito l'albero. Ma se ne fregò. Decise che fulminato e incenerito durante un temporale estivo sarebbe stato un bel modo per andarsene. Con la schiena poggiata alla corteccia, guardava le poche gocce che riuscivano a filtrare attraverso gli aghi. La maglietta era fradicia, come i pantaloni e i capelli. L'asfalto era già un lago schiumoso e le macchine sollevavano acqua come motoscafi lasciandosi dietro una scia. Si alzò un vento lieve spennellando l'acquazzone a destra e a sinistra e facendo venire la pelle d'oca al vicequestore. Un altro tuono più potente segnò l'arrivo di un nuovo scroscione. Due ragazzi in motorino si erano riparati sotto la pensilina dell'autobus dall'altra parte della strada. Tenevano la sigaretta in bocca e ridevano. S'erano tolti il casco e stavano con gli occhi chiusi a farsi lavare la testa dalle gocce. A Rocco venne voglia di imitarli. Si staccò un poco dal tronco, chiuse gli occhi e aspettò le gocce fredde sul viso. Erano gelide. Le sentiva penetrare nel colletto della polo, rimbalzare nelle froge del naso, sulle palpebre chiuse, sulla fronte. Poi la pelle si abituò a quelle dita ghiacce che scorrevano sulla pelle dietro la schiena, fra i peli dritti del collo. Il suo telefono squillò risvegliandolo da quella doccia. Fece due passi indietro e con la mano fradicia lo prese. Guardò il display. Era Marina.

«Pronto?».

«Amore... dove sei?».

«Sotto l'acqua. Mi stavo andando a prendere un gelato».

Marina rise. «Rocco...».

«Sì?».

«Sono a casa».

Non aspettò che il temporale si calmasse. Prese lo scooter e guidò verso via Poerio. Rischiò la pelle al semaforo di via Marmorata, una seconda volta scivolando sulle rotaie del tram a via Girolamo Induno, poi passando col rosso in viale Trastevere e infine, non ancora pago, rischiò la pelle di Ugomaria, il proprietario della trattoria Ar Buco di via Garibaldi che stava attraversando la strada di corsa per non bagnarsi. «Mortacci tua!» gli gridò. «Scusame Ugo!» rispose il vicequestore alzando appena il braccio. «Scusa stocazzo!» rispose il vecchio cuoco zompettando sul marciapiede inzaccherato d'acqua e di fango. Lasciò la moto sotto casa e corse dentro il palazzo. Quando Ines la portiera lo vide passare di corsa davanti alla guardiola, sbatté le mani una contro l'altra all'altezza del seno: «Dotto', s'è tutto fracicato!», ma Rocco non rispose e senza aspettare l'ascensore che ci avrebbe messo troppo tempo affrontò i cinque piani di scale. Già al secondo si fermò. Sigarette e vita sedentaria gli impedirono di proseguire in quella corsa. Col cuore in gola, il respiro mozzato e la saliva pesante si appoggiò al muro e chiamò l'ascensore, felice che il fisico malandato gli impedisse di rendersi ancora più penoso di quanto non lo fosse già agli occhi di sua moglie.

La prima cosa che cercò entrando nell'appartamento fu la valigia di lei. Ma all'ingresso non c'era. E quello era un brutto segno. Chiuse la porta ed entrò di corsa in salone. Marina era lì a braccia conserte a guardare il temporale estivo bagnare la città. Il cielo era grigio ma già si vedevano graffi celesti che facevano sperare nel ritorno del sole. Sua moglie si voltò e lo guardò. «Marina…».

Lei scoppiò a ridere. «Perché quando vai in piscina non ti asciughi?».

Rocco si tolse la maglietta. «Mi vado a cambiare. Mi aspetti?».

Marina annuì.

Dopo un minuto tornò in salone, asciugandosi i capelli con un telo da mare che aveva trovato nell'armadio.

«Come stanno i tuoi?» le chiese. Voleva prenderla alla larga. Aveva paura di sentire le cose che sua moglia era venuta a dirgli.

«Lascia perdere».

La pioggia aveva smesso di cadere. Marina si staccò dalla finestra. Lo guardò.

«Ti prego, dai la sentenza perché non ce la faccio più».

«Quale sentenza?».

«Vita o morte?» chiese Rocco poggiando l'asciugamano sul divano.

Marina allargò le braccia. «Vieni qui».

Rocco si lanciò verso sua moglie. Non si accorse del bukara che era sì un bel tappeto, ma aveva il vizio di tenere l'angolo destro sempre un poco staccato dal pavimento. Ci infilò il piede, inciampò e cadde a faccia avanti, ai piedi di sua moglie. Marina ridendo si chinò abbracciandolo. «Madonna, Rocco, ma ci riesci una volta a fare le cose come uno se le immagina?».

«No».

Lo abbracciò forte. E Rocco sentì il sangue mettersi a correre insieme al cuore. I polmoni pieni di aria, tutto il corpo carico di ossigeno sembrò risvegliarsi da un torpore, come quando ci si spoglia davanti al mare nel primo giorno d'estate e la pelle appassita respira l'aria e il sole. Marina lo guardava negli occhi. E lui ci si perse dentro. Col temporale erano diventati grigi, e aveva le pagliuzze delle iridi d'argento. Rocco aprì la bocca ma Marina gliela chiuse con un dito. «Non dire niente». Ci riprovò, ma sua moglie glielo impedì una seconda volta.

«Non ce la faccio a stare senza di te» mormorò Marina. Gli abbracciò la testa e se la mise sul petto. Il contatto coi seni di Marina gli annebbiò la vista. Sparirono le sofferenze, sparirono l'ansia e l'angoscia e subentrò sordo e cieco un desiderio. Cominciò a baciarla sul collo.

«No, no. Aspetta. Aspetta, Rocco».

Ma il vicequestore non stava a sentire. Ormai il secondo cervello che hanno i maschi, quello posizionato nell'apparato riproduttivo, aveva avuto la meglio sull'altro.

«Aspetta, mi stai a sentire?».

Le morse il lobo, poi passò direttamente con la lingua a solleticare l'orecchio.

«No, dai, fermo. Dobbiamo parlare. Prima dobbiamo parlare».

«E di che?» mormorò Rocco.

«Cacchio, sono stata giorni a riflettere e non vuoi sentire cosa ho da dirti?».

«Qualsiasi cosa la risposta è sì. Hai ragione e lo farò!». Era passato a mordere direttamente il collo.

«No, voglio essere seria». Con le mani tentò di fermare quelle di lui che s'erano trasformate nei tentacoli di una piovra. La sinistra era già sotto la maglietta, felice di non aver trovato il reggiseno. L'altra invece stava risalendo la coscia e si intrufolava sotto la gonna. Più si avvicinava alla meta, più la mano percepiva calore, più a comandare era il secondo cervello.

«Facciamo i seri».

«Amore, non ci è mai riuscito... guardaci» le diceva baciandola sul viso, sugli occhi, sugli zigomi. «Ho appena inciampato e un altro po' mi fracasso una caviglia, stamo per terra come dù regazzini col lego, mi fanno male le ginocchia che sfregano su 'sto tappeto di merda, sono ancora fradicio e non capisco più niente. Come fai a essere seria?».

Le morse le labbra.

«Guarda, sei... se mi fai uscire il sangue hai chiuso...».

La baciò infilando tutta la lingua che aveva a disposizione.

«No!» e con uno scatto Marina lo allontanò alzandosi in piedi. «Ora vieni sul divano e mi stai a sentire».

«Posso restare sul tappeto?».

«Perché?».

«Fatti servire. Meglio che sto sul tappeto».

Marina sorrise e andò a sedersi comoda. Fuori il cielo stava schiarendo. «Però apri la finestra?» le disse.

«E perché?».

«Perché dopo la pioggia viene un profumo buonissimo».

«Apritela tu!» gli disse con un tono di sfida. Rocco strinse le labbra. «E vabbè. Vuoi vedere un uomo servo dei suoi sensi? E sia!». Si alzò piegato a metà per ridurre l'effetto comico della sua erezione. Non ci riuscì. La moglie lo guardò attraversare il salone, aprire la finestra e tornare a sedersi. «Scusa, ma a 'sto punto che ci torni a fare sul tappeto? La canadese l'abbiamo vista tutti».

Aveva ragione. Si mise accanto a sua moglie. A distanza di sicurezza. Riprese l'asciugamano e ricominciò ad asciugarsi i capelli. Marina si sfilò le scarpe e piegando le ginocchia poggiò i piedi sul cuscino. «Io senza di te non so stare» attaccò giocherellando con l'orlo della gonna verde. «E ho pensato. Ho pensato tanto in questi giorni. Le cose che mi hai detto della tua infanzia, dei tuoi amici. Mi sembravano scuse, la settimana scorsa. Scuse che trova un bambino preso con le mani nella scatola dei biscotti. Ma tu non sei un bambino. E i biscotti non ti sono mai piaciuti. Non è colpa mia se hai avuto un'infanzia difficile. E lo capisco. Non c'è nessuna bellezza nella povertà, non qui, da noi diventa miseria. Ed è insostenibile. Ti ho ascoltato, ho pensato a te. E ho sempre saputo chi sono i tuoi amici. Ho sempre saputo da dove venivi. Che la vita l'hai imparata per strada. E che certi vizi non si perdono mai. Ma io ora ti chiedo, guardandoti negli occhi, di perderli. Di abbandonarli, per sempre. Perché io non ce la faccio. Non ti penso come un eroe, un cavaliere senza macchia e senza paura, ma neanche posso sopportare di immaginarti a prendere ciò che non è tuo. E non perché vesti una divisa, sei un poliziotto, lo sappiamo. È perché così non mi piaci. Anche se rubi ai ricchi o ai disonesti. Non mi piace in generale. Non posso sopportarlo. Mi devi giurare che non lo farai più».

Rocco annuì in silenzio.

«E questa casa... i soldi che hai usato per comprarla...».

«No» fece Rocco, «aspetta. Intanto un po' di soldi l'ha messi tuo padre».

«E la maggior parte da dove viene? Rocco, non dire cazzate. Non in questo momento».

L'avvertimento di Marina suonò come una minaccia. «Veramente un po' erano i soldi del negozietto a Trastevere».

«E l'altra?».

«Un po' qua e un po' là...».

«Ecco».

«E che vuoi fare? Se vuoi la vendo. La vendo domani se non riesci a starci. Che me ne frega di una casa. Domani chiamo un'agenzia, restituiamo i soldi a tuo padre e...».

«Non è questo. Ti chiedo quanta gente piange per il nostro attico?».

«A parte tuo padre?».

«Sii serio».

«Allora, piangono sicuramente due gioiellieri che ricettavano gioielli rubati, li fondevano e li rivendevano. E piange un esattore di Ostia che andava a prendere il pizzo».

«Tu l'hai intercettato?».

«Sì».

«E ti sei fregato il pizzo?».

«No. Tecnicamente è andata in un altro modo».

Marina si accomodò meglio. «Sono tutt'orecchi».

Rocco sbuffò. «Andai a parlare col capo, gli dissi di piantarla con quelle minacce ai negozianti. Lui mi promise che l'avrebbe fatto. Invece continuarono. Gli abbiamo messo le mani addosso, all'esattore e al capo, l'abbiamo presi e diciamo che nella casa del capo c'erano cose molto interessanti da prelevare. Soprattutto delle sculturine di giada antiche e un bell'arazzo del sedicesimo secolo. Che abbiamo rivenduto a degli amici di Seba in Svizzera».

Marina scosse la testa.

«Questi hanno pianto. Ma credimi, hanno pianto pure poco».

«E i negozianti di Ostia?».

«Hanno smesso di pagare il pizzo. O forse ora hanno ricominciato, non lo so».

«E i proprietari dei gioielli?».

«Eccheccazzo Mari', mica so' Robin Hood!».

«Basta».

«Va bene».

«Giuramelo!».

«Lo giuro. Mo' finite le rotture di coglioni, passiamo a qualcosa di più divertente?».

Marina scoppiò a ridere e Rocco con un salto si avventò sulla preda. Marina era tornata a casa, il cielo era turchese e l'odore di terra bagnata dei vasi e dei fiori e del limone aveva invaso la stanza.

«Ma dov'è la tua valigia?» le chiese mentre le leccava il seno.

«Ho già messo a posto i vestiti» sussurrò sua moglie.

«Ma allora potevo pure dirti... che non avrei smesso con quelle cose...».

«Piantala!» e gli chiuse la bocca con la sua.

«Dove sei?». Sgranò gli occhi. Il posto accanto al suo era vuoto. «Marina?».

La sentì parlare al telefono dal salone. La sveglia segnava le 8 e 30. Con uno sbuffo si tolse il lenzuolo di dosso e poggiò i piedi sul pavimento. La temperatura era già al di sopra della media. Si stirò il collo, afferrò frasi smozzicate della moglie «... che stronzo... Mmm... mmm... no, vabbè, roba da matti!» e il rombo lontano della città che era sveglia già da qualche ora. Finalmente si alzò in piedi.

Quando Rocco entrò in cucina trovò Marina con il cordless in mano, un'enorme tazza di caffè davanti a sbocconcellare un biscotto. «Lucia, perché continui a perdonare? Cosa ti aspetti ormai da Stefano?».

«Buongiorno amore...». Rocco le arrivò da dietro e le baciò il collo. Marina sorrise e chiuse gli occhi come una gatta felice. Un raggio di sole le colpiva il décolleté. A Rocco venne subito voglia di fare l'amore. Cominciò a morderle il lobo sinistro. Marina si ritraeva continuando a parlare al telefono. «Perché pensi che tua figlia non se ne sia accorta di come... vanno...» coprì la cornetta, «Rocco, per favore, sto parlando con Lucia!», poi riprese «... non si sia accorta di come vanno le cose fra te e Stefano?».

Ma Rocco non mollava. Era passato al collo, mentre la mano destra si era già posizionata prepotente sul seno. Marina gli diede uno schiaffo sul dorso della mano, ma il vicequestore continuava. «Ascolta bene, Lucia, bisogna che io e te ci vediamo. Io faccio una pausa pranzo all'una... Sì, facciamo da Chiara. Ci vediamo lì... sì...».

«Dille di andare affanculo» le mormorò Rocco in un orecchio.

Marina sorrideva: «Va bene Lu... a più tardi!» e chiuse la telefonata. E quello Rocco aspettava. Le si avvinghiò addosso, le mani rapide cercavano di intrufolarsi sotto la camicia da notte di seta. «No, per favore Rocco... a parte che manco ti sei lavato i denti».

«Embè?».

«Fumi e hai un alito pestilenziale. Dai, ti preparo il caffè». Marina provò ad alzarsi, ma Rocco l'aveva già afferrata per la vita. «Sono finite le cialde». La girò sulla sedia e appoggiò la fronte su quella di lei. «Io ti amo».

«Da così vicino sembri un gufo...».

«E io ti amo lo stesso».

«Con gli occhi storti».

«E io ti amo sempre».

«È una cosa bellissima e mi fa felice, ma sono le otto e mezza, devo portare le analisi da mamma, poi devo andare a lavorare e pure tu. E poi ricordati che stasera abbiamo i miei colleghi a cena».

«Che palle, manco sei tornata e già mi fai le cene?».

«L'avevo organizzata prima che...».

«Oh, ma lo sai la cena coi colleghi dove si piazza nelle rotture di coglioni?».

«Torno da mamma?».

«No! Facciamo una cosa rapida».

«Eddai...».

Il vicequestore mandò giù il caffè liofilizzato della moglie, poi la baciò. «Ora so di caffè, va meglio?».

Si arrese. Rocco gettò fette biscottate, zuccheriera, tovaglioli e due pesche per terra, al loro posto ci mise Marina. «Abbiamo un letto... che è molto più comodo».

«Sticazzi del letto. Ora, qui e adesso è il mio motto! La vita è una sola!».

Camminava per il corridoio, leggero, sorrideva e la cosa insospettì immediatamente Parrillo e De Silvestri. Quando lo vedevano così c'era da preoccuparsi. I due risposero appena al saluto e si dileguarono nella stanza passaporti. L'unico a non poterlo evitare era Zuccari che aveva notizie per il vicequestore. Lo attendeva alla fine del corridoio, proprio accanto alla porta del suo ufficio.

«Dottore, buongiorno».

«Zuccari! Bello... che c'è di nuovo?» ed entrò seguito dall'agente.

«C'è che ho seguito Davide Mariotti da quando ha preso il taxi sotto casa sua».

«Raccontami» e Rocco sprofondò nella poltrona.

«È andato a casa. E ci è rimasto per due ore. Poi è venuto a piovere e io mi sono riparato in un bar lì davanti. Ho preso due caffè, un cornetto e...».

«Non è che me devi racconta' proprio tutto. Andiamo al dunque».

«No, è importante invece. Perché al terzo cornetto il barista mi fa: tre cornetti di seguito solo Davide se li magna. Io gli sorrido e gli rispondo: Davide Mariotti? Già, fa lui. Lui e il negro se ne magnano dieci quando stanno qui».

«Ha detto così? Lui e il negro?» chiese Rocco.

«Sì, dottore. Che poi è politicamente scorretto. Si dice nero o africano».

«Lo so. Va' avanti».

«E così una chiacchiera tira l'altra alla fine ho saputo che spesso i due fanno colazione in quel bar. La mattina presto, prima di andare a lavorare. Davide, perché il nero non si sa che lavoro faccia».

«Quindi fammi capire? Tu stamattina...».

«Alle sei ero al bar e ho aspettato. È arrivato Davide, s'è seduto, s'è mangiato due cornetti e poi è arrivato l'altro». Zuccari prese il cellulare. Ci smanettò sopra, poi lo consegnò a Rocco. «Ecco, l'ho fotografato».

Seduti uno davanti all'altro, Davide e il nero si guardavano. Il nero era grosso e muscoloso, aveva i dreadlock e sullo zigomo destro era visibile un taglio.

«Bravo Zuccari».

«Poi Davide se n'è andato e io ho seguito l'altro».

«Se sei qui vuol dire che ti ha seminato».

«Al contrario, dottore. So dove abita. Divide un appartamento con altri tre nigeriani all'Alberone».

«Mi puoi stampare la foto che hai preso col cellulare?».

«Certo. Serve altro?».

«Puoi prenderti la giornata. Sei stato bravissimo».

«Dice sul serio?».

«E che sto a scherza'? Però prima un ultimo sforzo. Fra un'ora raduna gli agenti nell'ufficio passaporti».

«Che dobbiamo fare?».

L'ispettore Munifici, gli agenti Zuccari, Parrillo e De

Silvestri erano stati convocati nell'ufficio passaporti. A ognuno Rocco aveva consegnato una cartellina. C'era silenzio e tensione, i poliziotti si guardavano senza capire. Poi il vicequestore cominciò:

«Ora statemi a sentire. Domattina facciamo una cosa difficile. Andiamo tutti al mare. E per la precisione al porto di Civitavecchia ad aspettare un carico, dal Messico, se leggete i fogli che vi ho messo nella cartellina vedete i dettagli».

I poliziotti guardarono gli appunti.

«Quella cifra misteriosa in prima pagina è il riferimento del container che ci interessa. Appartiene a Silvestrelli, sulla carta è il proprietario del mobilificio sulla Tiburtina...».

In quel momento, senza bussare, entrò Elena. «Scusate...».

«Siamo in riunione. Perché non bussi?» la redarguì l'ispettore Munifici.

«Perché credevo che nella stanza passaporti non ci fosse nessuno».

Rocco guardò la ragazza. «No, vieni Elena, così la battezziamo. Prego figlia mia, prendi posto».

Sorridendo l'agente si chiuse la porta alle spalle. «Che dobbiamo fare?».

Munifici sbuffando fece un rapido riassunto. Poi riprese la parola Rocco. «Allora, dicevo, Silvestrelli è quello che ha il mobilificio e aspetta il carico. Ora io sono convinto che lì dentro non ci siano solo mobili».

«Che ci dovrebbe essere? Droga?» chiese l'ispettore.

«Esatto, Munifici. E allora noi dobbiamo trovarla e arrestare 'sta gente».

Zuccari alzò la mano.

«Vai Simone!».

«Senta un po'. Chi ci sarà ad aspettare il carico?».

«Questo non lo so. Silvestrelli, sicuro. E se guardate bene nella cartellina che vi ho consegnato c'è una sua foto presa a un party allo Shabby Chic di Roma mentre se la ride con un troione di una certa età».

Elena guardò la cartellina e scoppiò a ridere. «Quella che lei chiama un troione è la moglie di un deputato».

«E allora? Ora vedete che la foto è di un anno fa. Sandro Silvestrelli era un poveraccio che chiamavano Cochise, invece s'è tagliato i capelli e ha il naso sfracchiato, quello grazie all'intervento di un amico mio».

«E chi altro ci sarà?».

«Forse Luigi Baiocchi, probabilmente Emeka, che è la seconda foto della cartellina, e per quell'istantanea ringraziamo Zuccari, la sua perspicacia e i cornetti del bar».

«Grazie...» fece l'agente.

«Non saremo soli. Con il magistrato organizziamo una bella retata con l'antidroga. Ci sono altre domande?».

«A che ora?» fece Parrillo che fino a quel momento era stato in silenzio.

«Alle cinque al porto. Si parte da qui alle quattro. Parrillo, avevi da fare?».

L'agente non osò rispondere. Si grattò i capelli ricci, poi guardò gli altri. «Allora andiamo a letto presto?».

Nessuno gli rispose. Si limitarono a guardarlo con occhi vuoti.

«Bene, ora che anche Parrillo è dei nostri, tutti liberi. Andate pure a casa. Solo tu Alfredo, sei esentato».

Il vecchio agente scosse il capo. «Ha paura che l'umidità del porto possa farmi male alle ossa?».

«No. Ho paura che se qui non resta qualcuno con la testa sulle spalle possa succedere un casino».

«Apprezzo molto, vicequestore».

«Ora il capo, cioè io, deve fare due cose molto noiose. Un salto al porto a dare un'occhiata e a organizzare la festa».

«La seconda?».

«Andare a prendere una cosa al pub. Elena?».

«Va bene...».

L'Old England era vuoto. A mezzogiorno con il sole a picco a nessuno veniva in mente di andare in giro, soprattutto a bere alcolici. Rocco aveva fermato lo scooter proprio dietro l'angolo.

«Dentro c'è un ragazzo nero, Steven, lo chiami da parte e lo fai uscire».

«Ma gli dico che lei lo aspetta?».

«Sì. Digli semplicemente lo sbirro. E non farti scoprire dall'altro, Davide, uno roscio coi brufoli che dovrebbe essere accanto a lui a lavorare».

«Va bene». Elena gli consegnò il casco e attraversò la strada.

«Elena, mi raccomando. Che l'altro non capisca».

«Non c'è bisogno di ripetere due volte lo stesso concetto».

All'ombra del palazzo la temperatura era quasi sopportabile. Molte imposte erano chiuse, segno che parecchia gente aveva già lasciato la capitale verso luoghi di villeggiatura. In quella stradina senza traffico si sentiva solo il rumore dei motori dei condizionatori d'aria. Il sudore incollava la maglietta alla schiena e il riverbero del sole sulle auto parcheggiate e sulle vetrine costringeva Rocco a stare con gli occhi strizzati come se avesse appena morso un limone. Aveva sete e preferì non accendersi la sigaretta. Dopo qualche minuto uscirono dal pub Elena e Steven. Il ragazzo aveva l'aria divertita, subito puntò gli occhi verso il vicequestore. A passo veloce passarono dal sole che picchiava sulla strada all'ombra del palazzo. «Dottore, come va? Allora Davide m'ha detto tutto! Li avete beccati! Erano cinesi?» chiese il ragazzo. Rocco non rispose. Si infilò la mano in tasca. «Sembra che io e te siamo condannati a guardare le fotografie» e gli passò un foglio.

«Dimmi se lo conosci».

Steven osservò la foto di Emeka. Poi guardò i due poliziotti. «State scherzando?».

«No. Lo conosci?».

Steven riconsegnò la fotografia al vicequestore. La mano gli tremava. «Senta, commissario».

«Vicequestore».

«Scusi... vicequestore... io non lo so come si chiama,

so solo che ogni tanto viene al Pigneto. Insieme a un altro...».

«Spaccia?».

«No. Questo in giro a spacciare non lo vedi mai. Questo sta su un gradino più alto. Io non voglio immischiarmi. Questa è gente pericolosa».

Steven sudava. E non per il caldo.

«Nessuno saprà niente, Steven. Dimmi solo chi è».

«È uno che comanda. Quando arriva al Pigneto gli altri si cacano addosso. L'ho visto minacciare Chuwku più di una volta».

«Chi è Chuwku?».

«Quello che mi vende l'erba».

«Te l'ho già detto Steven, quella che compri non è erba. È merda».

«Quello che è, vicequestore, ma lo sfregiato è uno di quelli che è meglio non guardare negli occhi».

Rocco si rimise la foto in tasca. «Con chi va in giro?».

«Con uno grosso come lui. Un armadio. Pelato».

«Nigeriano?».

«Penso di sì anche se nessuno l'ha mai sentito parlare. È muto. Muto come oggi avrei fatto meglio a stare. Non mi metta nei guai».

«Quello con lo sfregio si chiama Emeka».

Steven incassò la testa nelle spalle. «Emeka. E mo' che so il nome?».

«Non ti dice niente?».

«Niente. Sarà nigeriano, come me».

Rocco lo guardò negli occhi. «Secondo me sai. Ma non mi dici...».

Steven si grattò il collo. «Glielo giuro».

«E come fai a sapere che il pelato che l'accompagna è muto?».

Il ragazzo non rispose.

«Allora stammi a sentire. Davide, il tuo collega, è amico di questo qui. O mi dici tutto oppure adesso vado dentro, prendo Davide e gli racconto un po' di cose, gli dico che il nome del nigeriano me l'hai fatto te. Che lo conosci eccetera eccetera...».

Steven cominciò a tremare sul serio. «Per favore, perché mi fa questo?».

Gli occhi di Elena s'erano inteneriti. Quelli di Schiavone no. «Perché devi parlare, Steven. E rimarrà fra me e te. Ti do la mia parola».

Steven scoppiò a piangere. Si mise le mani davanti alla faccia. Quando i singhiozzi si calmarono, si asciugò le lacrime con l'avambraccio. «Io... la sera che è venuto lei, la prima volta».

«Sì?».

«Io e Davide stavamo chiudendo. All'improvviso sono apparsi dal niente».

«Chi?».

«I due neri. Io non lo so che volevano. Hanno preso Davide da parte. Quello ha riaperto il negozio e mi ha detto di stare fuori. Sono rimasto lì con il pelato, quello muto. Io sorridevo e parlavo ma quello non diceva niente. Mi guardava con gli occhi rossi. Dopo un po' Davide è uscito con lo sfregiato che s'era messo qualcosa in tasca. E come sono apparsi se ne sono andati. Io a Davide gli ho chiesto chi erano, ma lui mi ha detto di farmi i fatti miei, che non li avevo mai visti se ci tenevo alla pelle».

Rocco sospirò. Afferrò il pacchetto di sigarette. Ne offrì una a Steven. Poi gliel'accese e lo stesso fece con la sua. «Secondo te cos'hanno preso?».

«Non lo so. Un pacchetto. Soldi impossibile, perché in cassa alla chiusura non c'è un euro».

«Lo sai cos'è successo quella sera? Che Davide s'è salvato la vita. Tutto qui». Rocco guardò la collega. «Ti è chiaro?».

«Abbastanza».

«Bene, Steven. Adesso torna al lavoro. Io e te non ci siamo mai incontrati. E mai abbiamo parlato di questo. Almeno fino a domattina. Ti prometto che per domani sarà tutto finito».

Steven annuì, gettò la sigaretta, girò le spalle e tornò al lavoro.

«Veramente io non ho capito» fece Elena.

«Davide aveva nascosto la coca dietro uno scarico qui al pub. Gliel'ha restituita e se l'è cavata».

«Sì, questo l'ho capito» fece Elena. «Ma come hanno fatto i due neri a scoprire il furto?».

«Mi sa che Davide ha spifferato tutto e ha condannato a morte i due amici, che avevano ragione a non fidarsi di lui. Oppure l'hanno capito per caso, o magari seguendo il giornalista. Però l'hanno capito. Mo' andiamo. Qui non abbiamo altro da fare».

Al primo semaforo sentì suonare il cellulare. Veloce lo prese e lo infilò sotto il casco.

«Chi scassa?».

«Chi scassa lo dici a tua sorella. Sono io».

«Amore mio».

«Non ti scordare la cena di stasera».

«Sì... certo, alle nove?».

«E che sei un invitato? Tu fai il favore di stare qui alle otto al massimo. Anzi facciamo sette e mezza. C'è da apparecchiare, da pensare al vino...».

«Amore, devo andare prima a Civitavecchia. Poi arrivo. Ce la metto tutta».

«Allora il vino lo prendo io. Però non tardare troppo».

Rocco sbuffò. «Senti, faccio venire pure Sebastiano, Furio e Brizio?».

«No».

«Perché no?».

«Eddai Rocco, non facciamo sempre gli stessi discorsi. Ci sono le serate coi miei amici e le serate coi tuoi. Non li possiamo mischiare, lo sai».

«Perché? Seba Furio e Brizio sono persone di serie B?».

«Sebastiano Furio e Brizio spaventano i miei amici».

«Veramente?».

«E poi ce lo vedi Sebastiano che chiacchiera col professore Ardenzi sulle pennellate del Sassetta? E con Mezzalupi dell'ultima istallazione di Viola?».

«No, hai ragione. E invece io?».

«Io cosa, Rocco?».

«No, dico, io coi tuoi amici di che ci parlo? Del menisco di Totti?».

«Be'? Perché no? Guarda che Ardenzi da giovane giocava nella Spal».

«Guarda che io ho tutti gli album delle figurine Panini degli anni '70 e Ardenzi nella Spal non c'è mai stato».

«Lo so. Anche io ho sempre sospettato fosse una balla».

«Certo che lo è. E lo sai perché Marina? Perché Ardenzi vuole metterti le mani addosso da anni!».

«Rocco, non hai una grande opinione di me se pensi che basti aver militato nella Spal per farmi cadere».

«Ma sei caduta con me che giocavo nella Romulea e neanche tanto bene».

«Che c'entra? Tu in calzoncini stai benissimo».

Rocco scoppiò a ridere. «Pure tu».

«Dici? Ci vediamo a casa! Bianco o rosso?».

«Fai scegliere a Ardenzi».

E ridendo riprese il telefonino infilandolo in tasca.

«Allora è tornata!» disse Elena.

«Già».

«Sono contenta».

«A chi lo dici. Ora ti lascio in questura, prendo De Silvestri e me ne vado a Civitavecchia. Mi raccomando domani».

«Mi vuole sul campo?».

«Prima o poi il battesimo lo devi fare, no?».

Sul terrazzo di casa sua, al fresco, con le torce cinesi accese e l'odore della citronella che teneva lontane le zanzare, Rocco si godeva il ponentino che puntuale era arrivato a rallegrare la città. Marina era bellissima. Un vestito corto verde e giallo con le spalle scoperte, un filo di trucco, la lieve abbronzatura che esaltava gli occhi luminosi e i denti perfetti, portava un piatto enorme con gli antipasti. «Eccomi, involtini con le foglie di vite e un po' di sushi».

«Brava!». Ardenzi batté le mani scostandosi con un gesto del collo il ciuffo di capelli ormai bianchi.

«E mica li ho fatti io. Comprati. Ah, per inciso, tutto quello che mangiamo è comprato, sia chiaro!». Marina posò il piatto mentre Rocco versava il vino nei bicchieri. Mezzalupi e la moglie, che avevano superato la sessantina, stavano ancora fumando. Si sbrigarono a spegnere. Alba invece, lenta e metodica, masticava i taralli pugliesi. Tutti i colleghi e i capi di Marina erano intorno al tavolo. Rocco ci stava come il peperoncino sulla carbonara.

«Che poi io 'sta storia non l'ho capita». Alba s'era fissata con la questione del capodanno. «Se io trascorro il capodanno a Tokyo, poi prendo un aereo e volo contro il fuso orario, quanti sono i capodanni che riesco a festeggiare ammesso che gli aerei siano puntuali?».

«Devi calcolare i fusi orari e i tempi di volo. Però vai più lenta» le disse Gino Mezzalupi addentando la prima foglia di vite. «Perché viaggi da est a ovest in senso contrario alla rotazione terrestre. Se tu viaggiassi da ovest verso est saresti più rapida».

«D'accordo» prese la parola Ardenzi. «Ma fai meno capodanni. Perché il sole spunta prima a est. No, per fare più capodanni parti da Tokyo, voli in Cina, poi in Medioriente, poi in Europa, poi dovresti trovare qualcosa a metà strada prima dell'America».

«Tipo un autogrill?» fece Marina.

«Almeno ti prendi un Positano» aggiunse Rocco, ma Ardenzi non li filò. «E poi negli States. Se sei bravo e organizzato dovresti farcela a festeggiare sei capodanni».

«Un incubo» commentò Silvana Mezzalupi recuperando il salmone scivolato via dal sushi.

«Finisci per passarli tutti in aereo» concluse Alba. «E a mangiare schifezze surgelate».

«A proposito, Marina, il primo?».

«A proposito di che, Rocco?».

«Di roba surgelata...».

La moglie ingoiò un involtino di vite senza neanche commentare mentre Mezzalupi si riempiva di nuovo il bicchiere. «Io mi ricordo solo una volta, ho fatto il capodanno a Londra nel 1984, avevo una trentina di anni... con dei miei amici c'eravamo dati appuntamento all'Hyppodrome, una discoteca che allora andava di moda. Solo che io mi sono perso i miei amici e non ricordavo più se era l'Hyppodrome o il Camden. Insomma comincio a girare sul taxi da un locale all'altro e in fila non li vedevo... ricordi?» si rivolse alla moglie.

«Sì, e mi sa che se lo ricordano anche gli altri» disse lei.

«Senza offesa, Gino, ma ce l'hai raccontata sette volte» fece Marina.

«Sì, che poi sei sceso, eri vestito col mantello, hai incontrato dei naziskin che t'hanno menato...» disse Alba annoiata masticando l'ultimo sushi.

«Ah, vabbè, scusate...». Gino alzò le mani. «E allora adesso Alba ci racconta il suo capodanno a Nairobi!».

Scoppiarono tutti a ridere. Anche quella era una storia che avevano sentito un'infinità di volte.

«Per una volta che ha trovato un fidanzato» disse Gino Mezzalupi afferrando il bicchiere.

«Sì, che mi ha mollato sull'aereo tornando a Roma» rispose Alba al suo brindisi.

Il cellulare di Rocco si mise a suonare. «Scusate...» il vicequestore si alzò e andò a rispondere lasciando gli ospiti.

«Sì?».

«Sono Sasà, ti disturbo?».

«Figurati, una cena a casa con i capi e colleghi di mia moglie».

«Ah! È tornata!».

«Ti stupisce?».

«Sì. Allora, Rocco, sentimi bene per domani».

Marina gli passò accanto. «Scusami amore, giuro che non li vedi per i prossimi sei mesi» e andò in cucina a prendere il primo. Rocco le sorrise. «Per domani, Sasà, sono stato al porto. Ho parlato con la capitaneria...».

«Ma sei sicuro che non vuoi altra gente?».

«No. Ci ho ripensato. Facciamo noi. Mi bastano due della cinofila. E se mi vuoi dare una mano preavverti la finanza. Hai visto mai ci tornino utili. Ma lì nel container metto il naso solo io».

«Allora la società che si occupa dello scarico è la Stockmar, che ha sede lì al porto».

«Bene. Li hai allertati tu?».

«No, Rocco. È un'informazione che ti anticipo per comodità. Anche perché nel direttivo della società sai cos'ho scoperto?».

«Sono tutt'orecchi».

«C'è Silvestrelli».

«Hai capito? Grazie, Sasà».

«Figurati, dovere. Io comunque sarò lì con voi. Non me la perdo 'sta storia. Che mangiate?».

Marina passò in quel momento con un piatto sotto il naso di Rocco. «Mi pare...» poi si rivolse alla moglie: «Che mangiamo?».

«Cous cous».

«Cous cous» comunicò al magistrato.

«L'ha fatto tua moglie?».

«Scherzi? L'ha preso al ristorante a via dei Quattro Venti. Perché?».

«Perché il cous cous sembra una cosa facile, ma non lo è».

«Sasà, me se fredda. Hai altro da dirmi?».

«Vuoi sapere che mangio io?».

«E dimmelo...».

«Sogliola. In bianco. Senza maionese, senza vino e senza pane con due, dico due, patate lesse».

«Daje a ride. Ma perché, hai fatto le analisi?».

«Sì... ho una certa défaillance triglicerica».

«Buon appetito».

«Fottiti» e chiusero la comunicazione.

Tornò in terrazzo dove Marina stava servendo gli amici.

«No, allora, al museo arriva questo buddha kanaka-muni ligneo, bellissimo, una statua policroma del sedicesimo secolo che ti lasciava a bocca aperta. Io ero già impazzito». Mentre gli altri masticavano, Ardenzi se ne stava con la forchetta in mano a parlare. «Un metro e dieci di altezza. Mi si diceva venisse da un tempio della provincia di Nan. Immaginate la scena, c'era il sovrintendente, il console, insomma tutti in giacca e cravatta allineati davanti alla statua. Io mi avvicino e sento che qualcosa non quadra».

«Tipo?» fece Alba ingurgitando un boccone.

«Non lo so. Sai quando ti senti a disagio e non capisci perché?».

«Tipo stare a tavola con te?» fece Rocco.

«Eh, per esempio. No, dai, veramente. Qualcosa non mi tornava. Così finisce la cerimonia, impacchettiamo la statua eccetera eccetera ma io chiamo Floridi e gli chiedo, di tasca mia sia chiaro, di fare una spettroscopia molecolare».

«E che è successo?».

«Il peggio, Marina. Risulta che è una statua del ventesimo secolo!».

«Accidenti!» fece Gino Mezzalupi.

«Eh. Allora che faccio? Vado a parlare con la sovrintendenza. No, dico, c'erano di mezzo governi, ambasciate, un casino».

«Sì, vabbè» si intromise Rocco. «Ma la statua era un falso. Cioè, magari era anche bellissima, ma non era del millecinquecento».

«Quindi io denuncio la cosa. Non potete capire cos'è successo. Scoppiano i fax, le mail, telefono bollente. Io porto i risultati delle analisi e mi chiedono perché le ho fatte. No, dico, vi rendete conto? Io scopro questa cosa e loro si innervosiscono che l'ho scoperta!» e finalmente Ardenzi attaccò il piatto. Gli altri erano lì ad ascoltare. «E allora?».

«E allora niente. Il buddha resta nel deposito, prenderà polvere e fra quattrocento anni sarà finalmente un pezzo di archeologia».

«Roba da matti» fece Alba. «Comunque il cous cous è buonissimo. Brava».

Rocco guardò Marina che sorridendo disse: «Bravo, semmai. Il cuoco del ristorante è un maschio».

«Ah» fece Silvana Mezzalupi con una punta di amarezza. «Bello?».

«Ha sessant'anni».

Alba chinò il capo sconfitta.

«Vabbè, però hai dimostrato una certa bravura a comprarlo» disse Rocco. Marina gli rispose con una smorfia.

«Le statue...» Ardenzi aveva ripreso il filo del pensiero «... già l'anno scorso per quella copia romana per poco non saltava tutto il consiglio del museo. Dico io, la Venere aveva la bugnetta sotto l'ascella, più chiaro di così!».

Rocco non capiva. «Cos'è la bugnetta?».

«Niente amore, lascia stare, mangia, sono cose più grandi di te».

Rocco obbedì a sua moglie.

«E non basta?» chiese Gino.

«No, a quanto pare no! Ma sai che ti dico? Io prima vado in pensione e meglio è».

«E comunque» fece Rocco «anche se era una copia romana, sempre una cosa importante è, o mi sbaglio?».

Ardenzi lo guardò. «Certo. Ma ce lo devi scrivere, cazzarola. Non puoi mettere Prassitele se poi l'ha fatta, che so? Marco Tullio Decurione».

«E chi è?».

«Appunto».

«A proposito di statue false, Ardenzi, ce la dici la verità una volta per tutte?».

«Su cosa, Rocco?».

«È vero o non è vero che hai militato nella Spal negli anni '70?».

Tutti concentrarono lo sguardo su Ardenzi che si prese il suo tempo. «Entrai nella Società polisportiva Ars et Labor, da cui l'acronimo Spal, nel 1972 direttamente dalle giovanili del Taranto. Mi volle il nuovo allenatore Mario Caciagli. Riportammo la Spal in serie B. C'erano...» alzò gli occhi al cielo «dunque fatemi pensare... Vecchiè, Marconcini in porta, Cariolato, Ragonesi...».

«Manca il tuo nome...».

«Io ero in panchina» disse.

«Perché sulle figurine non ti ho mai visto?».

«Perché ero in panchina. All'arrivo di Guido Capello io ero già fuori».

Rocco lo guardò. Sapeva troppe cose, forse era vero. «E perché eri fuori?».

«Incidente in allenamento. Avevo 21 anni e mi spaccai tibia e perone. Fine carriera».

«Come si piazzò la Spal nel campionato 1973/74?» insistette Mezzalupi.

«E che palle. Aspetta, fammi fare mente locale.

1973, avevo 20 anni, stavo a... sì, mi ricordo. Male. In fondo. Tipo decima, non ricordo».

Erano tutti in silenzio. La cosa puzzava di verità. «Non sei come la statua del buddha?» chiese Marina.

«No Marina, io sono autentico. E perché mi dovrei vantare di aver giocato nella Spal quando in verità entrando dalla panchina ho fatto in tutto 15 minuti e neanche tanto memorabili?».

«Non lo so. Però fa figo» disse Alba che cominciò a guardare Ardenzi con altri occhi. «Giocavi nella Spal, laureato in lettere antiche... se non fossi il mio superiore...».

«Mi denunceresti per mobbing se solo ci provassi».

«Fallo. Poi vediamo» e gli sorrise.

«Mi state facendo venire il voltastomaco. Che hai comprato dopo il cous cous?» chiese Silvana Mezzalupi.

«La parmigiana di melanzane. Ma quella l'ho fatta io».

«Passiamo al dolce?» propose Rocco. Marina gli tirò il tovagliolo sul viso.

Guardavano il soffitto nel silenzio della notte. Avevano lasciato i piatti sul tavolo del terrazzo, ci avrebbe pensato Inna il giorno dopo, sulla cucina sembrava essersi abbattuto un nono grado della scala Richter, ma anche a quella avrebbe badato lei, come a vuotare i posacenere, i bicchieri sul tavolino del salone e a riappendere i due quadri di scuola veneta che Mezzalupi aveva voluto osservare attentamente sotto una luce appropriata saggiandone la tela. Avevano fatto la doccia, poi l'amore, poi si erano finalmente stesi a guardare il soffitto.

«Hai sonno?» le chiese.

«No. E tu?».

«Zero. E praticamente fra un'ora mi devo rialzare».

«Scusami. A saperlo non facevo la cena. Ma era organizzata da tempo».

«Allora tu sei tornata a casa perché avevi organizzato da tempo?».

«Deficiente. Hai comprato le cialde del caffè?».

«No».

Marina prese un respiro. «Ti ricordi la storia di San Clemente e della colonna?».

«E certo che la ricordo».

«Volevo dirti che a casa sono tornata io, non la colonna».

«Lo so, Marina. Ma io mica ti sono venuto a prendere coi pretoriani».

«Invece sì. Sei venuto a prendermi coi pretoriani. Solo che sono io a chiudere gli occhi».

«Hai presente uno di quei posti abbandonati da tempo? Che ne so una casa, un vecchio treno, una macchina abbandonata?».

«No. Perché?».

«Perché gli oggetti che vedi sono inanimati, sono morti, come se avessero perso il calore che gli dà la vicinanza con gli umani. Ecco, quando non c'eri, casa era così».

«Oggi mentre mangiavi ti guardavo».

«Lo so. Anche io».

«E lo sai a cosa pensavo?».

«Se è bello dimmelo, sennò taci».

«Che ti amo». Si girò su un fianco e si mise a osservare il profilo del marito. «Non la trovi una cosa assurda?».

«Assolutamente no. Come potresti non amarmi? Oddio, non sono stato nella Spal, però...».

«Lascia perdere la Spal. Uno ha dei principi, fa di tutto per rispettarli e poi arriva l'amore, e giustifichi un sacco di cose, magari troppe».

«No, c'è un limite. Tipo Hitler non lo puoi amare» le disse.

«E invece pensa, c'è stata una donna che lo ha amato».

«Allora è colpa vostra, non nostra. Dico, di voi donne».

«Quando i vostri cervelli, perché ne avete due, impareranno a capire la metà delle cose di cui si occupa il cervello di una donna, sarete degli esseri migliori».

«Sarà, però io non sono Hitler».

«No. Direi di no. Sei più alto, più bello, non hai i baffi...».

«Tutto qui?».

Marina gli carezzò il petto.

«Veramente per tornare a casa hai dovuto chiudere gli occhi?».

«Un po'. Ora però ce li ho belli aperti e vedo accanto a me l'uomo che amo e che con molta probabilità amerò sempre».

«Ho un'erezione».

«Potresti per una volta pensare ad altro?».

«Tipo?».

«Facciamo una tregua di tre giorni?».

«Che significa?».

«Una scommessa».

«Non mi piace».

«Eddai… io dico che per tre giorni non ce la fai».

«Mi sfidi, Mari'?».

«Sì».

«Accetto. Che ci giochiamo?».

«Un gelato da Romoli a viale Eritrea con la panna».

«Va bene, ma mettiamo tre regole: la prima tu non mi provochi».

Marina si avvicinò poggiando il mento sul petto di Rocco. «Che intendi?».

«Non giri per casa mezza nuda».

«Metto il burka?».

«Quasi. Niente vestiti scollati e corti, tacchi alti, niente spargimenti di creme sulle gambe davanti alla televisione».

«Vabbè, poi?».

«La seconda dormiamo in letti separati».

«Ma che sei scemo?».

«E sennò devo dormire sui talloni».

«Io dormo nel letto mio. Te ne vai tu».

«Me ne vado io».

«Terza regola?».

«La mattina ci baciamo sulle guance. Quarta regola…».

«Avevi detto tre».

«Ho mentito. Quarta regola non ti metti gli occhiali quando leggi e non succhi le matite».

«Sei proprio un cafone».

«So' de Trastevere».

«Ma come faccio? Rocco, io senza gli occhiali non vedo niente».

«In mia presenza gli occhiali non li metti».

«E da quando ti ecciti se porto gli occhiali?».

«Da sempre. Se vuoi la scommessa devi accettare queste quattro regole».

Marina ci pensò su. «Va bene. Ma allora se devi rompere, alziamo l'asticella. Giochiamoci qualcosa di più di un gelato».

«Se io resisto tre giorni tu mi paghi un gelato. Se io cedo...».

«Se cedi Natale lo facciamo coi miei».

Rocco si passò la mano davanti agli occhi. «Oddio...».

«Allora?».

«Natale dai tuoi?».

«Coi regali e tutto il resto. E in più...».

«Come in più!».

«Tu hai aggiunto la quarta regola? Io aggiungo la seconda penalità. Tanto sei forte e vinci».

«Sentiamo la seconda penalità».

«Dall'inizio del campionato fino diciamo a tutto il girone di andata qui in casa niente 'a Roma, 'a Lazio, è go', fuori casa in casa e fuorigioco. Comprì?».

Il vicequestore sbuffò. «Fino a novembre?».

«Sì. E quindi in mia presenza niente partite. Ci stai allora?».

Rocco ci pensò su. «Certo che ci sto. Paura di nessuno! Va bene. Da domani?».

«Da domani per tre giorni».

«Stringiamoci la mano».

Marina allungò la sua e il vicequestore ne approfittò per trascinare la moglie nella sua metà del letto.

«Eddai Rocco, sono le tre passate. Fra un'ora ti devi alzare».

«La risposta è sticazzi» e la baciò. Marina lo lasciò fare e non si accorse che Rocco stava piangendo. Solo quando una lacrima salata le finì sulle labbra guardò il marito e vide gli occhi umidi. «Piangi, amore mio?».

«Sì».

«Non devi... devi sorridere».

«Lo sto facendo. Da qualche parte addirittura rido».

«Io ti amo».

«Anche io vita mia, ora però silenzio, che ho un lavoro da fare...» e le baciò prima il mento, poi le carezzò i seni con le labbra, poi scese ancora. Marina lo lasciò fare stringendogli i capelli. Sorrideva perché sapeva che quel bestione irrisolto non sarebbe mai andato via da lei, e lei mai lo avrebbe lasciato. Sarebbero restati insieme, negli anni a venire, procedendo pian piano mano nella mano, col sorriso che viene dalla consapevolezza che alla vita non ti puoi opporre. Poi i pensieri si sciolsero come carta sotto la pioggia e fecero l'amore ascoltando solo il battito del cuore i nervi e i muscoli. Lo fecero a lungo, sudando, ansimando e amandosi come fosse l'ultima volta.

Il sole stava appena schiarendo il cielo a est. Il mare era una macchia d'inchiostro. La brezza faceva venire la pelle d'oca. Le luci notturne del porto ancora accese illuminavano mezzi e uomini già in attività. Anche i primi turisti cominciavano a mettersi in fila per gli imbarchi verso la Sardegna. Nell'ufficio di capitaneria Rocco stava bevendo un caffè in un bicchierino di plastica. Sasà D'Inzeo uscì dall'ufficio con il capitano Nunzi, un ometto coi capelli brizzolati e una bella barba bianca. «Il container è stato sbarcato. Ora deve passare il controllo doganale».

«Qual è il piano?» chiese Sasà.

«Lo isoliamo» fece il militare, «e ce lo controlliamo da cima a fondo. Voi quanti uomini avete?».

«Pochi» disse il magistrato.

«Avete idea di quanta roba entri in un container?».

«Posso immaginarlo» rispose il vicequestore. «Ma quello che vogliamo è far scaricare i pezzi uno per uno e controllarli. Sicuramente verrà il proprietario. Quello che chiedo a voi della capitaneria è bloccarlo il più a lungo possibile».

«Comunque io per non sapere né leggere né scrivere ho mandato Gardini e due sottocapi a darvi una mano. Tutta gente fidata. Certo una cosa resta strana».

«Ci dica capitano».

«I controlli non sono quasi mai così capillari. La cosa sarà un po' sospetta».

«Per questo mi serve che lei si inventi qualcosa, una circolare delle autorità portuali, della finanza...».

«Ci proverò» e allargando le braccia l'ufficiale lasciò la stanza. Rocco accartocciò il bicchierino di plastica e lo gettò nel cestino. «Allora Sasà, ci diamo da fare?».

Gli uomini della capitaneria avevano collocato il container da controllare sulla banchina. Era rosso. Dalla finestra del piccolo ufficio, Rocco guardava l'ispettore Munifici che si aggirava nervoso aspettando l'arrivo del doganiere. Elena invece appoggiata alle pareti di metallo stava all'ombra. Sasà era sparito al bagno da dieci minuti. Il sole ormai batteva forte e la temperatura saliva di minuto in minuto nonostante la vicinanza del mare. I gabbiani strillavano e una nave muggì lontano. Arrivò l'uomo della capitaneria che aprì la doppia porta di metallo. Un muletto guidato da un operaio si avvicinò per scaricare. Munifici si preparò. Rocco invece prese la radio. «Schiavone, mi senti Simone?».

«Forte e chiaro...».

Aveva piazzato i due agenti Zuccari e Parrillo sulla strada che portava alla piattaforma.

«Abbiamo aperto il carico. Cominciamo...».

«Anch'io ho notizie. Arriva una BMW nera. Seguita da un tir, è un articolato».

«Bene, da questo momento orecchie tese».

Avevano già tirato fuori diversi imballi. Munifici e Elena aiutati dai due uomini della capitaneria li stavano aprendo. E finalmente la BMW nera tirata a lucido arrivò parcheggiando a una ventina di metri dal container. Dall'auto scese Silvestrelli. Rocco lo riconobbe subito. Tenuta sportiva e occhiali da sole, aveva i capelli umidi e una sigaretta in bocca. Era accompagnato da un uomo che aveva visto troppi film sui gangster. Maglietta nera, occhiali da sole e muscoli in evidenza. Silvestrelli si mise subito a parlare con il primo maresciallo Gardini che, cartelle in mano, scuoteva la testa e allargava le braccia. Neanche un minuto e arrivò l'autoarticolato annunciato da Zuccari. Il grosso camion aveva la scritta Stockmar e frenò con un rumore di aria compressa e cigolii metallici. Il rombo del motore in folle riempiva il marciapiede. A Rocco si svuotò lo stomaco quando dal grosso tir con rimorchio vide scendere Emeka con i dreadlock al vento accompagnato da un nero pelato. Era gigantesco.

«Cazzo... ci stanno pure Bob Marley e il miglio verde» disse ad alta voce. Sasà D'Inzeo appena tornato dal gabinetto, si affacciò alla finestra. «Quei due?».

«Già...». Rocco afferrò ancora la radio. «Schiavone. Abbiamo i due nigeriani. Zuccari e Parrillo, avvicinatevi senza farvi vedere».

«Ricevuto» rispose Zuccari.

«Tutto a posto Rocco?».

«Non lo so Sasà. Stiamo preparati».

Intanto Silvestrelli continuava a questionare con il primo maresciallo, finché a dare una mano al sottufficiale arrivò il capitano Nunzi. Strinse la mano a Silvestrelli e si misero a chiacchierare. Silvestrelli annuiva e rinculava, era evidente che l'uomo della capitaneria gli stava propinando bugie e documenti finti. Era il momento di far entrare in azione i due della cinofila. «Sasà, io mando i cani. Appena li vedranno, sgamano. Quindi da questo momento, carte scoperte».

Il magistrato annuì. Rocco si portò sul retro dell'ufficetto, radiolina alla mano. «Schiavone... ci siamo, occhi e orecchie aperti», poi avvertì i due poliziotti della cinofila. «Agenti D'Andrea e Battistini potete andare» e chiuse la comunicazione.

Munifici ed Elena, gli unici senza radiolina, esaminavano gli imballi di cartone mentre il muletto continuava a prelevarne altri per depositarli sulla banchina.

Silvestrelli, braccia conserte, osservava la scena e scuoteva la testa. Il suo guardaspalle s'era tolto gli occhiali e s'era acceso una sigaretta. Altri due operai, forse della società di spedizione, li avevano raggiunti per aiutare a caricare le casse. Davanti a quella scena inaspettata si fermarono ad attendere vicino al rimorchio del tir. Dal retro dell'ufficio spuntarono gli agenti D'Andrea e Battistini coi cani al guinzaglio. Rocco da venti metri di distanza vide Silvestrelli sbiancare e girarsi di scatto verso i due nigeriani che, al contrario, non mossero un muscolo. Munifici ed Elena non aprivano più le casse, avevano messo la mano sulla pistola che tenevano infilata nei pantaloni. Ma nessuno fece niente. Restarono lì a guardare l'arrivo dei pastori tedeschi al guinzaglio. Rocco decise che era arrivato il momento di uscire dall'ufficio. Attraversò il piazzale di asfalto sotto il sole senza mai togliere gli occhi da Silvestrelli che sembrava non aver notato la sua presenza. Si avvicinò al container. Finalmente Silvestrelli lo vide. Sorrise. Rocco ricambiò e guardò dentro al container rosso con le porte spalancate. Non era pieno. C'erano molte scatole di cartone impilate e assicurate con corde alle pareti. Fra una fila e l'altra ci si poteva passare abbastanza comodamente. Rocco fece un cenno agli agenti coi cani. Gli animali annusarono istericamente i cartoni muovendo la coda e impennando le orecchie attente agli ordini impartiti a bassa voce dai loro padroni.

«C'è qualcosa che non va?» una voce alle spalle di Rocco lo fece voltare. Silvestrelli si era tolto gli occhiali. Sembrava fresco di doccia. Rocco lo guardò. «Lei chi è?».

«Sandro Silvestrelli, il proprietario di questi mobili» e indicò le casse che il muletto continuava a tirare giù e che Munifici ed Elena, insieme ad altri due uomini della capitaneria, controllavano.

«Non lo so se c'è un problema, me lo vuole dire lei?» gli rispose Rocco.

Silvestrelli si strofinò il naso con il palmo della mano. «Non le sembra fuori luogo un controllo così? Io ritardo il carico e l'arrivo in negozio».

«E sticazzi?» gli rispose Rocco. Quello con una smorfia di disappunto retrocedette verso i due nigeriani trasformati in due statue. Il suo guardaspalle intanto aveva gettato la sigaretta e aperto lo sportello dell'auto.

«Dotto', per ora niente...» fece uno degli agenti col pastore tedesco.

«Continuate. Tutte le casse, non ne saltate una».

«Ricevuto».

Il maresciallo Gardini raggiunse il vicequestore. «Ma lei è sicuro che qui c'è qualcosa? Insomma, un controllo del genere...».

«Ascolti Gardini. Io non ho il sospetto, ho la sicurezza che qui dentro ci sia qualcosa». Poi rivolto ai suoi: «Continuate ad aprire i cartoni!».

«Ma insomma basta! Questo è troppo!» urlò Silvestrelli. «Io voglio vedere...».

Rocco non lo fece terminare. Si mise la mano in tasca e consegnò un foglio al proprietario dei mobili. «Tenga. C'è la firma del tribunale. Le basta?».

Quello si mise a leggere. «Intanto chiamo l'avvocato!».

«Ma chiama chi cazzo te pare!» gli disse Rocco.

«Lei non sa in che guaio s'è messo, Schiavone!».

«E lei come fa a sapere il mio nome? Io non gliel'ho mai detto. Eravamo amici? Ci siamo conosciuti a cena? Compagni di liceo?».

Ma quello non rispose. Di scatto estrasse il cellulare dalla tasca come fosse un serramanico, poi si voltò a fare una telefonata. Raggiunse il camion articolato che attendeva il carico, parlava a bassa voce agitando le mani e sudando. La maglietta s'era già appiccicata alla pelle. Chiuse la telefonata e ad ampie falcate tornò verso il vicequestore. «Voglio che poi gli imballi vengano rimessi tutti a posto!».

«Come no, ci facciamo pure il fiocchetto se vuole, vero ispettore?».

Elena intanto stava osservando il contenuto di un cartone. Un tavolo a fiori. «Questo è identico a quello in esposizione che abbiamo visto!».

«Già. Evidentemente tira» poi guardò Silvestrelli. «Tira?».

«Cosa?».

«No dico, quel tavolo, tira?».

«Sta venendo il mio avvocato».

Rocco con un gesto della testa indicò l'ufficetto poco distante dal quale era uscito dieci minuti prima. «Lì dentro c'è il magistrato. Lo faccia pure accomodare, si prenderanno un caffè e si faranno una bella chiacchierata mentre noi continuiamo a lavorare».

Un cane cominciò ad abbaiare. Una scossa attraversò i nigeriani e il guardaspalle da film. Rocco e Munifici corsero nel container. Il cane puntava un cartone. Sulla bolla c'era scritta la provenienza. «Questa non è del Messico. Questa è Honduras».

«Tiratela fuori».

L'uomo col muletto l'afferrò e la depositò sul marciapiede. Munifici la aprì. C'erano delle statuine. Rocco ne aveva viste di simili nei musei.

«Se pensa che sono precolombiane si sbaglia, sono tutti falsi che io vendo come tali» fece calmo Silvestrelli. «Sulla bolla è dichiarato» schioccò le dita e Emeka, il nigeriano con i capelli rasta, scattò verso il camion. «Ora le mostro la distinta e...».

Rocco lo bloccò con la mano. «Sono fatte bene. Quanto chiede per una di queste?».

Silvestrelli restò spiazzato da quella domanda. «Trenta euro. Più o meno. Si possono usare come fermacarte, fermalibri, o così... per bellezza». Ne capovolse una. Aveva un tappo di ceramica quasi invisibile. Silvestrelli lo aprì. La statuina all'interno era vuota. La restituì a Rocco che sorrise e gli poggiò la mano sulla spalla sudata. Come due vecchi amici in vena di confessioni si allontanarono. «Silvestrelli, le dico la verità, a me lei sembra un uomo corretto. È vero, c'è stata una soffiata... ma detto fra noi io me ne vorrei stare al mare, come lei».

«Guardi» il mobiliere s'era improvvisamente rilassato «ha visto? Sono falsi. Se vuole le mostro le foto degli artigiani che le fanno nell'Ocotepeque».

«L'ho capito, cosa crede» poi il vicequestore aggiunse in tono confidenziale: «Facciamo così, fa un caldo allucinante, io ho quel rompicoglioni del magistrato sulle palle, collabori senza protestare e in meno di un'ora lei si carica i suoi mobili e se ne va. Devo far vedere che vado fino in fondo, insomma lei mi capisce, altrimenti mi trasferiscono in Barbagia. Tengo famiglia pure io...».

Silvestrelli annuì sorridendo, il volto rilassato. «Va bene, proceda. La prego però, non mi faccia danni».

«Assolutamente no. Le rimetteremo tutto a posto, si fidi. Vedrà che passata questa lei non avrà più noie con me o con la finanza. Glielo posso garantire» e allungò la mano. Silvestrelli gliela strinse. Era sudata e scivolosa.

Il piazzale pareva essere sotto l'effetto di un blando narcotico. I cani che avevano controllato gli scatoloni se ne stavano all'ombra delle colonne di ferro con le lingue di fuori. I due agenti gli avevano portato una bella ciotola di acqua e sembravano non avere più niente da fare, appoggiati alla balaustra cercavano di asciugarsi il sudore. A terra metri di cellophane e imballi strappati sbattevano alla brezza calda della tarda mattina. Il mare lì vicino era calmo e mandava un fetore di fogna e alghe putride. Solo i gabbiani si inseguivano per piombare come razzi sullo specchio dell'acqua. Rocco seduto su una bitta osservava i suoi colleghi e gli uomini della guardia costiera che si erano presi una pausa. Fra poco avrebbero cominciato a mettere tutto a posto.

Silvestrelli e l'avvocato erano andati verso l'ufficetto e questionavano con Sasà D'Inzeo che, ogni cinque secondi, lanciava un'occhiata preoccupata a Rocco.

Dove sta? pensava. Che Alberto Ferri avesse preso una cantonata? E allora perché quell'appunto così preciso sul container che risultava poi esistere per davvero? Mancavano sì e no una decina di cartoni e della roba non c'era traccia. I nigeriani sembravano impermeabili al calore del sole. Restavano lì, fermi e silenziosi a osservare impassibili. Il guardaspalle era seduto nell'auto e si era acceso la terza sigaretta. Rocco guardava tavoli, sedie, comodini, armadi che sbucavano dalle casse sbudellate.

Dove cazzo l'hai messa?

I trucchi erano infiniti. La roba poteva essere nascosta nel doppiofondo di un comodino, appiattita dentro la carta stagnola, o spalmata di Vix Vaporub per evitare che i tartufi dei pastori tedeschi la intercettassero.

L'hai trasformata, si diceva. In cosa l'hai trasformata, Silvestrelli? Era un trucco che le forze dell'ordine conoscevano bene. A un suo collega della narcotici era capitato un trafficante che spediva per posta delle magliette di cotone che poi risultavano essere intrise di cocaina.

L'avevano potuta mischiare alla tempera dei colori che ornavano tavoli e madie? O forse era il legno stesso a essere intriso di roba?

«No, allora, al museo arriva questo buddha kanakamuni ligneo, bellissimo, del sedicesimo secolo» gli tornarono in mente le parole di Ardenzi della sera prima. «Io mi avvicino e sento che qualcosa non quadra».

Rocco si alzò dalla bitta con le parole del direttore del museo nelle orecchie, quasi lo stessero guidando.

«Così impacchettiamo la statua, ma io chiamo Floridi e gli chiedo, di tasca mia sia chiaro, di fare una spettroscopia molecolare...».

Il vicequestore raggiunse le finte statuette precolombiane. Ne prese una. La osservò. Guardò il buco sulla base. Alzò la statuina mostrandola a Silvestrelli e gli sorrise. Quello sorrise di rimando. Rocco guardò Munifici e Dobbrilla, sudati, con i temperini in mano. Qualcosa negli occhi del loro capo era cambiata. C'era una luce d'allarme. Sembrava stesse impartendo degli ordini silenziosi. Rocco in piedi, al centro delle casse svuotate con una statuina rosa e grigia in mano, voleva la loro attenzione. I poliziotti rimisero a posto i coltellini. Una corrente passò fra i loro sguardi, un silenzio carico di parole e di ordini che non c'era bisogno di impartire. L'ispettore, come se avesse compreso, annuì. Si allontanarono dagli ultimi cartoni che stavano controllando. Rocco si infilò le mani in tasca. Prese l'accendino e lo accese. Lo avvicinò alla statuina. Silvestrelli si era tolto gli occhiali. I due nigeriani respiravano gonfiando a dismisura la cassa toracica. Il guardaspalle era sceso dall'auto. La materia di cui era fatta la statuina cominciò a sfrigolare, come farina che bolle. Una pappetta liquida e biancastra era rimasta sulle dita di Rocco. Si avvicinò ai cani. Abbassò la mano su quello che sembrava il più vecchio. «Senti un po' cucciolo, che cos'è secondo te?».

Il cane abbaiò e fu come il colpo di uno starter. Emeka scattò verso il mare, il gigante pelato sguainò una lama appuntita dalla manica della camicia. Elena corse dietro il rasta, i due agenti della cinofila cercavano di trattenere le bestie che latravano coi denti sguainati. Munifici si avventò sul nigeriano pelato che con uno scatto impensabile per la sua mole piegò il braccio dell'ispettore e gli sferrò una coltellata rapida nella schiena. Il poliziotto urlò, cadde a terra. Il nigeriano provò a scappare. Due colpi di pistola. Il nero si ghiacciò, strabuzzò gli occhi, prima gli si piegarono le ginocchia poi stramazzò accanto a Munifici. Rocco lo raggiunse, con un calcio allontanò lo stiletto appena usato sulle vertebre dell'ispettore. Il nero muto, schiena a terra, tremava mentre sangue e bolle d'aria gli uscivano dalla bocca. Zuccari era a venti metri, impietrito, la Beretta ancora puntata mentre i due operai accanto al tir avevano alzato le mani spaventati. Parrillo invece aveva raggiunto il guardaspalle che si era arreso come un bambino spaventato in un film di Disney. Silvestrelli si guardava intorno spaesato. I cani avevano smesso di abbaiare. L'unico a tentare una fuga era Emeka che nuotava lento verso il largo. Elena lo guardava senza sapere che fare. Il primo maresciallo Gardini aveva già preso la radio impartendo ordini. Rocco si avvicinò a Munifici. L'ispettore con una smorfia sul viso si toccava la schiena: «Cazzo fa male... cazzo fa male...» diceva. Rocco lo girò appena. La lama era penetrata proprio accanto alla colonna vertebrale, a qualche centimetro dal collo. «Riesci a muoverti?» gli chiese ansimando.

«Cosa? Cazzo che dolore!».

«Ho chiesto se riesci a muovere gambe e braccia».

«Sì, sì, ci riesco... fa male!».

Rocco fece cenno a Zuccari che andava tutto bene. Il poliziotto si guardò intorno, vide gli operai con le braccia alzate, vide Parrillo che metteva le manette a Silvestrelli e al guardaspalle. Si asciugò il sudore e raggiunse il collega rimettendosi la pistola nei calzoni.

I due agenti della cinofila, che intanto avevano calmato gli animali, si unirono a Zuccari e Parrillo a dare una mano per gli arresti. Emeka con uno stile discutibile si dirigeva verso il marciapiede dei traghetti. «Ma dove pensa di andare?» fece Elena indicando la barca della capitaneria che si avvicinava al nigeriano. Appena quello vide l'imbarcazione prese aria e si immerse sparendo alla vista.

Intanto il magistrato aveva chiamato l'ambulanza mentre Zuccari e Parrillo spingevano Silvestrelli, i due operai e il gorilla ammanettati verso l'ufficetto.

«Resisti Munifici, sta arrivando l'ambulanza» fece D'Inzeo avvicinandosi all'agente a terra.

«Ma che era?» chiese quello.

«Una coltellata... ma t'è andata bene. Fa male ma poi passa...» gli rispose Rocco.

«Fa un male cane. Quanto mi becco?».

«Secondo me, te ne puoi pure andare in ferie» asserì il magistrato.

Munifici si mise a ridere ma una fitta di dolore gli spense il sorriso. «Li abbiamo presi?».

«Sì... manca solo Baiocchi ma tanto 'ndo cazzo va?».

«L'altro?».

«Quell'altro è scappato in acqua» rispose il magistrato indicando il mare. Elena non perdeva di vista l'operazione. Rocco allungò il collo e vide l'imbarcazione della capitaneria che girava intorno a un punto. Il nigeriano era sparito. Gli uomini sul motoscafo guardavano attenti il mare. Prima o poi il fuggitivo sarebbe rispuntato. Elena si voltò verso il vicequestore allargando le braccia. «Boh!» urlò. Ma poi la testa piena di capelli riapparve a pochi centimetri davanti all'imbarcazione.

«È lì davanti! Occhio!» gridò Rocco ma non ci fu tempo. Quelli della capitaneria non se ne accorsero. La barca passò sopra Emeka Orizo lasciandosi dietro una scia rossa mista alla spuma bianca del mare. Elena si portò le mani davanti alla bocca. Sasà abbassò lo sguardo. Rocco guardò il primo maresciallo Gardini. «Capo, l'hanno tranciato, mi sa» gli disse. Il vecchio sottufficiale era rimasto con la radio in mano. «Non l'hanno visto» mormorò.

«Peggio pe' lui» fece Rocco e finalmente l'ambulanza arrivò. «Eddai Munifici, te ne vai all'ospedale! Sei un eroe!».

Rientrarono al commissariato Cristoforo Colombo solo nel tardo pomeriggio. Zuccari non aveva più detto una parola. Si guardava le mani. Elena era stravolta, Parrillo era voluto restare accanto a Munifici all'ospedale. La moglie dell'ispettore non aveva fatto in tempo a tornare da Torino per tenere compagnia al marito, ma per fortuna i medici avevano sciolto la prognosi. Entrando nella stanza Rocco diede una pacca amichevole a Elena. «È stato un battesimo coi controcazzi...». La ragazza annuì. «Io... non lo so dottore. Non me la sento».

«Di fare cosa?».

«Di fare niente. Non mi sento più le braccia, le gambe, come se avessi un corpo di polenta».

«Succede. Ma intanto parli. A me quando capitò la prima volta me ne stetti a casa al buio per tre giorni. Ci farai l'abitudine, anche se non è una cosa bella farci l'abitudine a 'sto schifo».

Elena sorrise. «Posso... posso andare a casa?».

«Certo. Vattene a casa, stasera esci, prendi un'amica, un amico, vatti a bere qualcosa e storditi fino all'alba. Vedrai che domani ti resta solo un gran mal di testa».

Elena sorrise appena, si passò la mano sul mento. «Io me lo sognerò tutte le notti...» e improvvisamente scoppiò a piangere.

«No no no...» Rocco l'abbracciò. «Non piangere Elena, non lo fare...».

Invece la ragazza aprì la diga e cominciò a singhiozzare con la testa appoggiata sulla spalla del vicequestore. «E no, agente Dobbrilla, se fai così che dobbiamo pensare di te? Che sei una piagnona?».

Anche il vecchio De Silvestri si avvicinò. «Forza Elena, non è niente. Poteva andare peggio. Pensa all'ispettore che se ne sta con una coltellata sulla schiena e gli fa un male cane».

«Vabbè» fece Rocco, «Munifici se la meritava pure secondo me».

E come per magia Elena passò dal pianto al riso.

«Brava Elena, ascolta tuo padre».

«Grazie... papà!».

«Vaffanculo Dobbrilla!» reagì Rocco. Poi si voltò verso Zuccari. L'agente era seduto con lo sguardo vitreo inchiodato a terra. Gli occhi umidi. Anche lui stava piangendo. Schiavone guardò De Silvestri che prese Elena sottobraccio e insieme lasciarono la stanza. Rocco si sedette accanto a Simone. «Embè? Che succede? Ti ci metti anche tu?».

«Ho ammazzato un uomo» disse con un filo di voce sottile come carta velina.

«È terribile, lo so... non ho nulla da dirti che ti tolga 'sto peso. Ci dovrai convivere per tutta la vita».

«Che merda...» fece Zuccari e si asciugò gli occhi. «Non lo so, ho visto che stava accoltellando Carlo e... è partito da solo».

«Tu hai fatto il tuo dovere. E io so bene che qualsiasi cosa ti dica ti suonerà come una stronzata piena di retorica. Hai fatto il poliziotto, Simo'. Questo sei. Sei armato, hai a che fare con gente di merda, e prima o poi poteva accadere. È successo oggi, un giorno di luglio di merda».

«Lo sa qual è la mia paura, dottore?».

«No».

«Che non sarò più come prima».

Rocco lo guardò. Fece un respiro profondo. «No, Simone. Non sarai più come prima».

L'agente tirò su col naso. «Grazie per la sincerità. È dura, ma grazie per la sincerità». Poi si alzò, le gambe deboli, le braccia abbandonate lungo il corpo. «Lo dico a mia madre?».

«Io lascerei perdere. Meglio che lei ti veda come ti ha sempre visto. Noi lo capiamo, gli altri un po' meno. Anche se sono i tuoi genitori».

«Grazie» e annuendo lasciò la stanza. Rocco si abbandonò sul divanetto. Aveva solo voglia di tornare da Marina e chiudere con quella giornata.

Rientrò a casa. Marina non c'era. Il sole arancione stava andando a dormire e il cielo cominciava a vestirsi per la notte. Aprì il frigo e sorrise nel vedere che qualcuno aveva fatto la spesa. C'era anche una bottiglia di chardonnay in fresco. La aprì e se ne versò un bicchiere. Uscì in terrazza a guardare Roma. Un vento leggero portava un profumo dolce, forse erano i limoni del suo terrazzo o il caprifoglio del vicino del piano di sotto. Era piacevole. Si accese una sigaretta. Non riusciva a togliere la testa dal caso. Che mancava ancora del tassello più importante, quello che serviva per chiudere per sempre la storia e che forse mai l'avrebbe chiusa? Chi mandava la droga a Silvestrelli? Chi era il suo contatto? Sapeva già che era impossibile trovare l'organizzazione oltreoceano, i fornitori, ammesso che avessero poi altre basi in Italia. A lui e i suoi uomini il compito più ingrato, toccava la conta, il servizio di pulitura e di sgombero. Dodici statuine di cocaina, quattro cadaveri in una settimana. Quelli erano corpi umani, ma per la società erano rifiuti. E come tutti i rifiuti dovevano avere una destinazione. Nell'umido. La sua in fondo altro non era se non una raccolta differenziata.

Gettò la sigaretta e finì il vino per rientrare in casa. Accese una luce e andò in bagno.

Si guardò il viso allo specchio. Era tumefatto. Le occhiaie profonde e nere, i capelli sporchi aggrovigliati s'erano sbiancati sui lati, e gli parve che fossero aumentati dal giorno prima. Come le rughe, che a 41 anni avrebbero dovuto essere molte meno. Cominciavano a disegnare la mappa della sua vita sulla fronte e sulle guance. Si sciacquò il viso. E dietro le palpebre apparve il gigante muto che sputava sangue, poi il sangue sulla schiena di Munifici, e quello mischiato all'acqua del nigeriano tranciato dall'elica e infine quello dei corpi dei due ragazzi trucidati con uno stiletto di acciaio.

«'Cca troia...» sputò. «Non si può fare. Proprio no!».

Le chiavi nella toppa lo avvertirono che sua moglie era rientrata. Si lanciò nell'ingresso. Lei lo vide. «Amore, sei tornato. Dio, sei pallido!».

Ma Rocco l'afferrò e la baciò senza neanche farle richiudere la porta. «Amore, che fai? Così perdi la scommessa!».

«La risposta è sticazzi!».

Non se l'erano sentita di mettersi a cucinare. Al ristorante siciliano avevano mangiato come se non ci fosse un domani. Solo al cannolo Marina affrontò il problema. «Lo facciamo a casa nostra».

«Cosa?».

«Il Natale».

«Ma siamo a luglio e pensi al Natale?».

Marina rise coi suoi occhi enormi mentre addentava il dolce. Una spruzzata di zucchero a velo le cadde sulla maglietta. Masticava pulendosi la polvere bianca.

«E vengono anche gli zii, mi sa».

«Ma fai venire chi ti pare. Una cosa però è certa e non era compresa nella scommessa. Io non cucino!».

«E vorrei vedere».

«Ma neanche tu».

«Andiamo a prendere la roba al ristorante, come al solito».

Rocco odiava il Natale. Come odiava il Capodanno, la Pasqua e tutte le feste comandate. Odiava anche la sua, di festa, ora che ci pensava, e gli onomastici, le ricorrenze, tutta roba che vivacchiava dal settimo all'ottavo grado delle rotture di coglioni. La hit parade delle noie che il vicequestore si era inventato per provare a dominare gli scatti d'ira ogni volta che ne incontrava una. Andava dal sesto grado in su e si arricchiva ogni giorno. Proprio entrando nel ristorante aveva deciso che l'aria condizionata gelida s'era piazzata di diritto all'ottavo grado pieno, soprattutto quando fuori c'è un caldo demenziale.

«Volete altro?» fece il cameriere sbucato dal nulla mentre ancora masticavano il cannolo.

Ecco, se n'era aggiunta un'altra. Il cameriere che ti chiede se vuoi qualcosa mentre stai ancora mangiando.

Decise per un settimo grado tendente all'ottavo. «Ci faccia finire 'sto cannolo e poi le diciamo, le spiace?».

Il ragazzo, come era apparso, sparì in mezzo ai tavoli.

«Almeno tu hai avuto una bella giornata?» le chiese.

«Sempre dietro a San Clemente, Teodora e Sisinnio. Ora invece parliamo di questa estate che non vorrei restasse romana. Quando hai le ferie?».

«Come sempre. Dal 6 agosto. Perché?».

Sorrise. «Allora ci ho azzeccato».

«Azzeccato cosa?».

«Per la casa».

«Quale casa?».

«Ce ne andiamo tre settimane a Porquerolles. Ho preso una casa magnifica, dieci posti letto, una meraviglia, vuoi vedere le foto?».

«A Porquerolles?».

«Bello...».

«Ma su quella cazzo di isola non si può fumare!».

«In casa e nei bar sì».

«E poi perché dieci posti letto?».

«Perché tu pensi che con una casa in quel paradiso nessuno ci viene a trovare? Guarda che c'è la fila. Vuoi i nomi?».

Rocco allargò le braccia. «Ma io voglio stare solo con te».

«E ci starai, tranquillo...» si pulì le mani col tovagliolo.

«Tu vuoi dirmi che hai trovato una casa a Porquerolles in affitto nel mese di agosto?».

«Esatto. Sto aspettando la risposta, ma credo di sì».

«Ma se non c'è posto neanche per una tenda da campeggio. Oh, siamo a luglio!».

«Vuoi scommettere?».

Rocco la guardò e accettò la sfida. «Perdi sicuro».

«E tu provaci».

«Va bene. Io dico che non la trovi».

«E io dico di sì».

«Un gelato da Romoli?».

«Se la trovo paghi tu. Se non la trovo…».

«Se non la trovi tu pensi ai regali di Natale per i tuoi!» e allungò la mano. Marina la strinse. «Dobbiamo suggellare con rum e cioccolata».

«Stavo per dirlo io».

Munifici fu dimesso dopo due giorni di ospedale, ma Rocco gli aveva ordinato di starsene a casa, andare al mare, leggersi un libro, tutto tranne il commissariato e il lavoro. Sugli arresti al porto di Civitavecchia erano usciti articoli sulle pagine di cronaca romana. Quello più bello lo fece Monica Beltrami, la fidanzata di Alberto Ferri. Nonostante si occupasse di esteri, si era sentita in dovere di scriverlo per ricordare il suo uomo, per premiare l'indagine di quel giornalista che per quel traffico aveva perso un figlio e la vita. Era un articolo commovente e sul finale ringraziava Rocco Schiavone e gli uomini della polizia di Stato per aver fermato Silvestrelli.

Rocco lo lesse e lo restituì a Sasà che lasciò la velina in cima alla pila di quotidiani sull'orlo della scrivania. Come ogni articolo sarebbe durato poco più di una giornata, ma almeno per quelle 24 ore la vita di Alberto Ferri era valsa a qualcosa.

«Abbiamo fatto un bel lavoro, Rocco».

«Già. Ci sono ancora cose che non siamo riusciti a spiegarci. Silvestrelli riceveva la roba, ma chi la mandava? Chi lo copriva? E Luigi Baiocchi, quello che la sera al mobilificio ha portato via quei cartoni, che fine ha fatto? È sparito».

Sasà allargò le braccia. «Ci vuoi lavorare ancora?».

«Mi piacerebbe provarci. Tanto a parte una rapina al supermercato e un tentato omicidio a Spinaceto altro non ho».

«Ah... solo?».

«Io un'idea me la sono fatta. Tutta quella roba doveva essere raffinata. E da qualche parte ci deve essere un laboratorio».

«Stai dando un'occhiata ai chimici?».

«Quelli che conosco io stanno a Rebibbia. Devo mettere la voce in giro. Credo che Luigi Baiocchi sia il tramite con il laboratorio».

«Va bene, Rocco. Ti sto sempre dietro. Tranquillo».

«E per quel ragazzo, Davide?».

«È un poveraccio. Se l'è fatta sotto e ha venduto i suoi amici. Però passa i guai. Ha ostacolato le indagini, ha omesso, ha depistato».

«Avevano ragione Matteo e Giovanni. Non c'era da fidarsi di lui».

«No, però io quelli come lui li detesto» aggiunse il giudice, «e sto lavorando perché un giretto dentro se lo faccia. Magari gli passano pure i brufoli».

Il cellulare di Schiavone suonò. «Che palle» disse. «Io vado. A presto» e aprì la porta dell'ufficio rispondendo. Sasà invece aprì una cartellina e ci infilò dentro la testa.

«Chi scassa?».

«Sono tua moglie, idiota».

«Scusa Marina. Dimmi».

«Ho una notizia per te...».

«Nocciola, pistacchio e panna, grazie». Il ragazzo dietro il bancone servì un cono gigantesco a Marina che lo prese con gli occhi di una bambina felice.

«Per lei?».

«Cioccolato».

«E?».

«E basta. Solo cioccolato».

«Ci metto la panna?».

«No, mi ci metti il cioccolato. E tanto!».

Il gelataio eseguì.

«Restiamo dentro a mangiarlo, fuori si squaglia» fece Marina che aveva già finito la panna. «Mamma mia che bontà!».

Rocco andò alla cassa. «Come hai fatto a trovare la casa?».

«Segreto. Cioè, meglio, avevo un canale. Il proprietario del villino è Olivier Boulé».

Il vicequestore lasciò dieci euro alla cassiera. «Che sarebbe?».

«Il direttore del Musée national de la Renaissance a Lione. Ho fatto un lavoro per lui l'anno scorso».

«Allora non vale. Non hai giocato secondo le regole. Avevi la mafietta e te ne sei avvantaggiata. La scommessa non è valida» e prelevò il resto. Finalmente leccò il gelato. «Ma cos'è 'sto cioccolato?».

Marina era quasi arrivata al biscotto. «Poi ci andiamo a prendere pure il cremolato da Mario».

«Non starai esagerando, Mari'? A me 'st'aria condizionata mi fa venire il torcicollo. Usciamo e andiamocene a Villa Ada a stenderci sul prato e a farci una canna».

«Io non fumo. E non mi stendo sui prati».

«Fumo io. Tu guardi».

Uscirono dalla gelateria. Fuori il caldo era insopportabile. «Ti si scioglie già, vedi?».

Marina aveva i baffi verdi di pistacchio. Rocco li leccò via.

«Che schifo!» fece scansandosi.

«Avevi il gelato sui baffi!».

«Io non ho i baffi, cretino».

Salirono sull'auto parcheggiata in doppia fila. Aveva lasciato i finestrini aperti, l'aria condizionata puzzava di polvere e muffa. «Mi voglio comprare la maschera da sub per guardare i fondali a Porquerolles» fece Rocco infilando la chiave. «Mi piace un sacco. Ti ricordi a Sharm che meraviglia?».

«Sì, ma lì c'è la barriera corallina. A Porquerolles no. Mica vedi quei pesci».

«Lo so, che ti credi? Però da vedere c'è sicuramente. Magari qualche polipo...».

«Magari...».

Un'auto bianca si avvicinò lenta. Accostò accanto a quella di Schiavone. Rocco aveva infilato le chiavi. Percepì quella presenza e si voltò a guardare. C'erano due uomini. Uno alla guida, piccoletto e con gli occhi furbi. Quello accanto era Luigi Baiocchi. In mano aveva una pistola. La puntava verso di lui. Rocco fece appena in tempo ad abbassarsi con uno scatto, un riflesso condizionato proprio mentre quello premeva il grilletto. Tre colpi in rapida successione. Poi l'auto sgommò via. Rocco si voltò. Marina era riversa sul sedile. Un buco nella gola, un altro nella tempia. Rocco urlò, si gettò sul corpo della moglie cercando di chiudere la ferita alla testa, di impedire a quel sangue di uscire e di scivolare lungo il collo portandosi via tutto. Le urla della gente, il sangue sulle mani, gli occhi di Marina che erano già spenti e senza vita. Quegli occhi che poco prima sorridevano se n'erano andati, le palpebre calate a metà, la bocca appena aperta con i denti candidi non sorrideva più. Non parlava più. Rocco stringeva la testa di sua moglie, poi la baciò forte sulla fronte, sulle guance, sulle labbra. Le lacrime si mischiarono al sangue e le urla ai clacson delle auto. Le facce delle persone che guardavano spaventate erano dei tabelloni pubblicitari immobili e grotteschi. Ma Marina non si muoveva. Teneva le braccia abbandonate lungo il corpo, il gelato di Rocco era caduto a terra, ai piedi di Marina, il cioccolato le aveva sporcato la caviglia e il sandalo.

Stringeva il corpo, ma non era più Marina. Sembrava che insieme al sangue se ne fosse andato anche il suo odore. La guardò negli occhi aspettando che parlasse.

Glielo gridò in faccia, due, tre volte, la implorò. Ma quella restò muta, in silenzio, chiusa per sempre alla vita, a suo marito e a quel sole di inizio estate.

Aosta. Estate 2013

Era scesa la sera, una sera dolce. Dalla finestra aperta arrivava un odore di fiori e di prati appena tagliati. Le macchine non passavano più su corso Battaglione Aosta e il questore aveva acceso le luci della scrivania e quella da lettura accanto al divano dove Rocco stava seduto. Gli occhi umidi, il muso di Lupa appoggiato sulla gamba.

«Sono stanco» disse il vicequestore. «Vorrei andare a casa».

Costa guardò Baldi. Erano stremati, ma decine di domande si agitavano come una folla in preda al panico che tenta di scappare da un teatro in fiamme.

«Mi... mi dispiace» fu quello che il questore riuscì a dire.

«È una storia brutta, Schiavone» aggiunse Baldi. «Molto brutta. Ma mi sorge spontanea una domanda che non posso esimermi dal farle».

«Prego» muggì Rocco.

«Luigi Baiocchi, poi, che fine ha fatto?».

Rocco alzò gli occhi sul giudice. «Non lo so. È sparito. Credo sia scappato in Sud America» e si azzittì.

«E da allora non ne ha saputo più niente?».

«Più niente» e accarezzò la testa della cagna che dormiva profondo.

«Ma allora perché Enzo Baiocchi, il fratello più vecchio, ce l'ha tanto con lei?».

«Perché mi ritiene responsabile della rovina di suo fratello, pensa sia colpa mia se è dovuto fuggire all'estero. Perché magari proprio nel paese dove prendevano la droga quel pezzo di merda ha trovato la morte, e anche quello è colpa mia! E così Enzo l'ha messa sul mio conto...».

«Può essere» fece Baldi. «Può essere. Lei ci ha raccontato tutto?».

«Sono le nove. Sto parlando ininterrottamente da ore. Se ho saltato qualche dettaglio, mi creda, può anche essere perché sono passati sei anni e perché la saliva mi si è azzerata».

Costa e Baldi si guardarono. Due cani in attesa del boccone più prelibato. Ma quel boccone non arrivava. «Va bene. Va tutto bene. Ora facciamo così. Io diramo l'ordine di cattura per quel Baiocchi».

«La ringrazio dottor Baldi, così mi toglie di torno anche la Buccellato» e guardò Costa. «Già, la sua ex moglie continua a torturarmi dalle pagine del giornale, lo sa?».

«Lo so. Quella è un pit bull. Quando azzanna non molla. Lo so per esperienza coniugale».

«Posso andare? Il terzo grado è finito? No, perché avrei i coglioni lessati da questo divano in similpelle, da 'sti tramezzini schifosi che ho mangiato e dall'aria viziata di questa stanza».

Baldi annuì. «Per me sì. Ma non le prometto che non ne riparleremo».

Rocco fischiò e Lupa si svegliò di soprassalto. «Andiamo piccola. Vorrei dire che è stato un piacere, ma non lo è stato» e con un sorriso sbilenco lasciò la stanza di Costa.

Scese le scale. Passò in ufficio per recuperare le chiavi di casa. Fuori la porta trovò il cartello, quello che Italo Pierron, per scherzare, aveva appeso tempo prima e che riportava la graduatoria delle rotture in maniera che tutti fossero a conoscenza di ciò che disturbava il capo. Rocco prese una penna. Si avvicinò e al nono livello scrisse: i ricordi. Si mise la penna in tasca e si incamminò per il corridoio. Il cervello frastornato viaggiava lento, a tutt'altra velocità i suoi piedi che come un pilota automatico volevano portarlo dritto a via Croix de Ville, a casa. Lupa trotterellava alle sue spalle.

Non incontrò nessuno, e ringraziò in silenzio la fortuna. Solo Casella che stava in portineria e che lo salutò con un mezzo sorriso. «Buonanotte dotto'».

«A te, Casella. Dormi bene».

«Faccio la notte».

«E allora stammi sveglio».

Uscì dalla questura. Non aveva fame, solo voglia di stendersi sul letto. Nel parcheggio c'era un'auto con lo sportello aperto. Dentro il viceispettore Caterina Rispoli stava rimettendo a posto dei documenti. Lo vide e gli sorrise. «Buonasera. Come va?».

«Va. E tu?».

La ragazza scese dalla macchina. Lupa andò di corsa a salutarla. L'aveva tenuta tante di quelle volte a casa sua per fare un favore a Rocco che i due ormai erano più che familiari. «Anche per me va. Ciao lupacchiotta». La accarezzò, si fece un po' mordere il polso poi chiuse lo sportello. «Come si sente... scusa, come ti senti?».

«Come se mi avessero infilato in una betoniera e frullato per ore».

«Sei stato tutto il giorno in ufficio da Costa. Ma che succede?».

«Ho subito un terzo grado».

«Posso essere utile?».

«No, Cateri', grazie. Me ne torno a casa. Salutami Italo».

La buttò lì, non era così sicuro che l'agente Italo Pierron, il suo braccio destro, avesse ancora la storia con Caterina che tanto lo aveva innervosito. Perché su quella ragazza ci aveva fatto un pensierino fin da quando era arrivato ad Aosta nel settembre dell'anno prima. Caterina alzò le spalle. «Non lo vedo» disse e abbassò gli occhi.

«Ah. Mi dispiace. Vi siete lasciati?».

«Periodo di riflessione».

«Che è il solito eufemismo per dire che è finita».

«Era diventato un po'... ingombrante».

«Che vuoi dire? Lo so, non sono fatti miei, quindi puoi anche non rispondere».

Caterina sorrise. «No, te lo posso dire. Ha questa fissazione di vivere insieme, di stare nella stessa casa, di fare un... progetto, come lo chiama lui».

«E te non vuoi».

«Puzza di famiglia».

«E cosa c'è che non va in una famiglia?».

Caterina guardò in terra. «È una storia un po' lunga. Forse un giorno te la racconto. Diciamo che io non ho un bel rapporto con quell'istituzione, ecco».

«Mi accompagni? Devo prendere qualcosa da mangiare per la belva che oggi ha avuto solo un panino rancido ai carciofini».

«Va bene, tanto vado nella stessa direzione» e si incamminarono. Lupa li seguiva e si perdeva dietro a odori che solo lei poteva capire. «Hai avuto una brutta famiglia?».

«Ah!» fece Caterina, sembrava un colpo di tosse. «Chiamarla famiglia è un azzardo. Ho avuto un padre assente e che quando era presente era meglio restasse assente, e una madre invece presente che sarebbe stato meglio fosse assente».

«Un bel quadretto».

«Vero? Papà faceva il rappresentante di dolci. Merendine, biscotti, tutte quelle schifezze che ammazzano e ingrassano i bambini. A noi, a me e mio fratello, mamma ci impediva di mangiarle. Ecco, è l'unica cosa buona che ha fatto mia madre, ora che ci penso».

«Non l'amavi?».

«No. Non l'amavo e non la amo. Vuoi un po' di aggettivi?».

«Spara».

«Arida, egoista, immatura, stronza».

«E su tuo padre?».

Ci pensò su un po'. Poi guardò il cielo. «Ce n'è solo uno, ma non voglio dirtelo, perché è troppo doloroso».

«Come vuoi. Ho poca esperienza ma lo penso, guarda che vivere con la persona che ami è la cosa più bella al mondo».

«Può essere. Allora, forse, io la persona che amo non l'ho ancora incontrata» e guardò Rocco. Il ristorante di via Tillier era ancora aperto. «Vado a prendere una bistecca per Lupa. Mi aspetti qui?».

Caterina guardò il cane, poi Rocco. «Se ti aspetto qui potrei commettere un errore del quale probabilmente mi pentirei domattina stesso. No, tiro dritto. Vado... ciao Rocco».

«Ciao Caterina. Comunque poi ti mando fattura».

«Per cosa?».

«Abbiamo fatto una seduta di analisi e pensi che io 'ste cose le faccia gratis?».

Caterina mollò un pugno sulla spalla del vicequestore.

«Mi piace che cominciamo ad avere un minimo di rapporto io e te. Se penso che fino a tre settimane fa neanche riuscivi a darmi del tu».

«Vero. La cosa si potrebbe spiegare col fatto che neanche una settimana fa mi hai baciata».

«È vero. Ma non ti ho baciata. Ci siamo baciati. Questione di sfumature, ma è diverso. Buonanotte Cateri'».

«Ciao Rocco».

Quando rientrò in casa si gettò sul letto vestito e chiuse gli occhi. Percepì appena il cane saltare sul materasso. Poi sprofondò in un sonno buio e silenzioso.

A Roma in piena città esistono quartieri che nascondono casali di campagna. Angoli di paradiso a pochi passi dal centro, inaspettati, che non respirano lo smog o il cemento, ma sono circondati da querce centenarie e piante rarissime. A via di Novella, proprio dietro Villa Pamphilj, basta prendere una stradina senza uscita e ci si ritrova nelle Cotswalds, in piena campagna inglese. Lì c'era la villa di Juan Gonzalez Barrio, trecento metri quadrati in stile vittoriano con un giardino di mezzo ettaro a uno sputo dal Vaticano.

«Signore, è per lei» disse la cameriera sottovoce all'orecchio di Juan che stava per assaggiare un vino da dessert consigliato dal suo amico avvocato. La cena era stata buona ma pesante, avrebbe dovuto evitare il fritto.

«Chi è?».

«Non so signore, non mi ha detto il nome».

L'ex diplomatico guardò i suoi invitati. Stavano ascoltando sua moglie Penelope che raccontava la solita barzelletta su Fidel e Cuba.

«Qui a Cuba è un disastro, dice Pablo all'amico Xavier. Fila per il pane, fila per l'acqua, fila per i sigari, fila per tutto. E allora Pablo, gli chiede l'amico, che vuoi fare? Voglio matare Fidel. Dopo due giorni si incontrano e Xavier dice a Pablo: allora Pablo, l'hai matato a Fidel? No Xavier, sapessi che fila che c'era!».

Gli altri risero sommessamente, l'avvocato esagerò. Ci provava da anni con Penelope, lui e le sue partite di doppio al circolo, e forse c'era anche riuscito se Juan Gonzalez Barrio avesse dovuto dare un senso e un significato agli sguardi che i due ogni tanto si lanciavano da una parte all'altra del tavolo.

«Scusate, scusa cara... un rompiballe, torno subito...».

Penelope sorrise e riprese a parlare coi sei invitati che avevano finito il dolce, tranne l'avvocato che continuava a staccare bignè di profiterole infilandoseli in bocca neanche fossero pasticche per la gola.

Juan attraversò il salone e raggiunse l'ingresso. «Dov'è?».

«È sul retro» disse la cameriera «in cucina».

C'era un uomo, anziano, coi capelli biondi ossigenati e l'aria sporca e distrutta. Juan lo guardò attentamente, ma non gli venne in mente nulla. «Ci conosciamo?» gli chiese.

«Non ti ricordi di me? Sono Enzo Baiocchi, il fratello di Luigi...».

A quel nome Juan sbiancò. Controllò che la porta della cucina fosse chiusa. «Che cazzo ci fai qui? A casa mia? Ho degli ospiti!».

«Juan, mi devi aiutare».

Lo prese sottobraccio e uscì in giardino.

L'umidità li avvolse come una carta oleosa. Si allontanarono di fretta dalla villa fino ad arrivare al gazebo della piscina. Le luci soffuse illuminavano l'acqua turchese e le palme nane. Il cielo era nero ma le stelle non si vedevano. E neanche la luna. «Non mi hai ancora risposto. Che cazzo ci fai qui?».

«Mi cercano».

«Per cosa?».

«Sono scappato dal carcere».

Juan alzò gli occhi al cielo. «Quanto vuoi?».

«No, non si tratta di soldi, Juan. C'è un problema».

«Sarebbe?».

«Te lo ricordi Schiavone? Rocco Schiavone?».

«Sì. Mi pare. Mi ruppe i coglioni anni fa. E allora?».

«Quel poliziotto di merda ha ammazzato mio fratello, questo te lo ricordi?».

«Ma a me che me ne frega? E comunque che c'entra con te?».

Enzo si sedette sulla panchina di marmo. «Ho provato a farlo fuori. Senza riuscirci. Ora mi cercano».

«Cazzo!» sbottò Juan. «Chi ti cerca?».

«La polizia... Rocco Schiavone... i suoi amici. Tutti».

Juan si mise la mano in tasca. Tirò fuori un pacchetto. Si mise una sigaretta in bocca senza offrirla a Enzo. L'accese. «Chi sa che sei venuto qui?».

«E chi lo deve sape'? Nessuno».

Juan Gonzalez Barrio aspirò profondo e sputò il fumo in aria. Un grillo nascosto nell'erba cantava. «Che vuoi da me?».

«Fammi sparire. Mi serve un passaporto, un aereo e non ti rompo più il cazzo».

«Non lavoro più in ambasciata, lo sai no?».

«Sì, lo so, ma conosci un sacco di gente. Mandami a Trujillo, Comayagua, dove ti pare, ma fammi uscire da 'sto paese».

«E spiegami un po'. Come ti ci mando in Honduras?

Non è facile. Non ce li ho più quei contatti». Buttò la sigaretta. «È già tanto se riesco a rientrare io, Enzo».

«Per favore Juan. Però, quando ti serviva mio fratello io...».

«Tu e quel coglione di Luigi mi avete fatto solo casini. Solo casini!».

Enzo sentì le braccia tremare. Avrebbe voluto alzarsi e prendere a ceffoni quel ciccione con la camicia bianca, pestarlo a sangue e fargli sputare il cervello, ma si trattenne. L'ex addetto alla cultura dell'ambasciata dell'Honduras era la sua ultima speranza.

«Mi serve tempo, Enzo».

«Quanto tempo?».

«Hai un posto dove stare?».

Enzo ci pensò. Da sua figlia non era il caso, e a Pitocco, in quel paese sperduto vicino Frosinone dove s'era rintanato neanche. «Qui a Roma?».

«No, a New York! Certo, a Roma, coglione!».

Enzo ingoiò anche quell'offesa. «No, non ce l'ho».

Il sudamericano fece avanti e indietro sul prato bagnato tenendosi il mento. Enzo gli guardava la pancia ballonzolare sopra i pantaloni. «Ora ti do un indirizzo. È un albergo, sulla Pontina, al chilometro 35».

«Chilometro 35, sì...».

«Si chiama Hotel Bellavista. Tieni» si mise la mano in tasca e gli diede una banconota da 50 euro. «Per il taxi, dovrebbero bastare».

«Grazie».

«Vai a nome mio e fatti dare una stanza. Resta lì Enzo, finchè non ti chiamo, intesi?».

«Quanti giorni ci devo stare?».

«Che ne so? Due, tre giorni al massimo. Poi però mi fai una promessa».

«Se posso».

«Sparisci per sempre dalla mia vita e non ti presenti più qui a casa mia dove ci sono mia moglie e le mie figlie. Gli avanzi come te io non li do neppure ai cani».

«Però tu mi offendi, Juan. Io non lo faccio».

«Perché ti servo, coglione!».

Enzo lo guardò serio. Gli occhi stretti erano due frecce puntute. «Tre giorni».

«Cos'è, una minaccia? Mi dai un ultimatum?».

«No, te lo sto ricordando. Tre giorni. Poi mi consegno».

«Perché non ti consegni subito e mi togli questo problema dalle palle?».

«Juan, se mi consegno, tu vieni con me». Si alzò dalla panchina e si incamminò verso l'entrata posteriore del giardino. «Me lo chiami un taxi o faccio da solo?».

Ma Juan Gonzalez Barrio non rispose. A passi decisi tornò dai suoi ospiti, alle barzellette di sua moglie e ai denti finti dell'avvocato. Ci mancava quest'ombra dal passato a rendergli la vita ancora più insopportabile.

«*United united united we stand, united we never shall fall!*». Rocco saltò sul letto.

«Ancora?» si alzò e si precipitò fuori casa con la canzone dei Judas Priest che risuonava nella tromba delle scale. Bussò alla porta del vicino. La musica era ad un volume talmente forte che non si sentiva il suono del campanello.

«*So keep it up, don't give in...*».

Bussò coi pugni, con tutta la forza che aveva in corpo. Una neve di stucco cadde sullo zerbino. Finalmente la musica si azzittì. La porta si aprì e apparve Gabriele, il sedicenne brufoloso con una maglietta dei Motörhead di due taglie più grande.

«Che c'è?».

«Ancora co' 'sta storia? Mi hai svegliato. Lo sai che ore sono?».

«Le undici e un quarto».

Rocco rimase in silenzio. Guardò la finestra delle scale. C'era il sole. Non ci aveva fatto caso.

«Ah. Le undici e un quarto?».

«Sì» fece Gabriele reprimendo un sorriso. «Ora anche qualche secondo in più».

«Fai lo spiritoso?».

«No, era per la precisione».

Rocco si allontanò. «Be', comunque, non si ascolta la musica a questo volume, neanche alle undici e un quarto».

«Ma a quest'ora non c'è mai nessuno. Pensavo che era andato a lavorare».

Il vicequestore realizzò che il suo non era stato un sonno normale, era stato un coma lungo dodici ore. Si passò la mano nei capelli. Si rese conto di essere in boxer a piedi nudi sulle scale a parlare con un ragazzino di 16 anni. «Allora... vado a fare colazione...» e si girò.

«La faccia con me. Stavo preparando il caffè».

Rocco pensò che nella dispensa non c'era neanche un biscotto. «Dici?».

«Perché no? Sono solo».

Era una casa ordinata, pulita, mobili moderni e asettici. Le pareti bianche, senza quadri, nessuna libreria se non uno scaffale con tomi universitari. A terra c'era un parquet dipinto di nero e un televisore gigantesco troneggiava in un angolo davanti a due divani di pelle bianchi. Il camino era un ovulo sospeso nell'aria, sembrava il pistillo di un fiore d'acciaio.

«Venga, andiamo in cucina. Le piacciono i Choco's?».

«I che?» avanzava a passo incerto nella casa. Si sentiva un deficiente in mutande ospite di un adolescente.

«I Choco's. I cereali al cioccolato».

«No. Mi fa schifo quella roba. E non la dovresti mangiare neanche tu. Hai la faccia devastata dai brufoli!».

«Vero, ma mi piacciono da matti. Quando avrò la sua età mi preoccuperò della nutrizione. Per ora birra Choco's e rock'n roll!».

La cucina era ancora più pulita del salone. Anche lì dominava il bianco e una serie di elettrodomestici moderni di alluminio schierata sul piano lavoro. «Ma perché, secondo te quanti anni ho?».

«Boh... a guardarla così direi... una sessantina?».

«Tua madre ne ha una sessantina!».

«Mia madre ne ha 42».

«E io ancora ne devo fa' cinquanta».

Il ragazzo fece una smorfia. «Se dici che li porto male ti spacco lo stereo».

Gabriele premette il bottone della macchina del caffè che si riversò nella tazzina. «Tenga. Che cosa vuole mangiare?».

«Boh... che hai a parte i Choco's?».

L'ospite aprì una credenza sopra il frigo. «Vediamo... magari le piace quello che prende mamma? Qui vedo della roba ai cinque cereali, barrette della salute, poi ci sono dei biscotti di soia. Vanno bene?».

«E portami i biscotti di soia». Si sedette al tavolo. Le tende erano ricamate, sul frigorifero una ventina di magneti. «Ecco i biscotti». Il ragazzo si sistemò di fronte a lui. Prese il latte lo versò nella tazza e ci mise dentro i Choco's. Rocco afferrò un biscotto, senza riuscire a staccare gli occhi da Gabriele che s'era avventato sulla colazione. Prendeva enormi cucchiaiate di cereali che grondavano latte e se li infilava in bocca masticando rumorosamente. «Fai schifo» gli disse. «Sembri un maiale».

Quello sorrise neanche gli avesse fatto un complimento. Aveva il mento umido. «Com'è il biscotto?».

«Sa di polistirolo» e bevve il caffè. «Ma se tua madre rientra e mi trova in mutande in casa sua che dovrebbe pensare?».

«Non rientra. Sta fuori fino a stasera. Lavora sempre».

«Ma tu a scuola?».

«È chiusa da una settimana. E poi che ci vado a fare? Tanto l'anno l'ho perso».

«Che classe fai?».

«Il quinto ginnasio».

«E quanti anni hai?».

«Sedici».

«Hai già perso un anno?».

«Sì».

«Sei un deficiente?».

«Così dicono».

Rocco finì il caffè. «Ce l'hai una fidanzata?».

«Vuole scherzare? Mi ha visto? Ma chi mi prende?» e scoppiò a ridere mostrando la bocca piena di cereali triturati.

«E chiudi la fogna! Come ti chiami che me lo sono scordato?».

«Gabriele. Mi chiamo Gabriele».

«Gabriele, è di oggi questo?» fece il vicequestore allungando la mano sulla sedia accanto dove c'era appoggiato un quotidiano.

«Sì, siamo abbonati, ce lo portano ogni mattina».

Rocco si mise a sfogliarlo. «Perché senti quella canzone dei Judas Priest?».

«Mi fa venire la pelle d'oca. E la canto come se fosse dal vivo».

«I Judas Priest so' burini. Come i Mötorhead» e indicò la maglietta.

«I Mötorhead sono leggenda!» rispose Gabriele e si alzò per mettere la tazza nel lavello. «Però visto che lei ha una certa età...».

«Ti spacco la faccia...» e voltò pagina.

«Ora le vado a mettere una cosa che forse le piace... aspetti qui!» e sparì dalla cucina.

«Se metti i Saxon sei un bambino grasso e morto!» gli urlò dietro.

«No, molto più soft...».

La riconobbe dai primi due accordi. *Changes* di David Bowie. Sorrise felice. Già la stava fischiettando quando Gabriele entrò in cucina scivolando sulle ginocchia brandendo in mano lo spazzolone del cesso come fosse un microfono.

«*I still don't know what I was waiting for, and my time was running wild, a million dead-end streets and...*».

Rocco lo guardava. Cantava a squarciagola, ispirato, con gli occhi chiusi.

«*Of how the others must see the faker, I'm much too fast to take that test,* forza, canti!».

Rocco sorrise abbassando appena il giornale.

«*Ch-ch-ch-changes turn and face the stranger, ch-ch-changes! don't want to be a richer man*».

Rocco aprì la bocca e si ritrovò a cantare col metallaro impazzito.

«*Ch-ch-changes, turn and face the stranger, ch-ch-changes just have to be a different man!*».

«Vabbè, abbassa».

«*Time may change me!*».

«Abbassa Gabriele!».

Sempre ispirato il ragazzo sgambettò in salone, abbassò il volume e tornò in cucina. Aveva il fiatone.

«Devi fare un po' di attività fisica, hai il fiatone per aver cantato mezza canzone!».

«Ho fatto pure la scivolata».

Rocco riprese a leggere il giornale. «Ma tu fai sempre 'sti concertini a casa?».

«Ogni tanto...».

«Orca!» fece Rocco.

L'ASSASSINO DI RUE PIAVE HA UN NOME

L'assassino che il 13 maggio ha ucciso Adele Talamonti in casa del vicequestore Schiavone in rue Piave ha finalmente un nome e un cognome. Si tratterebbe di Enzo Baiocchi, elemento noto alle forze dell'ordine da poco evaso dall'infermeria del carcere di Velletri. A detta degli inquirenti per ora se ne sono perse le tracce, ma la ricerca dell'omicida è scattata sull'intero territorio. Oscure le cause del delitto, probabilmente fra il bandito e Schiavone c'era della ruggine. Il vicequestore lo arrestò infatti nel 2003. È senza dubbio un risultato importante e secondo fonti della questura l'uomo verrà presto assicurato alla giustizia e facciamo gli auguri al nostro vicequestore per un rapido successo finale.

SANDRA BUCCELLATO

«Troia!» mormorò Rocco.

«Che succede?» chiese Gabriele, ma Rocco seguiva i suoi pensieri.

«Ora sono diventato il nostro vicequestore, mi fa gli auguri, 'sta stronza. Ma tanto prima o poi...» e gettò il giornale. Gabriele lo raccolse e veloce lesse l'articolo. «Ma parla di lei?».

«Non lo sai che sono uno sbirro?».

«Certo che lo so. E so pure perché è venuto ad abitare qui in questa casa lasciando la vecchia. Ci hanno ucciso una sua amica, vero?».

«Vero...».

«È la prima volta che conosco qualcuno che finisce sul giornale».

«Vuoi un autografo, Gabrie'?».

«Magari. Sandra Buccellato?» urlò Gabriele.

«Ma perché, la conosci?».

«Anche mamma la chiama la troia».

«Ah sì?».

«Ti credo. S'è messa con mio padre».

Rocco scoppiò a ridere. «Non ci posso credere. Il mondo è un buco».

«Aosta è un buco! Papà ha chiesto il divorzio da due anni. La Buccellato era la sua amante e ora deve diventare sua moglie».

«Gabrie', mi sa che io e te abbiamo una nemica in comune».

Gabriele assentì. «Che facciamo?».

«Non lo so. Fammici pensare, ma bisogna fargliela pagare!».

«Ci sto!».

E si mollarono uno schiaffo palmo contro palmo.

«Io vado a lavorare. Tu metti pure i Judas Priest a palla di cannone, fra mezz'ora massimo sono uscito. Grazie per la colazione».

«Si figuri. Domani mattina se vuole le metto i Led Zeppelin».

«*Stairway to Heaven* per piacere. Appena sveglio posso reggere al massimo quella canzone. Sennò metti i Pink Floyd e vai tranquillo» si avviò verso la porta di casa.

«Non ce l'ho i Pink...».

«Male. Comprali» mise la mano sulla maniglia.

«*Ch-ch-changes turn and face the stranger, ch-ch-changes*».
Rocco si voltò. Gabriele lo indicava, di nuovo lo spazzo-

lone del cesso in mano a guisa di microfono. Insieme finirono la strofa: «*Just have to be a different man!*».

Aprì il cassetto della scrivania. Con orrore si rese conto che aveva finito l'erba. Non ce n'era più neanche lì. Lanciò un'imprecazione muta e lo richiuse. Si alzò. Lupa stava curiosando nel cestino dell'immondizia. «No, via di lì!». Aprì l'anta della piccola libreria che di solito conteneva manuali di diritto, di crimonologia e prese i croccantini con la ciotola. Li versò e li diede a Lupa. Bussarono alla porta. «Avanti!» urlò. Si affacciò Italo. «Buongiorno. Com'è così tardi?».

«Quant'è che sono qui? Da settembre?».

«Settembre, ottobre, novembre...». Italo contava sulle dita.

«Te lo dico io, dieci mesi. E in dieci mesi tu non hai imparato ancora un fondamentale, Italo: fatti i cazzi tuoi!».

«Pardon, vero. Hai letto il giornale?».

«Certo che l'ho letto. Secondo te come è arrivata l'informazione?».

«Sei stato tu?».

«Baldi. Ora c'è qualcosa da seguire o facciamo salotto fino all'ora di pranzo?».

Italo entrò nella stanza. In mano aveva un foglio. «Allora niente di grave, hanno svaligiato una casa a Courmayeur».

«Casa di vacanza o casa di civile abitazione?».

«Di vacanza, credo. È una villa un po' fuori il paese di un tale Adelmo Vaccari, un imprenditore di Milano. Ha una decina di autosaloni e un paio di negozi in centro».

«Allora avrà tutto assicurato e chissenefrega se ci ha rimesso un po'».

«Veramente Costa ci terrebbe che andiamo su a indagare. Pare che siano spariti oggetti di un certo valore».

Rocco alzò gli occhi. «Spiegami una cosa. Chi lascia oggetti di un certo valore in una casa che per la maggior parte dell'anno è disabitata?».

«Uno con molti soldi?».

«O uno che deve tira' una sola all'assicurazione. In tutti e due i casi io su a Courmayeur non vado. Scommetto che all'imprenditore sono spariti soprattutto gioielli, vero?».

«Come fai a dirlo?».

«Perché i quadri rubati non valgono niente, difficile venderli, i gioielli invece li smonti, guadagni con le pietre e in più ti intaschi l'assicurazione».

«Sei convinto della bufala?».

«Non si lasciano gioielli in una casa di vacanze. Questo lo capisci?».

«Sì, lo capisco. Allora non vieni? Guarda che Courmayeur è bellissima. È sotto il Monte Bianco, ci sono dei bar...».

«E chissenefrega, Italo? Prendi qualcuno e salite, poi mi riferite».

«Signorsì, vado con Scipioni!» e portandosi la mano di taglio alla fronte abbandonò l'ufficio. Rocco si sedette al tavolo e cominciò a ragionare. L'assenza della sostanza psicoattiva di mattina, anche se oramai era l'una passata, non aiutava. Ma doveva mettersi a pensare lo stesso. Fece un riassunto veloce. Enzo Baiocchi era sparito e lui cosa sapeva? Innanzitutto la pistola che aveva usato per sparare ad Adele, la fidanzata di Sebastiano, era stata adoperata per una rapina alle poste anni prima. Quella pistola l'avevano rintracciata Sebastiano e Brizio. Flavio Buglioni, un delinquente di mezza tacca, l'aveva venduta proprio a Enzo Baiocchi. Ma Flavio Buglioni, il ricettatore, era sparito come neve al sole. Restavano due cose da fare. E non le poteva fare ad Aosta. Doveva tornare a Roma, non poteva lasciare la cosa in sospeso. In carcere o massacrato da Sebastiano, quel serpente velenoso di Enzo Baiocchi andava fermato. Guardò Lupa che s'era addormentata sul divano. «Lupa, amore? Devi stare un po' con Caterina, ti dispiace?».

Quella abbaiò felice muovendo la coda.

«Quando torni?».

«Presto. Parami il culo con Costa».

«Parami il culo vuol dire?» chiese Caterina.

«Coprimi. Anche se sembra che ogni mio movimento lo vengano a sapere».

«Ma perché non glielo comunichi direttamente? Non è che vai a Roma a fare una vacanza».

«Perché, non so se te ne sei accorta, io lavoro qui, alla questura centrale di Aosta, non più a Roma. E perché in questa storia c'è invischiata gente che è meglio non venga fuori».

«I tuoi amici...» fece il viceispettore accarezzando il pelo lucido del cane.

«Già. I miei amici. In particolare uno...».

«Sebastiano, no? Il fidanzato di Adele».

«Ecco. Io vorrei arrivare a Enzo Baiocchi prima che ci arrivi lui. Il perché lo capisci da te».

Rocco arrivò nella sua casa di via Poerio che il sole già stava calando. I mobili erano coperti da teli e plastiche. Fece in tempo solo a lasciare la borsa con i quattro stracci e a cambiarsi la camicia quando il telefono squillò. «Sei arrivato?» gli chiese Sebastiano. «In questo momento» rispose Rocco. «Ti passiamo a prendere fra cinque minuti. Mangiamo per strada». Non disse altro. Freddo e distante, la voce carica di rancore come se fosse colpa di Rocco che Enzo Baiocchi era introvabile, come se fosse lui stesso a nasconderlo. Lo capiva, quello gli aveva ucciso la donna della sua vita, anche se Adele e Sebastiano passavano più tempo a litigare che a fare l'amore, ma era Adele e Adele per l'amico era tutto.

Chi era lui per giudicare?

Come al solito al volante c'era Brizio. Ora aveva una Range Rover nuova fiammante. Sebastiano era seduto accanto a lui. Furio dietro. Quando Rocco salì lo salutarono appena.

«Allora, prima che sia troppo tardi, mi spiegate che avete?» chiese prendendo le sigarette dalla tasca.

«No dai Rocco, è nuova, lo senti che ancora profuma?» fece Brizio mettendo la freccia. «Poi Stella si incazza».

«Allora?».

«Così hai cantato?» ringhiò Sebastiano.

«Lo sapevano già di Enzo».

«Me l'avevi promesso, Rocco. Mi avevi promesso che me lo lasciavi. Mi ha ammazzato Adele, quell'infame, e invece te gli hai messo addosso mezza polizia».

«Allora o nun ce senti o fai finta di non capire. Sapevano tutto! Sanno che io e voi siamo amici, sanno ogni volta che vado a Roma, dove vado e con chi mi vedo, sanno di Enzo Baiocchi, di Luigi, sanno tutto. E lo sanno da quando sono ad Aosta».

Sebastiano si azzittì. Brizio accelerò. «E com'è?».

«E che cazzo ne so? Invece, Brizio, me l'hai portata o sei un chiacchierone e basta?».

Brizio si distese e aprì il cassettino. Tirò fuori una bustina di plastica e la allungò a Rocco. «Questa è White widow. Eccezionale. Ti faccio pure lo sconto».

Rocco afferrò il sacchetto. Lo aprì. L'odore della cannabis coprì quello della pelle dei sedili. «Ahhhh... ottima. Dopo ti do i soldi».

Furio prese la parola. «Allora un rapido riassunto. La pistola usata per uccidere Adele è stata venduta da Flavio Buglioni a Enzo Baiocchi. Flavio Buglioni è sparito. Siamo andati a fare una visita alla figlia di Enzo. Lo sai che ha una figlia?».

«No, non lo sapevo».

«Noi sì». Furio si accese una sigaretta.

«Perché lui può fumare e io no?».

«Infatti manco lui potrebbe. Almeno apri il finestrino, Furio!» fece Brizio.

«Questa figlia non voleva parlare. Odia suo padre, però non vuole passare da infame».

«Mo' 'sta figlia ha un bambino» si intromise Brizio. «Un ragazzino di 11 anni. E lui ci ha detto una cosa interessante».

«Sarebbe?».

«Che hanno una zia mezza matta, sciroccata, la chiamano così infatti, in un paesino vicino Frosinone. Pitocco si chiama».

«Pitocco?» chiese Rocco.

«Eh. Mai sentito».

«Stiamo andando lì?».

«Stiamo andando lì».

Proseguirono il viaggio in silenzio. Passarono l'Aurelia, presero il raccordo, poi finalmente Sebastiano parlò.

«Io te lo chiedo un'altra volta, Rocco. E stavolta non voglio senti' cazzate. L'hai giurato sulla bara di Adele».

«Se l'ho giurato una volta non c'è bisogno che lo giuri un'altra».

«No, te lo vojo senti' di' un'altra volta. Giura che Enzo Baiocchi lo lasci a me».

Rocco guardò fuori dal finestrino. «Te lo giuro» disse annoiato.

Sebastiano finalmente respirò. Rocco ebbe la sensazione che fosse restato in apnea da quando era salito in auto.

«Solo che Sebastiano, a me 'sta cosa che non ti fidi di me comincia a farmi girare i coglioni».

«Vero?» fece quello. «Ma io mi voglio fidare di te».

«E allora non rompere il cazzo. Togliti quella faccia offesa perché chissà che ho fatto».

Sebastiano si girò a guardare Rocco. Gli sorrise. «Ti voglio bene, lo sai».

«Pure io, coglione».

«Vabbè, pure noi te volemo bene, mo' decidiamo dove mangiamo, che io non ho neanche pranzato» fece Brizio.

«A Pitocco» rispose Furio.

Trovarono una specie di bar pizzeria, un posto pieno di alluminio anodizzato e puzza di fritto. Presero solo un supplì a testa di un colore che tendeva al marrone scuro, una bottiglia di acqua e delle barrette di cioccolato che erano incartate, dunque più sicure.

«Dovremmo suggerire 'sto posto alla guida Michelin» fece Brizio mentre masticava con la bocca storta. Dietro il bancone c'era una donna coi capelli biondi stoppacciosi e con la ricrescita scura. Aveva le braccia grosse come prosciutti e un senale a fiori legato alla vita. Da una finestrella alle sue spalle si intravvedeva un uomo di colore vestito di bianco che lavorava nella cucina.

«Quello è lo chef» fece Furio.

«Ci andiamo a complimentare?» e Rocco gettò il riso sfatto del supplì sul piatto di carta. «Vabbè, io vado a vedere se la padrona ci può dare una mano. Com'è che la chiamano 'sta zia?».

«La sciroccata» rispose Sebastiano con la bocca piena, l'unico che sembrava gradire il pasto.

Il vicequestore si alzò dal tavolo e raggiunse la signora che stava sfregando una teglia bruciata tentando di farla tornare in vita. «Buonasera signora, mi servirebbe un'informazione».

«Si posso...».

«Noi stiamo cercando una casa. Una casa in mezzo alla campagna. Ci vive, o almeno ci dovrebbe vivere, una vecchia signora. Che tutti conoscono come la sciroccata».

La donna annuì. «E certo. Maria. È mezza matta. Tiene un sacco di gatti, chissà se però è ancora viva. Non si vede da mo'!» e lanciò la teglia sul piano di finto marmo. «Non se pulisce, mi sa...».

«E mi sa che la deve buttare. Lo chef che dice?».

«Chi?».

«Lo chef!» e indicò la finestrella che dava sulla cucina.

«Ah, Mohamed! Quello non è lo chef. Lo chef so' io!» e si batté la mano sul petto. «Lui sciacqua i piatti».

«Bene. Mi può dire dov'è 'sta casa?».

«Come no... mo' je faccio un disegnino, mica è facile» si pulì le mani sul grembiule, prese una penna e un tovagliolo di carta. Sorrise felice e attaccò. «Ecco, questa è la strada principale, vede?».

Disegnava da schifo. La mano rosa e tremante e le dita gonfie non aiutavano. «Questo è il distributore dell'Agip» e disegnò stilizzando un distributore con l'insegna. «Prende qui alla chiesa... ecco, vede? ci faccio la croce sopra...». Rocco seguiva con gli occhi i ghirigori sulla carta. La donna disegnò la chiesetta con tanto di fiori e fedeli che entravano.

«Signo', per favore, nun me faccia un quadro, lasci perdere la chiesa e annamo avanti».

«Sì... prende la strada che si chiama fossato di sopra...».

«C'è scritto?».

«No, ma tutti lo sanno che si chiama così. Ecco, vede? È questa qui» e ci disegnò accanto una mucca. La padrona della tavola calda teneva la lingua di fuori, stava sudando.

«Bene, poi?».

«Aspetti, faccio un'altra mucca, questa pezzata!» ed eseguì. Rocco guardò disperato gli amici che chiacchieravano sottovoce. La donna riprese: «Poi mi pare la terza.. no, la quarta sì, la quarta strada che è sterrata. Questa. La riconosce perché ci sta una quercia molto antica, sa...» e si mise a disegnare la quercia.

«Signo', per piacere, io domattina avrei da fare».

«Ho finito, ho finito. Ecco qua. La quercia» e osservò con distacco professionale l'opera. «Sì, bella, è venuta bene. Ecco, dopo la quercia altri 500 metri di strada bianca e siete arrivati alla casa della sciroccata» ovviamente disegnò anche quella con tetto e finestre. «Ci stanno i gatti... cioè, ci stavano» e disegnò i gatti. A Rocco cominciarono a formicolare le mani. «E ci stanno le caprette. Belle le caprette, ne faccio due!». Poi con un sorriso finalmente consegnò l'opera a Rocco. «Va bene?».

Rocco lo guardò. Aveva visto disegni fatti da bambini dell'asilo più definiti e realistici. «Va benissimo. Tutto chiaro. Lei è meglio di un tom tom».

«Che?».

«Lasci perdere...» e tornò al tavolo. Consegnò il foglio a Furio. «Per arrivare alla casa seguiamo la mappa».

«Te la sei fatta firmare? Perché magari un domani può valere qualcosa...» fece l'amico. «Guarda, ha fatto le pecore, i fiori...».

Sebastiano e Brizio si sporsero a guardare. «Io dico di andare via prima che prenda una sega elettrica e ci faccia a pezzi».

Si voltarono verso la donna che sorrideva felice, rossa in viso, soddisfatta. Aveva ripreso a lavare la teglia.

«Direi di sì».

La mappa si rivelò precisa al millimetro. Tranne mucche e caprette, il resto corrispondeva a verità. Quando arrivarono a un centinaio di metri dalla casa, Brizio spense i fari e proseguì lento al buio. Si vedeva poco, ma la strada bianca e la luna aiutavano abbastanza a non finire nei fossati scavati ai lati della carraia. Quando intravidero il tetto, frenò e spense il motore. Sebastiano tirò fuori una Beretta e lo stesso fecero Furio e Brizio. Rocco invece si limitò a scendere dall'auto. Accostarono gli sportelli e si avvicinarono silenziosi. Superati i cespugli avanzarono verso la recinzione della casa. Arrivarono al cancello. Era vecchio, di ferro arrugginito, aperto. I grilli cantavano nascosti dall'erbaccia che aveva preso possesso di quello che una volta doveva essere un giardino, c'era anche la fontanella col putto sopra, ormai divorata dai licheni. Sebastiano lanciò un'occhiata agli amici. Coi gesti diede i comandi. Lui e Brizio girarono sul retro, Rocco e Furio sul davanti. I raggi della luna battevano sulle tegole sconnesse e mangiate dal tempo. In più punti sembravano aver ceduto. Rocco si avvicinò alla porta di casa. Era vecchia, la vernice crepata, due fili elettrici pendevano da un buco nel muro. Si avvicinarono a una finestrella coi vetri rotti, una sola persiana ancorata all'ultimo cardine minacciava di cadere da un momento all'altro. Cercarono di guardare all'interno, ma era troppo buio. Rocco spinse l'anta di legno e quella si aprì. Fece un gesto a Furio e scavalcarono.

Gli occhi si stavano abituando alla mancanza di luce. Erano entrati in una specie di cucina, c'era un camino affumicato e una vecchia credenza di formica senza sportelli. Per terra carte sporche e una sedia spagliata senza una gamba. Fecero attenzione, un passo dopo l'altro, cercando di non calpestare i cocci di vetro di bottiglia e evitando calcinacci caduti probabilmente dal tetto in stato di decomposizione. Passarono in un corridoio. Lì il buio era totale. Furio superò Rocco e pistola spianata entrò in un bagno. C'era rimasto solo il water e uno specchio sbreccato inchiodato alla parete. Una seconda porta e si ritrovarono in una sala abbastanza grande davanti a due ombre armate. Erano Sebastiano e Brizio.

«Qui non c'è nesssuno» e Brizio accese una torcia. «Guardate un po'... vuoto» fece, illuminando la stanza con la carta da parati scollata, una stufa di ghisa senza sportello, qualche ciocco di legna. Su una parete una scritta fatta con lo spray gridava al mondo che «Se avessi le ali volerei!». Il poeta s'era anche firmato. Giggi con due gi.

«E grazie ar cazzo Giggi» commentò Brizio.

A terra c'erano due bottiglie di birra fracassate e, unico mobile intonso di tutta la casa, un letto. Brizio ci puntò la luce. Qualcuno ci aveva dormito. E sempre qualcuno aveva fumato almeno due pacchetti di Marlboro, a contare le cicche a terra. Un cuscino lurido aveva ancora la forma della testa che ci si era poggiata sopra. Poi Furio raccolse da terra una scatolina di carta che una volta conteneva proiettili 6.35 mm. La mostrò in silenzio a Rocco.

«La serpe ha dormito qui...» fece Furio. «Ma è scappata».

«Già. Buco nell'acqua» commentò Brizio. Sebastiano gettò un urlo e scalciò il letto che si aprì in quattro parti lasciando cadere a terra il materasso.

In macchina regnava il silenzio. Lo ruppe Sebastiano. «È in fuga».

«E allora?» gli chiese Brizio.

«E allora non è più una minaccia. Ora è lui a essere in pericolo. Quindi Rocco può dormire tranquillo» sentenziò Furio che aveva aperto il finestrino e si era acceso la sigaretta.

«Io dormo tranquillo lo stesso» replicò il vicequestore.

«C'è più di un'ora fino a Roma, Rocco» disse Brizio guardandolo attraverso lo specchietto retrovisore.

«E allora?».

343

«E allora io alla storia di Luigi Baiocchi in Sud America non ci credo. Non ci ho mai creduto. Non pensi che sia l'ora di dirci che cosa è successo veramente?».

«No».

«Perché?» fece Furio. «Rocco, tu sai tutto di me, di Sebastiano e Brizio».

«Tutto tutto, no».

«Quello che non ti coinvolge non lo sai, ma il resto sì» disse Furio. «E questa storia di Baiocchi coinvolge tutti noi. Ora lui ce l'ha con te per via di Luigi, questo è chiaro. Ma di Luigi Baiocchi tu ci hai detto poco...».

«O niente».

«Che volete sapere?».

«Quello che io e Furio ti stiamo chiedendo è che cosa è successo veramente dopo il funerale di Marina. Dopo che sei tornato a casa. Dopo che per una settimana non ti sei fatto vedere, né da noi né in ufficio. E tutti sapevamo che eri lì a piangerla. Non rispondevi al telefono, non rispondevi al citofono. Quello che ci devi dire è che cazzo hai fatto la settimana dopo il 7 luglio, Rocco. Ce lo devi».

«Non sono l'unico a sapere come sono andate veramente le cose». Il vicequestore guardò Sebastiano che invece continuava a osservare il paesaggio fuori dal finestrino.

«Anche tu lo sai, Seba?».

L'orso non rispose. Si limitò a sistemarsi meglio sul sedile e con la destra afferrò la maniglia in alto lasciando l'incombenza della risposta a Rocco. Toccava a lui parlare.

«Cristiddio!» urlò Rocco Schiavone in una stanza sperduta del ministero degli Interni. «È mezz'ora che sono qui dentro! Mezz'ora che mi fate la stessa domanda! Ho appena seppellito mia moglie a Prima Porta, non ho più lacrime da piangere. Non ne ho più! Non lo so! Non lo so chi ha sparato, non lo so, come cazzo ve lo devo dire?».

Sasà D'Inzeo abbassò gli occhi. Il primo dirigente Mastrodomenico e il gip Carulli invece lo guardavano sbattendo appena le palpebre. «Lei li ha visti in faccia» disse il primo dirigente, «e non è in grado neanche di fare un identikit?».

«Li ho visti in faccia per una frazione di secondo, il tempo di vedere che quello aveva in mano una pistola! Come faccio a fare un identikit?».

«Qualcuno» intervenne pacato Carulli, «da qualche parte, ha scritto che la nostra memoria si comporta a volte come una macchina fotografica. Nei momenti più tesi, difficili, scatta una fotografia che ci rimane impressa nella mente per giorni».

«Certo che l'ho scattata, Carulli» e disse il cognome del magistrato sputandolo dalle labbra insieme a uno schizzo di saliva, «ed è il viso di mia moglie che se ne

345

andava tra le mie braccia. Questo è quello che ricordo. Una cosa che non le auguro mai di dover passare!».

«Ora basta, per favore» finalmente D'Inzeo aveva preso la parola. «Mi sembra inutile andare avanti. Eccheccazzo, lo stiamo interrogando come fosse il colpevole! Signori, devo ricordarvi che Rocco Schiavone è la vittima? Vada a casa vicequestore, vada... lei non ce ne vorrà se il caso lo affidiamo alla mobile della questura centrale».

Sasà in pubblico gli dava del lei. Lo stesso faceva Schiavone, ma con lo sguardo stava ringraziando il suo vecchio amico. «Grazie dottor D'Inzeo, lo apprezzo molto. E sì, sono d'accordo. Non ho la lucidità giusta per... per risolvere questa storia». Si alzò in piedi. «Signori, non me ne vogliate se non vi stringo la mano».

«Noi facciamo il nostro lavoro, Schiavone» sentenziò Mastrodomenico.

«E io ho perso mia moglie per fare il mio!» e finalmente lasciò la stanza.

Camminò per Roma nonostante il caldo e i turisti che scattavano foto ridendo. Scese via Nazionale, arrivò fino a piazza Venezia. Passò per il ghetto, superò il ponte e si ritrovò a Trastevere, nella sua Trastevere, coi piedi gonfi e accaldati dentro le Clarks e il cuore spento come un buco nero. Le mani in tasca, attraversava gente e strade senza accorgersi dei motorini, delle auto, dei giapponesi, dei gelati. Voleva risalire via Garibaldi, andare al fontanone del Gianicolo a osservare i tetti della sua città e poi proseguire per casa sua a via Poerio. Ma a piazza Santa Maria in Trastevere dovette fermarsi. Seduta sulle scale della fontana, come il primo giorno che l'aveva vista, c'era Marina che gli sorrideva. Rocco restò lì, in piedi, a guardare sua moglie con uno spicchio di sole sul viso, la gonna a fiori, i piedi stretti nei sandali, le ginocchia unite, il collo bianco e scoperto. Come tanti anni prima, era seduta sullo stesso scalino insieme a qualche amica e lui dopo un solo sguardo aveva capito che quella donna sarebbe diventata sua moglie. Che ora non c'era più. Non ci sarebbe stata mai più. E la fontana divenne fredda, come la chiesa, la piazza e i bar affollati.

«Oh!» uno scossone lo riportò alla realtà. Sebastiano era davanti a lui. «'Ndo cazzo vai?».

«Eh?».

«Dove vai, Rocco?».

«A casa...».

Sebastiano annuì. «A piedi?».

«A piedi». Gli occhi rossi pieni di lacrime. Sebastiano imbarazzato si toccò il naso. «Senti un po', ti va di parlare?».

«Non lo so. Mi va?».

«Io dico di sì. Vieni...» lo prese sottobraccio e il vicequestore si fece trascinare fino al bar nel vicolo accanto senza dire una parola, come un carrello della spesa.

Entrarono in un locale anonimo, buio e fresco con una sola vetrata che dava sulla stradina, bancone e tavolini erano di ferro. Era per lo più un bar notturno, di quelli che cominciano il servizio dopo il tramonto, alcolici, pochi cornetti, macchinetta del caffè singola. Seduti al tavolino aspettavano i due caffè che Lucio, il proprietario, amico di sempre, stava preparando. «Io mi sono fatto un giro» esordì Sebastiano. Rocco guardava un punto fisso del tavolino e cercava di togliere una macchia scrostandola con l'unghia dell'indice. Sebastiano gli bloccò la mano. «Oh, però mi devi stare a sentire». Il vicequestore alzò lentamente lo sguardo sull'amico. «Dicevo, io mi sono fatto un giro. La macchina la guidava Corrado Pizzuti, un mezzo cesso, l'hanno rimesso dentro per taccheggio proprio stamattina».

«Dov'è Luigi Baiocchi» chiese Rocco senza mettere il punto interrogativo alla fine della domanda.

«A Casalpalocco. Per la precisione, all'Infernetto. Sta lì, a casa di una sua cugina».

«Solo?».

«Sì. La casa è in costruzione».

«Grazie Seba!» e appoggiò la mano su quella pelosa dell'amico accarezzandola.

«A frociòni, ecco il caffè!» disse il proprietario del bar che aveva notato quel gesto sul tavolo.

«A tu' sorella, Lucio!» gli rispose Sebastiano. Lucio guardò Rocco porgendogli la tazzina. «A Rocco, e che hai?».

«Non l'hai saputo?».

«No» fece Lucio.

«Marina...».

L'uomo si sedette al tavolo. «Che voi di'?».

«Non c'è più» disse piano Sebastiano. «Se n'è andata».

Lucio guardò Rocco negli occhi: «Come se n'è andata?».

«L'hanno uccisa» rispose Rocco. «Tre colpi. Volevano me, ma hanno preso lei...» e una lacrima accompagnò quelle parole. Il vicequestore se l'asciugò con la manica della camicia.

Lucio si alzò portando via i caffè. Andò ad armeggiare sotto il frigo. Tornò subito dopo. Sul vassoio tre bicchieri con dentro un liquido ambrato. Li poggiò sul tavolo. «Io nun so' bravo con le parole» fece con la voce strozzata in gola, «questo rum ha 24 anni. È per le occasioni speciali» alzò il bicchiere. «A Marina, che il viaggio ti sia lieve e che tu possa andare...» scoppiò a piangere e non riuscì a finire la frase. Lo fece Rocco per lui «... dove si sorride di più!». Alzarono i bicchieri e con un sorso ingoiarono quel nettare dolce e forte.

«Certo d'estate ce potevi mette un po' de ghiaccio, Lucio» disse Sebastiano. E risero piano, come se si vergognassero di farsi sentire.

Quando rientrò in casa ci trovò Inna che aveva appena finito le pulizie. La donna in silenzio si avvicinò a Rocco. Aveva pianto. Aveva pianto anche al funerale, sembrava non riuscire a smettere. E ogni volta che entrava in casa ricominciava. Era stata lei a mettere in ordine le cose di Marina, Rocco non ce la faceva neanche a toccarle. I vestiti nelle buste di cellophane, le scarpe, gli attrezzi dello studio di sua moglie riposti in una valigetta di plastica nera con gli angoli rinforzati in acciaio. I trucchi, gli oggetti del bagno, a tutto aveva pensato Inna facendoli sparire da un giorno all'altro. Rocco le aveva regalato i due maglioni di cachemire che avevano comprato l'anno prima e che Marina amava. L'aveva solo pregata di non metterli mai quando veniva a via Poerio. Inna capì, non ci fu bisogno di altro. Dei limoni se ne occupò lui. Spesso ci parlava, anche se non aveva il pollice verde aveva letto che a farci due chiacchiere crescono meglio. Ma non era alle piante e ai frutti che lui parlava. Era al cuore di sua moglie, chissà dov'era in quel momento. Inna l'abbracciò forte e gli sussurrò delle parole misteriose all'orecchio nella sua lingua madre. Parole che il vicequestore non capì, ma sembravano una ninna nanna dolce, di quelle che le nonne cantano ai nipoti. Andò via, Inna, dimenticandosi la paga settimanale e lasciando gli occhiali da sole da bancarella poggiati sulla consolle all'ingresso.

Che faccio ora? Che faccio? Guarda 'sta casa. Fredda. Fredda a luglio. Dovrei accendere le luci, dovrei prepararmi da mangiare, andare a letto, svegliarmi domani e il giorno dopo, e il giorno dopo ancora. Per quanto tempo? Fino a quando? Se poi uno dorme. Che brutta cosa parlare con gli oggetti. Te per esempio sei un pennello, un pennello vecchio, tutto incatramato, stopposo, da buttare. E perché non sei nella scatola nera di là, nello studio? Come fanno oggetti che uno pensa di aver buttato a rispuntare fuori come se niente fosse? Marina non ti aveva buttato? Sì o no? Sei vecchio, sei spelacchiato, sei duro e hai le setole incollate, però non te ne vuoi andare.

«Non l'avevi buttato, Mari'?».

«No. Non l'ho mai buttato».

Sta sulla soglia della porta del balcone. La vedo contro la luce del sole che se ne sta andando.

«*Ecco perché stava nel cassetto. Che ci fai?*».

«*È un ricordo. È il pennello che ho usato per il mio primo lavoro*» *mi risponde*, «*neanche ci conoscevamo allora. È un portafortuna*».

«*È tutto spelacchiato*» *le dico*.

«*Tu rimettilo nel cassetto*».

«*Ti ricordi? Qualche giorno fa ti ho chiesto se eri mai stata in un posto abbandonato?*».

«*Rocco, io ho vissuto nei posti abbandonati. Pensi ci sia tanta gente nelle cripte delle chiese o nei sotterranei a guardare affreschi?*».

«*No, io dico posti normali. Ti avevo detto che tutti gli oggetti che vedi sono senza vita. Perché hanno perso il calore che gli dava la vicinanza agli esseri umani. Ecco su un treno vedi le poltrone lise, e ti immagini che tanta gente ci si sia seduta. O su una nave c'è il timone col legno consumato, o gli scalini di un palazzo vuoto erosi dai piedi che li hanno saliti per anni. Ora stanno lì, non servono più e sono freddi*». *Alzo il pennello.* «*Lo vedi? È consumato, vecchio, pieno di macchie. Però io conosco chi ci ha lavorato, chi lo prendeva in mano. Conosco tutto della persona che viveva in questa casa, sedeva su quel divano e innaffiava il limone lì fuori. E allora è peggio. Perché queste cose restano fredde, ma ricordano l'anima di chi le ha usate, te la mettono sempre davanti agli occhi. E io non potrò mai staccare gli occhi da 'ste cose senza pensare a te. Sei dovunque, amore mio. Anche quando mi guardo allo specchio e mi vedo e sono come 'sto pennello. Fred-*

351

do, senza vita, ma ogni ruga, amore mio, ogni capello bian-
co sei tu. Come faccio?».

Resta lì, sulla finestra, e non parla. Guarda fuori il so-
le che si è nascosto dietro i tetti. «È sempre stata bella que-
sta casa. Ci vediamo, Rocco?».

«Finché vorrai, Marina. Io sto qui. Io resto qui».

Il citofono suonò. Rocco si alzò dal tavolo, mise un vecchio pennello nel cassetto e andò a rispondere. «Seba?».

«Sono io».

«Scendo».

Andò nello studio che usava sua moglie. Aprì la cassaforte. Prese la Ruger poi chiuse lo sportello di ferro. Uscì di casa senza guardarla, come si abbandona un luogo che ti dà i brividi e in cui non vorresti tornare mai più.

«Chi ha cantato?» gli chiese. Sebastiano concentrato sulla guida con la sigaretta in bocca alzò le sopracciglia. «Il solito infame di turno. Non è difficile veni' a sape' certe cose quando la voce che gira è che quel fijo de 'na mignotta ha sparato a un'innocente».

Anche il vicequestore si accese una sigaretta.

«La sai la novità, Rocco?».

«No».

«Silvestrelli ha chiesto il rito abbreviato. Solo che non glielo concendono».

«Ah no? E perché?».

«Perché gli hanno tagliato la gola in carcere. Neanche una settimana è durato».

«Gli hanno riaperto la cicatrice vecchia, evidentemente...» e Schiavone sputò il fumo fuori dal finestrino.

«Già... quello voleva parlare, te lo dico io. Voleva sputtanare il fornitore. Ma non ha fatto bene i conti. Chiunque sia è talmente potente che l'ha sdraiato. Mai mettersi a fare le voci quando nello stagno ce so' solo coccodrilli».

«'Sta cazzata è tua, Seba?».

«No, l'ha detta una volta Adele e m'era piaciuta».

Guidò dritto per la Cristoforo Colombo. All'incrocio col quartiere Casalpalocco girò a sinistra per entrare all'Infernetto, una specie di città di villini a schiera, ville singole e palazzetti costruiti su un terreno depresso sotto il livello del mare. Ghiacciato d'inverno e umido come una palude vietnamita l'estate.

«Dunque... io qui non ci sono mai stato... all'alimentari a sinistra» e eseguì girando intorno a un grosso supermercato. Le luci della strada avevano un alone acquoso, quelle delle case erano quasi tutte spente.

«Mi pare dritto ora...».

«Ma la sai a memoria, Seba?».

«L'ho guardata sulla mappa e me la sono fissata qui» e si batté la fronte con la mano.

«Una cosa è certa. Il parcheggio qui non manca». Fermò l'auto, spense i fari e scesero davanti a una villa bifamiliare. «È qui?» chiese Rocco.

«No. Mo' ce ne andiamo a piedi. Quello sta sul chi va là e aspetta visite. Soprattutto dopo che hanno ammazzato Silvestrelli. Secondo me ha la diarrea fissa».

Camminarono per le vie deserte svoltando angoli e superando condomini. Proseguirono su una strada senza case che tagliava la campagna circostante. Era l'ultima via dell'Infernetto, il cul-de-sac di quel quartiere dormitorio, dove ancora non avevano costruito. Una nebbia sottile serpeggiava a pochi centimetri dall'asfalto. «Qui non c'è più niente» disse Rocco. «Manco i lampioni».

«Tranquillo. Ci siamo...» e l'amico indicò una serie di villini a schiera in costruzione, senza finestre, col tetto e le pareti appena tirate su.

«È dentro una di quelle». Lasciarono la strada e proseguirono al buio calpestando l'erba alta. Arrivarono ai bandoni ondulati che delimitavano il cantiere dell'area condominiale.

«Facciamo il giro sul retro» disse Sebastiano a bassa voce. Seguirono il perimetro e finalmente trovarono due lamiere leggermente scostate. Con qualche sforzo Sebastiano passò per primo. Rocco lo seguì. Mucchi di sabbia, terra e ghiaia sparsi sul terreno, delle macchine per impastare il cemento. Pale e altri attrezzi arrugginiti un po' dovunque. «È la terza villetta» mormorò Sebastiano. Superarono lo scheletro della prima costruzione. Rocco si sentiva i capelli bagnati. La luna aiutava. «Fai piano» fece Sebastiano. Proseguirono fino al secondo villino. Passarono per stanze allo stato grezzo che vomitavano fili elettrici.

«Ci siamo».

Il terzo villino era identico agli altri. Anche quello senza porte e senza finestre. Entrarono da una specie di balcone a piano terra.

Buio. Ma a strizzare gli occhi, a fare attenzione, una sottile bava di luce proveniva dal primo piano. Sebastiano indicò le scale, Rocco annuì. Un piede dopo l'altro cominciarono la salita. Arrivarono al pianerottolo. Ora la luce era un po' più forte. Proveniva da una delle stanze. Ripresero a salire. Non c'erano più dubbi. La stanza in fondo era chiusa con un telo. Da lì veniva una luce fioca e un soffio leggero di gas. Era in funzione una lampada da campeggio. Rocco sfoderò la pistola dai pantaloni imitato subito da Sebastiano. Poi fermò l'amico. Voleva andare avanti lui.

Non vide il filo di nylon che tagliava a metà il corridoio a dieci centimetri da terra. Ci incespicò e da una mensola caddero dei barattoli di alluminio facendo un rumore assordante.

«Cazzo!» fece Sebastiano. Da dietro la tenda percepirono un tramestio. Rocco si lanciò, tirò via la stoffa e fece appena in tempo a vedere un'ombra che si precipitava sul balcone. «Cazzo, scappa!» urlò. Sebastiano attraversò la stanza cercando di raggiungerlo, invece Rocco tornò indietro scendendo le scale. Veloce, a due a due, col rischio di fratturarsi una caviglia. Ma non gli importava più niente, non era più Rocco Schiavone, era un animale, una belva a caccia, sui denti il sapore del sangue, il cuore veloce, la vista e l'udito acuiti. Arrivò a pianterreno e uscì dal villino. Alzò la testa. Sebastiano dal piano di sopra indicava una direzione: «Di là» urlò. E Rocco si lanciò all'inseguimento.

Non lo vedeva, ma lo sentiva. Sentiva i passi pesanti della corsa, sentiva il rumore ferroso di qualcosa nella quale aveva inciampato. Superò due scheletri di villini, poi vide la recinzione di lamiera alzarsi. Luigi Baiocchi era appena sgattaiolato lì sotto. Ci arrivò anche lui. Sollevò il bandone ondulato e si ritrovò in strada. A una cinquantina di metri l'uomo scappava a piedi, verso l'oscurità, verso una costruzione enorme che sembrava abbandonata. Si girò correndo e sparò due colpi. Una fiammata, i colpi non andarono a segno, continuò a correre e si infilò nell'edificio decrepito.

Col fiato in gola, il sudore che grondava, il vicequestore raggiunse il garage abbandonato. Entrò superando una porta divelta. In alto le finestre avevano i vetri rotti e si vedevano le stelle e la luna. La puzza di pipì penetrava come acido nelle narici. Macchinari arrugginiti riempivano lo stanzone. Cercava di calmare il respiro, i polmoni pompavano come mantici. Si asciugò il sudore. Non aveva paura. Non c'era spazio per la paura. Si accucciò in ascolto. Uno scricchiolio, le zampette di un topo che graffiavano il metallo, il suo respiro. Aspettava che l'altro facesse qualcosa, si muovesse, cedesse ai nervi e alla tensione.

Luigi Baiocchi gettò un sasso lontano per attrarre l'attenzione del vicequestore. Rocco si lanciò dall'altra parte sorprendendolo alle spalle. Lo trovò inginocchiato con una pistola enorme in mano che guardava dal lato sbagliato. Luigi Baiocchi si girò, lo vide, urlò e sparò. Il proiettile sfiorò la spalla di Rocco che invece ebbe il tempo di prendere la mira e tirare un solo colpo, preciso, centrandolo in mezzo agli occhi. Baiocchi non ebbe il tempo di capire, stramazzò a terra mentre il sangue gli usciva dal foro. Rocco lo guardò. Il respiro affannato, la Ruger in pugno. Qualcuno gli aveva strizzato i polmoni oppure era riuscito a togliere tutta l'aria dal capannone. Si inginocchiò. Un fischio acuto e continuo gli bucava le orecchie. Non provava niente. Guardava Luigi Baiocchi, l'assassino di sua moglie, che con occhi di vetro fissava il soffitto, ma non provava niente. Perché non c'era più niente da dire. Era stata una cosa rapida e inutile, poco più di un'esecuzione. Che sperava di trovare? Niente. E infatti nulla trovò. Anzi, ora che la discesa era terminata, risalire quel pozzo sarebbe stato impossibile. Avrebbe preferito lasciarci la pelle al posto di Marina, tutto questo non l'avrebbe mai dovuto vedere, e non avrebbe mai dovuto sopportare il peso di una vita che non gli interessava più. Non se ne accorse neanche, ma la canna della sua pistola ora puntava dritto la sua bocca, come il tubo di plastica che da piccolo usava per rubare la miscela ai motorini. Bastava premere e ciao.

Ciao Rocco! È stato un piacere, pensò. Chiuse gli occhi. Ma qualcuno lo colpì, qualcuno gli prese la pistola e gli mollò uno schiaffo. Sebastiano in piedi lo guardava e non parlava. Poi allungò una mano, lo prese per un braccio e lo sollevò. «Ora dobbiamo nasconderlo». Raccolse la pistola di Rocco. «Questa la tengo io» e se la infilò nei pantaloni.

Si incollò Luigi sulle spalle e rientrarono nel cantiere. Rocco lo seguiva in silenzio guardando a terra. L'amico sembrava aver fatto quelle cose da sempre. Non aveva paura, manteneva la calma, portava un cadavere in spalla come fosse la borsa di una palestra. Girarono intorno al terzo villino. Sebastiano prese una pala. Cominciò a scavare. «Damme una mano. Dobbiamo finire prima dell'alba!» gli ordinò. E Rocco eseguì.

Scavarono per tre ore, ininterrottamente. Una fatica che nessuno dei due aveva mai provato. «Ma come cazzo è che nei film la fanno così facile?» digrignava tra i denti Sebastiano. «Scava' una buca è allucinante». Rocco muoveva le braccia come un automa, una palata dopo l'altra, non si asciugava il sudore, guardava solo la terra grigia e la buca che diventava via via più profonda. Non pensava a niente. Sentiva la testa come un foglio bianco. Un foglio vuoto. Alla fine Sebastiano si pulì le mani sui pantaloni. «Qui so' le fondamenta dei terrazzini. Ci buttano il cemento e te saluto!» fece. «Chi lo trova più?». Sebastiano prese il portafogli di Luigi, gettò nella buca sessanta euro per l'ultimo viaggio, tenne i documenti e poi fece rotolare il corpo del bandito nella fossa. Ci impiegarono un'altra mezz'ora per ricoprirlo di terra.

«Sono le tre. Facciamo spari' tutta la roba al piano di sopra e torniamocene a casa» comandò Sebastiano.

Salirono le scale. Rientrarono nel covo di Luigi. C'erano un sacco a pelo, una lampada a gas, due cartoni per la pizza e un cellulare. Tolsero il telo davanti alla porta e quello davanti alla finestra che Baiocchi aveva messo per nascondere la luce. «Fatto» disse Sebastiano carico di pezze. «Andiamo Rocco. Stanotte dormi da me».

Il vicequestore annuì.

«E 'sta cosa solo io e te. Dimmelo!».

«Ch... che cosa?».

«Solo io e te!».

«Solo io e te, Sebastiano».

«La vuoi?» gli chiese indicando la Ruger. Rocco fece no con la testa. «Mai più, Seba. Mai più!».

Sotto casa di Rocco Brizio spense il motore. Poi si voltò sul sedile per guardarlo. «Una storia di merda» fece.

«Già» commentò Rocco. «Se sono qui lo devo a lui» e indicò Sebastiano.

«L'unica cosa che può uccide Rocco è Rocco!» disse Furio sorridendo.

«Torni su ad Aosta?» chiese Brizio.

«Me tocca».

«Io continuo a cercare l'infame» disse Sebastiano. «Lo dovessi andare a prendere pure in Australia, me dovesse costa' tutti l'anni della vita mia, io a Enzo Baiocchi lo devo prendere e farlo secco».

Rocco aprì lo sportello. «Tenetemi informato» disse. I compagni annuirono. Poi si avviò verso casa tirando fuori le chiavi. L'auto di Brizio ripartì. E si trovò solo, a rifare i conti coi suoi fantasmi come se tutto fosse accaduto il giorno prima, come se non fosse passato neanche un minuto da quel 7 luglio del 2007.

Lupa attraversò il corridoio correndo per andargli incontro. Rocco si inginocchiò e aspettò che il cane lo travolgesse saltandogli addosso e leccandolo ovunque con la lingua veloce. «Lupa... ti sono mancato?».

Caterina era uscita dal suo ufficio e guardava il vicequestore con un sorriso. «Grazie» le disse. «Grazie come sempre. Vieni cucciolotta...».

Entrò in ufficio. «Novità?».

«Ti ho... aspetta, come dici? Ah sì, parato il culo perché Costa ti cerca da ieri. Gli ho detto che eri a Courmayeur per quel furto nella villa».

«Brava, grazie. Altro?».

«Quel furto è diventato la fissazione di Costa, io mica capisco perché. È chiaro come il sole che è un tentativo di buggerare l'assicurazione. Anche perché la villa ha addosso tre ipoteche e Adelmo Vaccari, l'imprenditore, il proprietario, viaggia in pessime acque».

«Chi ci sta lavorando?» chiese Rocco.

«Io, Scipioni e Italo».

Rocco si sedette alla poltrona dietro la scrivania. Osservava in silenzio Caterina.

«Che c'è?» domandò la ragazza.

«Dimmelo tu».

«Che ti devo dire?».

«Niente Cateri', non mi devi dire niente».

«Vuoi sapere come faccio a lavorare con Italo?».

Il vicequestore alzò le spalle. «Siete nella stessa questura, no?».

«Non fare lo gnorri. Tu vuoi sapere come faccio a lavorare con Italo Pierron dal momento che le cose fra noi vanno così così».

«Vedi Caterina, quella è la tua vita privata. E io niente ne voglio sapere, niente. A meno che non intralci altre questioni. Intralcia?» chiese Rocco con un sorriso appena accennato sulla bocca.

«Non intralcia nulla. Sono in grado di gestirmi da sola».

«Ora ti do un consiglio. Se vuoi fare carriera qui dentro, meno ti fai vedere con me e meglio è. Cercherò anche di non lasciarti più Lupa, insomma ti prometto di avere a che fare con te solo per le questioni lavorative».

Caterina si rabbuiò. «Perché dici questo?».

«Perché ho gli occhi addosso della questura e della procura. Perché non sono uno stinco di santo, perché mi muovo male e perché mi contano anche i passi. Perché qui ad Aosta non ci sono venuto in vacanza premio, perché un po' di cose su di me ormai le sai. Questo» e si indicò, «è il carro dei perdenti».

Il viceispettore tirò un sospiro. «Io non ti frequento perché penso di fare carriera. Io non voglio fare carriera, solo il mio lavoro. E se ti frequento è perché, piano piano, mese dopo mese, ho imparato a conoscerti. All'inizio ti detestavo, non lo nego».

«E poi cos'è successo?».

«Hai un cuore. Lo tieni nascosto, ma ce l'hai. Ecco, quando l'ho capito qualcosa è cambiato. Tu potrai sempre contare su di me. Che tu abbia gli occhi della procura addosso o meno, potrai sempre farlo. Ho detto più cose a te che alla mia migliore amica. Pensi che non conti nulla?».

Squillò il telefono. I due poliziotti si guardarono. Poi Rocco alzò la cornetta. «Schiavone».

«Sono Costa!».

«Dica, dottore».

«È tornato?».

«Non sono mai partito. Ero a Courmayeur per la storia del furto».

Caterina restò lì in ascolto.

«Schiavone, io e lei neanche due giorni fa abbiamo avuto una chiacchierata molto lunga. E pensavo che il rapporto si basasse sul reciproco rispetto».

«Certo. Reciproco rispetto».

«Quindi glielo chiedo un'altra volta. È tornato?».

Rocco chiuse gli occhi. Digrignò i denti. «Sì. Sono tornato».

«E ha trovato quello che cercava?».

«No. Non l'ho trovato».

«Significa quindi che Enzo Baiocchi è ancora uccel di bosco?».

«Sì».

«Male».

«Cosa? Che è latitante?».

«Male che è latitante e male che lei continui a dirmi bugie. La pregherei, d'ora in avanti, di comunicarmi sempre le sue intenzioni. Non mi costringa a fare quello che non ho voglia di fare».

Rocco non gli chiese altro. La minaccia era chiara. Non temeva un altro trasferimento, poteva essere solo un ulteriore incidente di una vita che viveva trascinandosi dal punto A al punto B, senza un senso, senza una meta, solo con un desiderio di pace. Niente più di questo. «Non accadrà più» rispose al questore. E abbassò il telefono bofonchiando un «Buona giornata» fra i denti. Caterina era ancora lì. «Dunque, tu mi hai coperto, ma è evidente ci sia qualcuno che di me sa tutto e che va a farsi delle belle chiacchierate su da Costa».

Caterina allargò le braccia. «Se vuoi mi do da fare per capirlo».

«Senza dare nell'occhio?».

«Senza dare nell'occhio».

«Grazie Caterina».

Il viceispettore si limitò a sorridere e lasciò la stanza. «Capito Lupa? C'è uno spione in questura. L'avresti mai detto?».

La cucciola scodinzolò. Rocco si infilò la mano nella tasca della giacca, prese la busta con la White widow, aprì il cassetto e la mise dentro. Richiuse a chiave felice di avere la scorta per almeno un paio di mesi. «Io me ne andrei a casa».

Rocco suonò il campanello. Poco dopo Gabriele venne ad aprire. «Dottore! Lo stereo è spento!».

«Lo so, mica sono scemo. Studiavi?».

«Sta scherzando?».

«Infatti, per carità. Guarda che ti ho portato. L'ho preso in aeroporto» e gli diede un pacchetto. Gabriele lo scartò con gli occhi avidi. «Pink Floyd...».

«*The Dark Side of the Moon* rimasterizzato. Questo lo puoi suonare a palla di cannone anche alle tre di notte».

Gabriele lo guardò commosso. «Grazie. Un regalo, perché?».

«Perché io e te siamo alleati, ricordi? La Buccellato».

«Ah, sì, vero, ne ho parlato anche con mamma».

«E che ha detto?».

«Si è messa a ridere. La fa molto ridere questa cosa. Io e lei contro la Buccellato...».

«Dobbiamo lavorarci sopra».

«Chi è?» una voce femminile risuonò dall'appartamento.

«Niente mamma, è per me!» gridò Gabriele. «Che palle, sempre a farsi i fatti miei».

«È il lavoro delle mamme, lo sai? Be', Gabriele, cerca di andare a scuola, sennò rimani l'imbecille che sei».

«Grazie dottore».

«Rocco».

«Non ho capito».

«Io mi chiamo Rocco».

«Piacere, Gabriele...».

E scuotendo la testa sconsolato il vicequestore si voltò per tornarsene a casa.

Gabriele aveva già messo il disco. Le note di *Breathe* vagavano per le scale ed entravano nell'appartamento del vicequestore infiltrandosi sotto la porta. Rocco versò i croccantini per Lupa nella ciotola e andò a sedersi sul divano. Guardava fuori dalla finestra. Si preparava una serata dolce e tiepida. Una di quelle sere in cui ti va di uscire, di respirare, di camminare senza uno scopo, per farsi avvolgere piano dalla notte. Da quando era nella nuova casa Marina non era più venuta a trovarlo. Aveva preso le distanze. Se ne era andata, forse per sempre, e l'aveva lasciato lì da solo. Aveva voglia di parlare con lei, di osservare i suoi giochi enigmistici, la ricerca delle sue parole difficili. Ma ormai era finito il tempo delle illusioni. Era ripresa la vita. E la cosa non gli piaceva. Non gli piaceva sentirsi una zattera senza timone e senza vela che vaga nell'oceano con poche speranze di attracco.

«Non ti va di venire?». La chiamo, ma non mi risponde. «Di solito se non vieni in casa ti fai vedere all'arco di Augusto. Vado lì? Ti fai trovare lì?». Mi giro. Lupa s'è messa sul divano accanto al mio e già dorme. Vorrei un amico. Uno solo, mi basterebbe per questa sera così tenera che mi ammazza e non mi fa respirare. Le cose belle sono dedicate a chi il bello ce l'ha già dentro. Mi sa che io sono tagliato fuori per sempre. «Capito Lupa? Siamo io e te. Che ti piaccia o no...». Sbadiglia, muove la coda e mi guarda. Rivedere tutto mi ha fatto male, un male terribile. Non c'è una cosa che ti possa aiutare. Non c'è il tempo, non c'è lo spazio, è una condanna. Giudicato colpevole e senza processo, vostro onore!

«È la vita, Rocco. E devi continuare a viverla!».

Ecco. Era la sua voce. L'ho riconosciuta. L'hai sentita Lupa? Era lei. Era lei. Senti che aria che c'è. Senti che profumo. Sono fiori? Sono forti i fiori. Ogni anno risbucano come se niente fosse, come se non avessero preso schiaffi e gelo per mesi e mesi. No, li ritrovi lì, esattamente come l'anno prima e li ritroverai l'anno dopo. E quando se ne vanno lasciano per terra i petali colorati. Noi invece? Lo sai Lupa? Lo sai cosa lasciamo noi? Una matassa ingarbugliata di capelli bianchi da spazzare via da un appartamento vuoto.

Questo lasciamo.

Ringraziamenti

Il primo ringraziamento da parte mia e da parte del «collega di carta» ad Andrea. Poi a Marco che ha azzeccato il livello di una cena saltata, ad Alessandro, lui sa che io al massimo so unire i punti o annerire gli spazi. Grazie a tutti quelli che mi aiutano a migliorare ogni giorno che passa. Un grazie particolare infine a Jacopo che mi ha dato la mappa per non cadere nei soliti errori e alla mia famiglia.

A. M.

Questo volume è stato stampato
su carta Palatina
delle Cartiere di Fabriano
nel mese di febbraio 2019

Stampa: Officine Grafiche soc. coop., Palermo
Legatura: LE.I.MA. s.r.l., Palermo

La memoria